Ahmadou Kourouma
Der schwarze Fürst

DIALOG AFRIKA

HAMMER

Eine Edition des Peter Hammer Verlages
Wuppertal
und des Walter-Verlags
Olten und Freiburg im Breisgau

Herausgegeben von
Al Imfeld,
Jochen R. Klicker
und
Gerd Meuer

Ahmadou Kourouma

Der schwarze Fürst

Roman

Aus dem Französischen übersetzt von
Horst Lothar Teweleit

Mit einem Nachwort von
Jochen R. Klicker

Peter Hammer Verlag
Wuppertal

Titel der Originalausgabe:
Les Soleils des Indépendances,
erschienen bei Editions du Seuil, Paris 1970

Umschlaggrafik Astrid Hübbe-Mosler
Gestaltung hammerteam
Satz und Druck F. L. Wagener, Lemgo
Buchbinderei Klemme & Bleimund, Bielefeld
ISBN 3-87294-151-8

CIP-Kurztitelaufnahme der Deutschen Bibliothek

Kourouma, Ahmadou:
Der schwarze Fürst : Roman / Ahmadou Kourouma.
Aus d. Franz. übers. von Horst Lothar Teweleit.
Mit e. Nachw. von Jochen R. Klicker. [Hrsg. von
Al Imfeld ...]. – Wuppertal : Hammer, 1980.
(Dialog Afrika)
Einheitssacht.: Les soleils des
indépendances <dt.>
ISBN 3-87294-151-8

Inhalt

Erster Teil

1

Der Köter und seine schamlose Art, sich zu setzen

Vor einer Woche war in der Hauptstadt das Leben des Koné Ibrahima, eines Mannes aus dem Malinke-Volk, zu Ende gegangen, oder wie wir in der Malinke-Sprache sagen, ihn hatte ein Nieserchen umgeschmissen . . .
Wie bei jedem von den Malinke erhob sich, räusperte sich und bekleidete sich sein Schatten, nachdem das Leben aus der sterblichen Hülle entwichen war, und machte sich auf den langen Weg nach der fernen Malinke-Heimat und platzte mit der traurigen Nachricht von der Bestattungsfeierlichkeit herein. Auf endlosen Pisten im menschenleeren Busch begegneten dem Schatten zwei Malinke-Händler und erkannten ihn. Der Schatten ging schnell und grüßte nicht. Die Händler waren sich ganz sicher. »Ibrahima ist tot«, sagten sie. Im Heimatdorf rückte der Schatten seine Sachen von der Stelle und schob sie zusammen. Hinter der Hütte hörte man die Kisten des Toten rumpeln, seine Kalebassen stießen aneinander; auch das Vieh wurde unruhig und schrie auf eigentümliche Weise. Für jeden war die Sache klar. »Ibrahima ist tot. Das ist sein Schatten«, hieß es. Dann war der Schatten zu seiner sterblichen Hülle in die Hauptstadt zurückgekehrt, um an der Bestattungsfeierlichkeit teilzunehmen. Das war ein Weg hin und zurück von zweitausend Kilometern gewesen, alles in einem einzigen Augenblick!
Das wollt ihr nicht glauben? Na schön, ich kann's beschwören, und ich füge hinzu: Wäre der Verstorbene aus der Zunft der Schmiede gewesen und wäre man nicht in der Ära der Unabhängigkeiten (in den Sonnen der Unab-

hängigkeiten, wie die Malinke sagen), würde man es nie gewagt haben, das schwöre ich euch, ihn in einer fernen und fremden Erde zu begraben. Vom Heimatdorf wäre ein Greis aus der Zunft der Schmiede mit einem kleinen Stock gekommen, hätte mit dem Stock den Leichnam berührt, der Schatten wäre wieder in die sterbliche Hülle gefahren, und der Tote hätte sich erhoben. Man hätte den Stock dem Toten gegeben, er wäre rüstig ausgeschritten, wie früher, und zu zweit wären sie Tag und Nacht gewandert, aber aufgepaßt!, Tote dürfen nicht aufwachen. Allein in Allahs Macht steht das Leben. Der Tote wäre ohne Essen, Trinken, Sprechen und ohne Schlafen gefolgt und wäre bis ins Dorf gekommen, wo ihm der alte Schmied den Stock wieder abgenommen und ihn ein zweites Mal damit berührt hätte. Die sterbliche Hülle und der Schatten hätten sich erneut getrennt, und nun, im Heimatdorf, hätte die verzwickte Bestattungszeremonie für einen Malinke aus der Zunft der Schmiede beginnen können.

Also ist es möglich und sogar gewiß, daß der Schatten ins Heimatdorf wanderte und daß er ebenso schnell wieder in der Hauptstadt war, um die Bestattungsfeier anzuführen. Ein Zauberer im Trauerzeug hat ihn, melancholisch auf dem Sarg hockend, erblickt. Es folgten die Tage nach dem Tag des Begräbnisses, bis zum siebenten, und die Totenfeier am siebenten wurde von dem Schatten veranstaltet, und dann vergingen die Wochen, bis der vierzigste Tag heran war. Die Totenfeier am vierzigsten Tag fand zu Füßen des kauernden Schattens statt, der für den einfachen Malinke die ganze Zeit über unsichtbar blieb. Und dann verschwand der Schatten auf immer. Er ging ins Malinke-Land, wo er einer Mutter zu ihrem Glück verhalf, indem er in einem Neugeborenen der Malinke wieder Gestalt annahm.

Da der Schatten alles überwachte, mitzählte und den

Dank aussprach, wurde die Bestattung voller Ehrfurcht vorgenommen, die Totenfeier durch Freigebigkeit geheiligt. Freunde, Verwandte und selbst nur Vorbeikommende legten Geschenke und Opfergaben nieder, die dann unter den Teilnehmern und den großen Malinke-Familien in der Hauptstadt verteilt wurden.

Da jede Begräbniszeremonie etwas einbringt, ist es klar, daß die Malinke-Griots, die altehrwürdigen Malinke und all jene, die nicht mehr verkaufen, weil die Unabhängigkeiten sie ruiniert haben (und Allah allein weiß die Zahl der alten Kaufleute zu zählen, die in der Hauptstadt von den Unabhängigkeiten zugrunde gerichtet wurden), jetzt alle Mann bei den Bestattungszeremonien und den Totenfeiern »arbeiten«. Richtig berufsmäßig! In der Frühe und am Abend ziehen sie von einem Viertel zum andern, um bei den Feierlichkeiten dabeizusein. Unter uns Malinke nennt man sie, und zwar ganz boshaft, die »Geier« oder die »Hyänenbande«.

Und nun Fama Doumbouya! Ein echter Doumbouya, von einem Doumbouya-Vater und einer Doumbouya-Mutter, letzter und legitimer Sproß der Doumbouya-Fürsten von Horodougou, deren Totem der Panther ist, war jetzt ein »Geier«. Ein Doumbouya-Prinz! Einer mit dem Panther als Totem lief mit der Hyänenbande umher. O weh, die Sonnen der Unabhängigkeiten!

Zu der Totenfeier am siebenten Tag für den dahingeschiedenen Koné Ibrahima hatte sich Fama verspätet. Er legte einen Schritt zu und lief wie einer, der die Hose voll hat, doch befand er sich immer noch am anderen Ende der Brücke zwischen der weißen Stadt und dem Schwarzenviertel; es war die Stunde des zweiten Gebets, die Feier hatte schon angefangen.

»Verbastardierte Bastarderei! Gnamokodé!« schleuderte Fama heraus. Alles konnte ihn zur Verzweiflung bringen. Die Sonne!, die Sonne!, die Sonne der verwünschten Un-

abhängigkeiten nahm die eine Hälfte des Himmels ein, röstete das Universum und dörrte es aus, so als wollte sie die krankheitserregenden Nachmittagsgewitter rechtfertigen. Und dazu noch die Gaffer!, die verbastardierten Gaffer mitten auf dem Fußweg, als stünden sie in Papas Hütte. Beim Laufen mußte man sie anrempeln, ihnen Drohgebärden zeigen und Flüche ausstoßen. Alles bei einem Lärm, der einem die Ohren abreißen konnte: Gehupe, Motorengeknatter, Reifenknallen, Geschrei und Rufe von Fußgängern und Fahrern. Hinter dem linken Brükkengeländer blendete die Lagune mit einer Unzahl von Spiegeln, die sich gegenseitig zerschlugen und wieder zusammensetzten bis hin zur fernen Uferböschung, wo sich Inselchen und der Waldrand in den aschfarbenen Horizont schoben. Auf der Brücke wimmelte es in beiden Richtungen von Fahrzeugen aller Farben. Unter dem rechten Geländer war wieder die Lagune, die hier und da aufblitzte, an anderen Stellen aber glanzlos dalag. Der Hafen war voller Schiffe und Lagerhäuser, weiter hinten zeigte sich noch einmal die Lagune, nun ganz stumpf, und der Waldrand und dann etwas Blaues, das Meer, da, wo das Blau des Horizonts begann. Zum Glück – und Allah sei gepriesen! – hatte es Fama nicht mehr weit, das Ende des Hafens war dort unten zu sehen, wo sich die Straße in einer Senke, in einem Loch verlor, in dem sich weitere Lagerhallendächer, graue und spiegelnde aus Blech, und Palmenbäume und dichtes Gesträuch auftürmten und aus dem sich zwei, drei mehrstöckige Häuser mit Jalousien vor den Fenstern erhoben. Verkommenheit und Schande waren unermeßlich, waren so gewaltig, als wäre ein altes Pantherweibchen beim Herumstreiten mit Hyänen um ein Aas ertappt worden, ja, und genau so sah er aus, als Fama zur Trauerfeier lief.
Er, Fama, in Gold geboren, inmitten von Speisen, Ehren und Frauen! Erzogen, um Gold von Gold unterscheiden

zu können, um der einen Speise den Vorzug unter vielen anderen zu geben, um, unter hundert Gattinnen wählend, mit der Lieblingsfrau zu schlafen! Was war aus ihm geworden? Ein Aasfresser . . .
Eine Hyäne, die es eilig hatte. Der Himmel war hoch und weit, abgesehen von der Seite zum Meer hin, wo einsame und aufdringliche Wolken in Bewegung gerieten und sich allmählich zu einem Gewitter zusammenfanden. Bastarde, diese verwirrenden, abscheulichen Zeiten, diese Übergangszeiten des Jahres, die in diesem Land Sonnenglut und Regengüsse mischen.
Er bog an einer Anlage ab und kam die Hauptallee im Beamtenviertel herauf. Allah sei gelobt! Da war es. Trotzdem traf Fama zu spät ein. Ärgerlich, denn nun bekam er in aller Öffentlichkeit mitten ins Gesicht Beleidigungen und Zornesworte geschleudert, wie eine Schlange in den Hosenlatz: unmöglich, sich zu setzen oder hinzustellen, sich zu bewegen oder niederzulegen.
Nun war er da. Das Dyulavolk verdeckte etwas von der unteren Partie des Hauses mit seinen Pfeilern; weiße, blaue, grüne, gelbe Bubus, kurz, Bubus in allen Farben blähten sich, Arme fuhren empor, das Palaver war in vollem Gange. Ein Haufen Menschen für diesen siebenten Tag des beerdigten Ibrahima! Ein schneller Blick. Zu zählen und zu erkennen waren Nasen und Ohren aus allen Vierteln und allen Berufssparten. Fama grüßte – oh, mit welch breitem Lächeln! – und baute sich mit seinem großen Körper zwischen den Pfeilern auf, raffte seinen Bubu, bückte sich und setzte sich auf ein Eckchen Matte. Der Griot, ein steinalter und klappriger Mann, der in höchsten Tönen schrie und seine Erklärungen gab, bemerkte darauf: »Der Prinz von Horodougou, der letzte legitime Sproß der Doumbouya, gesellt sich zu uns . . . ein wenig spät!«
Spöttische Blicke hoben sich, ein spöttisches Lächeln

zeigte sich. Was denn?, ein Prinz und fast ein Bettler, das ist unter allen Sonnen komisch. Aber Fama zügelte seinen Groll, wozu sollte er alle diese lästerlichen Bastarde von Hundesöhnen beschimpfen? Und der Griot fuhr fort und sagte, in anderer Hinsicht für ihn unangenehm: »Ein wenig spät, das ist nicht schlimm. Bräuche und Rechte von großen Familien würden immer geachtet; die Doumbouya sind nie achtlos übergangen worden. Die Fürsten von Horodougou werden den Keita zur Seite gestellt.«
Fama wollte, daß der Griot diese Worte wiederholte. Der aber zögerte. Wer kein Malinke ist, kann nicht wissen, worum es ging: Unter diesen Umständen waren sie eine Beleidigung, eine Beleidigung, die die Augäpfel herausspringen ließ. Wer stellte die Doumbouya auf die gleiche Stufe mit den Keita? Diese sind Könige von Ouassoulou und haben als Totem das Flußpferd, aber nicht den kühnen Panther.
Mit fester Stimme, voll Zorn und Entrüstung verlangte Fama noch einmal von dem Griot, er solle seine Worte wiederholen. Der erging sich schleunigst in endlosen Rechtfertigungen: Symbolhaft, symbolhaft sei alles bei den Zeremonien, und dabei solle man es bewenden lassen; eine Schande, eine ganz gewaltige Schande sei es, daß ein paar Greise in dieser Stadt einzig davon leben müßten, was bei festlichen Riten ausgeteilt wird . . . Na ja, haufenweise verdammt albernes Zeug, das er von ihm überhaupt nicht hatte hören wollen. Bastard von einem Griot! Es gibt keinen wirklichen Griot mehr, die echten sind mit den großen Kriegsherren aus der Zeit vor der Eroberung durch die Tubabs ausgestorben. Fama mußte an Ort und Stelle beweisen, daß es noch Männer gab, die die Bastarderei nicht ertragen. Den Furz des Frechlings schnuppern und sich still verhalten würde heißen, daß man die Nase verloren hat.
Fama stand auf und donnerte los, daß das Haus zitterte.

Der klapprige Griot, ganz außer sich, wußte nicht, von welchem Wind er sich treiben lassen sollte, er verlangte von den Dasitzenden, zuzuhören, die Ohren aufzusperren, um den beleidigten und geschmähten Sohn der Doumbouya zu vernehmen, dessen Totem der Panther, ja, der selbst ein Panther ist und der seine Wut und seinen Ingrimm nicht länger verbergen kann. Er schrie Fama zu: »Wahres Blut eines Kriegsherrn, sprich ein wahres und gewichtiges Wort, sag, was dich gekränkt hat, erkläre, was nach deiner Meinung die Schande ist, speie deine Vorwürfe vor uns hier aus!«
Fama wurde angesichts der Verwirrung des Griots kühn und kannte keine Grenzen, ihm gehörte das Palaver, auf seiner Seite war das Recht, um ihn herum saß die Runde der Zuhörer. Na, was hätte er sich als guter Malinke noch wünschen können! Er brachte aus seiner Kehle ein Panthergebrüll hervor, wechselte den Platz, rückte seine Mütze zurecht, streifte die Ärmel des Bubus herab und reckte sich mit stolzer Gebärde, daß man ihn von jeder Ecke aus sah, dann stürzte er sich in das Wortgefecht. Der Griot wiederholte, was er gesagt hatte. Fama brüllte und brüllte immer lauter, aber . . . der verdammte Griot, der verdammte Husten! Ein heimtückischer, heftiger Hustenanfall verstopfte die Kehle des Griots, so daß er sich krümmen und aus voller Lunge spucken mußte. Und Fama, der so gut in Fahrt war, stockte. Doch zeigte der letzte Doumbouya nicht das leiseste Mitgefühl mit dem Griot, er ließ nicht locker, im Gegenteil, er senkte den Kopf, um nachzudenken und um seine Sprüche wieder vorzuholen, und in dieser Stellung verlor er alles um sich aus dem Blick. Ja, durfte er den Kerl ungeschoren lassen? Nur, die Leute waren müde; von all der Schauspielerei, von dem Palaver, das Fama auf allen Zusammenkünften losließ, wo schwarz nicht schwarz und weiß nicht weiß war, hatten sie die Nase voll. Man hörte die Bubus ra-

scheln und die Matten knistern, die Anwesenden zogen eine mürrische Miene, einer sprach zum andern und ruderte dabei mit den Armen. Immer ging es um Fama, immer um Nichtigkeiten, irgendwas war immer! Die Leute hatten es satt. Soll man ihn auf seinen Hintern setzen!
Der Griot hatte sich von seinem Hustenanfall erholt, leider zu spät. Langeweile hatte sich breitgemacht. Fama sah und hörte nichts, er redete, er redete mit Stimmgewalt und einem Wortschwall, dabei wedelte er mit den Zweigen eines Käsebaums, die er ergriffen hatte, schnappte nach Redensarten und quetschte sie heraus und verdrehte die Lippen. Erregt und benebelt, sah er nicht, daß die Zuhörer vor Ungeduld kochten, als hätte ein Heer von Ameisen sie angefallen; sie wußten nicht, wohin mit ihren Beinen, die sie bald streckten, bald anzogen, und ihre Hände wanderten von den Hüften an die Bärte und von den Bärten in die Taschen. Er aber konnte die Wut nicht bemerken, die Gesichter, die sich verzogen und verdüsterten, und die Worte wie »Ach, der Tag geht schon zu Ende, Schluß mit der Bastarderei!«, die ihnen entfuhren; er war eben in Fahrt.
Auf einmal griff die Versammlung geräuschvoll ein. »Setz dich auf deine Hinterbacken und halt den Mund! Für unsere Ohren ist es zuviel, weiter auf deine Worte zu hören!«
Das hatte ein kleiner Dicker gerufen, der wie ein Stubben aussah, mit dem Hals und den Armen, Fäusten und Schultern eines Ringkämpfers und einem steinharten Gesicht; er erregte sich wie eine wildgewordene Zikade und stellte sich auf die Zehenspitzen, um Famas Größe zu erreichen. »Du weißt nicht, was Schande heißt, und eine Schande ist es vor allen Dingen«, fügte er wild schnaufend hinzu.
Allgemeine Unruhe, ein Lärm, als würde eine Büffelherde in den Wald einbrechen. Der klapprige Griot mühte

sich, den Wind, den Fama blies, abzufangen – vergebens. »Bamba« (so hieß der Herausforderer), »Bamba!« krächzte er, »kühle dein Herz!«
Doch wie konnte Bamba, der wieder auf dem Boden hockte, dessen Kiefer wie bei einer Bestie mahlten, der mit den Ellbogen, den Schultern und dem Kopf eine drohende Haltung einnahm, die Säbelschnäblerschreie des Griots hören? Auch Fama konnte sie nicht hören. Der bebte, stampfte und verwünschte: Zuviel Mannesmut zeigte der Hundesohn Bamba!, ihn mußte er schmähen, ihn treffen, ihn beißen. Fama ging auf seinen Beleidiger zu. Zwei Schritte nur noch! Fama tat sie nicht, die zwei Schritte. Schon war der kleine Dickarsch von Bamba wie ein Tänzer vorgesprungen und hatte sich wie ein Tier an seine Beine geklammert. Sie kriegten sich an ihren Bubus zu fassen. Der Griot verschwand, das Gebrüll wurde stärker; überall erhob man sich, einer hielt den andern fest, zog und zerrte, daß die Bubus in Fetzen gingen, und so löste man sich aus dem Gewirr. Fama raffte seinen Bubu zusammen und setzte sich hastig auf die Matte. Zwei kräftige Burschen – es bedurfte schon dieser beiden stämmigen Kerle – zogen Bamba zurück, schleiften ihn über den Boden, schrittweise, bis an seinen Platz. Als die beiden Gegner saßen, setzten sich auch die anderen.
Fama entschuldigte sich. Der Älteste, der der Zeremonie beiwohnte, sprach Fama gegenüber die Entschuldigung aller Muslime aus: Fama sei im Recht. Damit setzte er allem ein Ende. Die Wahrheit mußte ausgesprochen werden, mochte sie noch so hart sein, denn sie rötet zwar die Augen, aber sie drückt sie nicht ein. Zum Schluß gab der Greis Fama die Entschädigung: ein paar Banknoten und einige Kolanüsse. Klar, daß dieser alles zurückwies. Einzig für seine Ehre habe er gekämpft. Man glaubte ihm nicht . . . Der Greis war beharrlich. Dann nahm Fama alles an sich und saß eine Weile da, bekümmert über die

Verbastardierung der Malinke und über den Verfall der guten Bräuche. Der Schatten des Hingeschiedenen würde den Geistern der Ahnen ausrichten, daß unter den Sonnen der Unabhängigkeiten die Malinke ihren Prinzen entwürdigten und sogar ohrfeigten. O ihr Geister der Vorfahren, Geist des Moriba, des Gründers der Dynastie, es war Zeit, höchste Zeit, sich mitleidvoll des Schicksals des letzten legitimen Doumbouya anzunehmen!
Die Feierlichkeit ging weiter. Die einen boten an, die anderen nahmen entgegen; ein jeder wiederholte die Lobsprüche auf den Beerdigten: seine Menschlichkeit, sein Glaube, seine Gastfreundschaft. Ein Nachbar erinnerte sich sogar, daß ihm der Beerdigte einst in der Nacht eine Hose und einen Schurz brachte, die von seiner Frau (der Frau des Nachbarn, um es ganz deutlich zu sagen) waren; beides hatte der Wind davongetragen und unter das Bett des Beerdigten geweht. Das tat seine Wirkung: Die Gesichter entspannten sich, aus dem Palaver schoß das Gelächter hervor. Nur Fama lachte nicht mit. Selbst mit den Banknoten in der Tasche und der Ehre in der Brust, nämlich im Recht zu sein, war sein Zorn nicht verraucht, er schwelte in ihm weiter.
Verbastardierte Bastarderei! Er, er, Fama!, ein Abkömmling der Doumbouya, geohrfeigt, herausgefordert, beleidigt durch wen? Durch den Sohn eines Sklaven. Er wendete sich um. Bamba verzerrte und verkniff die Lippen, rollte seine großen Augen, und seine Nasenflügel bebten wie bei einem galoppierenden Pferd. Er wirkte gesammelt, seine angezogenen Gliedmaßen ähnelten Pfosten, und Fama fragte sich, ob er nicht zu alt sei, um ihn zum Kampf zu fordern.
Doch hatte Fama gute Umgangsformen bewahrt: Was ein richtiger Mann ist, der trennt sich nicht von seiner Waffe. Er betastete seine Tasche, dort befand sich das Messer, das lang genug war, um diesem Hundesohn das Gedärm

herauszuziehen. Soll dieser Bursche nur kommen, noch einmal anfangen, dann würde er erleben, daß der Rachen der Hyäne, selbst wenn sie keinen Zahn mehr hat, noch lange nicht glatte Durchfahrt für den Ziegenbock bietet. Lachsalven. Fama spitzte die Ohren. Gut, daß er seine Wut nicht heruntergeschluckt hatte, nicht verziehen hatte; dieser Eselssohn von einem Griot mischte unter die Lobpreisungen auf den Beerdigten giftige Anspielungen: In welchem Verhältnis stand der Beerdigte zu den Abkömmlingen der großen Kriegerfamilien, die sich feilboten für ein Bettlerdasein, für Zank, Streit und Ehrlosigkeit? Ein Hundesohn, und nicht einer von der Zunft der Sänger! Die echten Griots, die letzten zünftigen Griots lagen mit den großen Hauptleuten von Samory unter der Erde. Der Krakeeler hier konnte überhaupt nicht singen noch reden noch zuhören. Doch der Griot fuhr fort, er wechselte sogar den Platz, so daß er nun hinter einem Pfeiler saß. Für einen Lumpen seinesgleichen bedeutete ein Pfeiler ebenso eine Trennlinie wie ein Fluß oder ein Gebirge. Von dort ließ er seinem Schandmaul freien Lauf, er kannte keine Grenzen mehr: Die Nachfahren der großen Krieger (Fama war gemeint) lebten von Lüge und Bettelei (noch einmal Fama), wirkliche Nachfahren der großen Häuptlinge (immer noch Fama) hätten die Würde mit Geierfedern vertauscht und seien auf der Suche nach einer Prise Neuigkeit: eine Geburt, eine Hochzeit, ein Todesfall, und so hüpften sie von Feier zu Feier. Fama raffte seinen Bubu, um eine Antwort zu geben, doch zögerte er. Dem verdammten Griot kam der Mangel an Reaktionsvermögen wie gerufen, und er erging sich in den übelsten Gemeinheiten, in der Art des lustigen Bambara, der sich in den Kreis der Tamtams wirft.

So sollte es nicht laufen! Fama erhob sich und gebot Schweigen. »O ihr Muslime, verzeiht! Muslime, hört mich an . . .!«

Aber es war nicht möglich, noch ein Wort weiter zu sagen. Wie eine Meute toller Hunde heulten alle rundum sitzenden verdammten Malinke, die sich Muslime nannten, auf und lärmten und fluchten; da gab es kein Halten mehr.
Unter Schimpf und Schande von seiner Höhe herabgezerrt, ja, konnte er da noch bleiben? Übrigens gab es nichts zu bedauern, die Feier war zu einer Hetzjagd von Pavianen ausgeartet, sollen sich diese Affen beißen und am Schwanz ziehen. Er stürzte zum Ausgang. Zwei Männer rannten hinter ihm her, um ihn zurückzuhalten. Er schüttelte sie ab, beschimpfte beide als Bastarde von Hundesöhnen und entfernte sich.
Dieser geräuschvolle und endgültige Abgang rief lediglich belustigtes Lachen und Stoßseufzer der Erleichterung hervor. Fama würde sich zur nächsten Feierlichkeit wie zu allen übrigen, die die Malinke in der Hauptstadt abhielten, einfinden, das wußte man; wo hat man je die Hyäne die Umgebung von Friedhöfen und den Geier das Feld hinter den Hütten meiden sehen? Man wußte auch, daß Fama Böses im Schilde führen und es zu Ärgernissen kommen lassen würde. Denn bei welch einer Zusammenkunft hätte der Köter wohl seine schamlose Art, sich zu setzen, aufgegeben?

2

Ohne den Duft der grünen Guave

Auf der Straße fauchte, wütete und grollte Fama, sein Zorn wollte nicht auf kleine Flamme zurück. Er sagte sich gebieterisch, dem Hundesohn von Bamba müsse er auflauern, um all den heruntergekommenen Bastarden zu zeigen, daß es in dieser Welt noch einen echten Mann, einen Mann mit Ehre gab, nach dem keiner ungestraft die Hand ausstrecken durfte.

Die Straße, eine der belebtesten im Schwarzenviertel der Hauptstadt, bot ein einziges Gewimmel. Rechts, zum Meer hin, trieben Wolken und brachten Horizont und Häuser einander näher. Links lockten die Gipfel der Wolkenkratzer im Viertel der Weißen andere Wolken an, die sich ballten und einen Teil des Himmels aufblähten. Wieder ein Gewitter! Der Damm erstreckte sich längs einer rötlich trüben Lagune, rötlich trüb durch die von den Regengüssen der Woche angeschwemmte Erde; und die Sonne, der die Wolkenränder im Westen bereits zusetzten, hatte aufgehört, ihren Glanz auf das Schwarzenviertel zu werfen, und richtete sich einzig auf die weißen Wohnhäuser der weißen Stadt. Verdammnis! Bastarderei! Schwarzer, das heißt Verdammnis! Wohnhäuser, Brükken, Straßen dort unten, alles von Afrikanerhänden erbaut, gehörten den Tubabs, dort wohnten sie. Daran änderten auch die Unabhängigkeiten nichts. Die Schwarzen stehen überall, unter allen Sonnen und auf jedwedem Grund barfüßig da, während sich die Weißen die größte Scheibe abschneiden und Fleisch und Fett nur so schlukken. Ist es nicht Verdammnis, wenn man sich im Dunkel für die andern abrackern muß, wie ein Riesenschuppentier, das Erdhöhlen für andere gräbt? All diesen Schwarzen, die die Straße hinaufliefen und herabkamen, hing die Verdammnis zum Hals heraus. Also ein ganz gemeines Geschöpf aus Verdammnis, ein nichtswürdiger Verdammter, das war der Bastard Bamba, der die Hand nach Fama ausgestreckt hatte. Solch einen Verdammten, den sollte man auf dem Fußweg abpassen? Schüttelt ein Verrückter seine Schellen, findet sich immer ein zweiter Verrückter, welcher dazu tanzt, aber nicht ein Abkömmling der Doumbouya.

Fama sagte sich: Geh weiter! und überquerte die Straße. Es war noch Zeit bis zur Stunde des vierten Gebets, Zeit genug, um in der Moschee zu sein, wenn er rüstig ausschritt. Er wich zwei Taxis aus, bog nach rechts ab, lief um ein Karree, erreichte den rechten Fußweg der Hauptallee und tauchte in die Menge ein, die zum Markt strömte. Dort zeigten sich zwischen den Dächern zwei ganz unterschiedliche Himmel: einer, gepeinigt von den Winden, die Wolkenfetzen herbeirissen und auf die schon verdeckte und verblichene Sonne warfen, und ein anderer von dichter Tiefe, indigoblau, der sich aus dem Meer erhob und auf die ängstlichen, schlotternden Häuser und Bäume zukam. Das Gewitter war nah. Eine Stadt, schmutzig und klebrig von Regengüssen!, unterm Regen verfault!, ach, die Sehnsucht nach Famas Heimat! Dort war der Himmel tief und weit, der Boden ausgedörrt, aber gut, die Tage immer trocken. Horodougou, ach, du fehltest in dieser Stadt, und alles, was eine glückliche Prinzenkindheit Fama erlaubt hatte, fehlte auch (Sonne, Ehre, Gold): Wenn er erwachte, hielten die Reitsklaven das widerspenstige Pferd zum Morgenritt bereit, zum zweiten Gebet priesen die Sänger und Sängerinnen die Unvergänglichkeit und die Macht der Doumbouya, und die Marabuts rezitierten dann den Koran und lehrten

Barmherzigkeit und bereitwilliges Almosenspenden. Wer hätte damals gedacht, daß das Laufen von Opfer zu Opfer, um sich etwas zu erbetteln, noch gelernt werden mußte.
Die Gedanken an die Kindheit, Sonne, Tage, Harmattans, Morgenstunden und Düfte in Horodougou fegten die Schmach hinweg und ertränkten den Zorn. Nur ruhig Blut! Allah schuf ein Leben, das einem bunten Geflecht aus Bändern gleicht, ein Band von der Farbe des Glücks und der Freude, ein Band von der Farbe des Elends und der Krankheit und eins der Schmach und Schande. Übrigens, konnte bei genauem Hinsehen Fama wirklich behaupten, in allen Punkten recht gehabt zu haben? Das Herz war nicht kühl, und die Zunge war zu schnell gewesen. Doch der Sohn eines Häuptlings und ein Muslim wahrt ein kühles Herz und bleibt besonnen, denn wenn alles im Galopp erledigt wird, begräbt man Lebendige; die schnelle Zunge bringt uns in eine Klemme, aus der uns selbst die flinkesten Füße nicht hinaustragen.
Nun wirbelten Blätter durch die Straßen, Windstöße riefen den Regen herbei. Jener Winkel des Himmels, wo die Wolken bald entlanghetzten, bald sich hochtürmten, war zum Platzen angeschwollen. Kurze Spiegelungen, alle auf einmal, und ein Rütteln. Fama gelangte auf den Marktplatz hinter der Moschee der Senegalesen. Der Markt war vorüber, geblieben waren die Gerüche, trotz des Windes. Gerüche all der großen Märkte Afrikas, wie Dakar, Bamako, Bobo, Bouaké, Märkte, die Fama als großer Kaufmann durchwühlt hatte. Auch das Leben als großer Kaufmann war nur noch Erinnerung, mit dem Abzug der Kolonialisten war jeder Handel vorbei. Der Katzenjammer! Fama kochte vor lauter Jammer, daß er so sehr die Franzosen bekämpft und verabscheut hatte, etwa so wie das Gräslein, welches murrte, weil ihm der Käsebaum alle Sonne nahm; als der Käsebaum umgeschlagen war, be-

kam es alle Sonne, doch auch den starken Wind, der es knickte. Vor allem sollte man in Fama nicht einen Kolonialisten sehen! Er hatte ja die Kolonisierung miterlebt, er kannte französische Befehlshaber, die allerlei bedeuteten, viel Leid: Zwangsarbeit, Holzfällen in den Wäldern, Straßen- und Brückenbau, Steuern über Steuern und hundert andere Eintreibungen, die jeder Eroberer durchführen kann, ja, und die Peitsche des Aufsehers und des Représentant und andere Quälereien nicht zu vergessen.
Aber das Wichtigste für einen Malinke ist die Freiheit des Handels. Und die Franzosen bedeuteten auch und in erster Linie Freiheit des Handels, der den großen Dyula macht und den Malinke zu Wohlstand kommen läßt. Handel und Krieg, auf diesen beiden gingen, mit beiden sahen und durch beide atmeten, so wie sich's gehört, die Malinke, beides waren die Beine, die Augen, die Ohren und die Lenden. Die Kolonisierung ächtete und beendete gewaltsam den Krieg, aber den Handel begünstigte sie; die Unabhängigkeiten zerschlugen den Handel, der Krieg aber kam auch nicht wieder. Und das Geschlecht der Malinke, ihre Stämme, ihr Land, ihre Kultur, alles stirbt ab, wird lahm, taub und blind . . . und unfruchtbar.
Um so nach Herzenslust aus dem Fettöpfchen löffeln zu können, wäre Fama für die Kolonisierung gewesen, und zwar obwohl ihn die Franzosen ausgeplündert hatten, jedoch mit dem Segen dessen, welcher . . . Sagen wir's gleich: Als sein Vater tot war, hätte der legitime Fama als Häuptling von ganz Horodougou auf ihn folgen sollen, doch stieß er auf Intrigen, Schändlichkeiten, auf Marabut-Strategie und Lügengewirr. Denn zunächst befehligte in Horodougou ein Bürschchen, ein kleiner europäischer Tunichtgut von einem Verwalter, immer in schmieriger kurzer Hose und rührig und flott wie ein Bocksbart. Klar, den konnte Fama nicht für voll nehmen; seine Ohren liefen rot an, und wen zog der Herumkommandierer

dann vor? Den Cousin Lacina, einen entfernten Cousin, der den Marabuts aufs Wort folgte, Schlachtopfer auf Schlachtopfer brachte, Intrigen spann, log und sich so weit erniedrigte, daß . . . Ja, der Mensch hat es eilig, und der göttliche Wille und die göttliche Gerechtigkeit treffen früher oder später ein. Und was traf ein? Die Unabhängigkeiten und die Einpartei, die setzten den Cousin Lacina ab, mit Schimpf und Schande, und machten ihn zu etwas, das keinen Aasfresserdreck wert ist.

Hinter dem Markt führte die Hauptallee zum Friedhof und dann weiter zur Lagune, die bis obenhin voll war von den strammen Regengüssen. Die Hauptallee kannte Fama wie den Körper seiner Frau Salimata. Diese Allee sprach noch vom Handel und von der antikolonialistischen Agitation.

Doch genaugenommen, wer von den ans Ruder Gekommenen erinnerte sich noch an die Mühen, die Fama aufgewendet hatte? Die Sonnen der Unabhängigkeiten hatten sich kaum wie ein fernes Gewitter angekündigt, und schon war Fama mit den ersten Windstößen alles los, Geschäfte, Freundschaften, Frauen für die Nacht, Frauen für den Tag, das Geld und die verdammte Lust, auf Frankreich zu schimpfen und auf Frankreichs Vater und Frankreichs Mutter. Er hatte fünfzig Jahre Herrschaft und Räuberei zu rächen. Diese Periode der Agitation hieß die Sonnen der Politik. Und nach den Sonnen der Politik fielen wie ein Haufen Heuschrecken die Unabhängigkeiten in Afrika ein. Fama hatte sich wie die kleine Wasserratte ein Loch zum Schutz vor der rattenvertilgenden Schlange gegraben; dann aber wurden seine Anstrengungen die Ursache seines Untergangs, denn sobald die Unabhängigkeiten erlangt waren, wurde Fama wie ein Blatt, mit dem man sich abgewischt hat, vergessen und dorthin geworfen, wo der Fliegenschwarm schwirrt. Nicht so schlimm, wenn es um Minister-, Abgeordneten- und

Botschaftsposten gegangen wäre, wo Lesen und Schreiben nicht so nutzlos ist wie der Fingerring für einen Leprakranken. Da hatte man Ausflüchte, um Fama beiseite zu schieben, denn er blieb Analphabet wie des Esels Schwanz. Aber als Afrika zunächst die Einpartei entdeckte (weiß man doch, daß die Einpartei einer Gesellschaft von Hexen gleicht, wo die großen Eingeweihten die Kinder der anderen verschlingen), sodann die Kooperativen, die den Handel fertigmachten, gab es hundert Gelegenheiten, Fama zufriedenzustellen und zu entschädigen, der gern Generalsekretär einer Untersektion der Partei oder Direktor einer Kooperative geworden wäre. Was hatte er nicht alles angestellt, um kooptiert zu werden: Tag und Nacht zu Allah gebetet, Schlachtopfer aller Art dargebracht, sogar einen schwarzen Kater über einem Brunnen, und das war gerechtfertigt! Die beiden fleischigsten und fettesten Happen der Unbhängigkeiten sind zweifellos das Generalsekretariat und die Direktion einer Kooperative ... Solange der Generalsekretär und der Direktor ein Loblied auf den Präsidenten, den alleinigen Chef, und seine Partei, die Einpartei, singen, dürfen sie ungehindert alles Geld der Welt schlucken, ohne daß in ganz Afrika auch nur ein einziges Auge zwinkert.

Doch was brachten die Unabhängigkeiten für Fama? Nur den nationalen Personalausweis und das Mitgliedsbuch der Einpartei, Stücke, die bei der Teilung dem Armen zufallen und ledern und zäh sind wie das Fleisch vom Stier. Er kann sich mit den Hauern eines hungrigen Köters daranmachen, nichts wird er abreißen, nichts heraussaugen, alles ist Flechse, zu kauen gibt es da nichts. Aufs Land kann er auch nicht zurück, weil er zu alt ist (der Boden von Horodougou ist hart und läßt sich nur umbrechen, wenn man starke Arme und kräftige Lenden hat), also bleibt ihm nur, mit Gebeten zum barmherzigen Wohltäter auf die Handvoll Reis aus Allahs Hand zu warten, denn solange Allah in den himmlischen Höhen herrscht, können alle Verschwörer, alle Sklavensöhne, die ganze Einpartei und der einzige Chef Fama nicht Hungers sterben lassen.

Der Regen war die Allee entlang bis zum Friedhof vorgedrungen, dort wich er, vom Wind getrieben, zurück und zögerte; schon glitzerten auf der Lagune einzelne Stellen, der Friedhof war wieder frei. Der Friedhof der Schwarzenstadt war genauso wie das schwarze Viertel: zuwenig Platz; den Begrabenen blieb ein Jahr, um zu verfaulen und zu ruhen, dann wurden sie herausgenommen. Ein Leben voll Bastarderei für ein paar Monate Ruhe, das ist wirklich zu kurz! Fama ging an zwei Läden von Syrern, die zur Rechten lagen, vorüber, dann an einem dritten linkerhand, doch mit einem kaum merklichen spöttischen Lächeln drückte er sich an dem des Abdjaoudi vorbei. Als es mulmig mit dem Handel wurde, fand dieser Bastard von einem Abdjaoudi keinen besseren Ausweg, als ins Wuchergeschäft einzusteigen. Fama gab ihm wie einem Esel Steinsalz zu lecken und stürzte sich bis an den Hals in Schulden, ja bis über den Kopf, solange ihn der Syrer vertrauenswürdig fand. Als allmählich das Vertrauen schwand, ermahnte ihn dieser, zu Allah zu beten, er möge geben, daß Fama seine Schulden abtragen könne, denn bei diesen harten Sonnen der Unabhängigkeiten sei ehrliches Arbeiten und Geldmachen so gut wie ein Wunder, und das Wunder stehe einzig in Allahs Macht, der im übrigen das Gute von dem Bösen scheide.
Fama bog nach links ab, dort stand die Moschee der Dyula. Vor ihren Mauern wimmelte es von Bettlern, Krüppeln, Blinden, die der Hunger aus dem Busch getrieben hatte. Zittrige Hände streckten sich ihm entgegen, doch verschloß sich Famas Herz dem näselnden Singsang, den Arm- und Beinstümpfen, eitrigen Augen, abgeschnitte-

nen Ohren und Nasen; und dazu noch der Gestank! Wie man sich den Weg durch den Busch bahnt, so schob er alles beiseite, sprang über die verstümmelten Leiber und trat in die Moschee ein, in der Brust ein Gefühl von der Erhabenheit Gottes. Friede und Zuversicht strömten auf ihn ein. Mit federndem, königlichem Schritt ging er auf die Treppe zu, bestieg das Minarett, stellte sich oben hin und schrie aus voller Kehle den Aufruf zum Gebet hinab. Er rief mehrmals zum Gebet, es war ein günstiger Tag, er hatte etwas in der Tasche und stand hoch über jenem Ameisenhaufen von unglücklichen Wesen; dachte er nur daran, dann überkam ihn eine momentane Zufriedenheit, und er erhob sich auf die Zehenspitzen, um noch lauter, noch kräftiger zu schreien und noch weiter zu schauen. Zur Lagune hin wogte das Schwarzenviertel mit den grauen, aussätzigen Blechdächern unter einem schmutzig-klebrigen Himmel. Von der Meeresseite kam wieder der lärmende Regen, vom Wind hergetrieben, griff wieder wie eine heranstürmende Büffelherde an. Die ersten Tropfen schossen herab und zerplatzten auf dem Minarett. Fama stieg in die Moschee hinunter. Der wildgewordene Wind schlug gegen die Wand, stürzte durch Fenster und Mauerlöcher herein und pfiff wütend. Die Bettler, die sich in den Mauerecken zusammendrängten, bekamen Angst und jaulten auf lästerliche und verderbenbringende Weise, die den Blitz anziehen mußte. Der Donner zerriß den Himmel, entzündete das All und erschütterte die Erde und die Moschee. Und dann entlud sich der Himmel, als hätte er monatelang nichts auszuschütten gehabt, und ergoß sich in Sturzfluten, die die abflußlosen Straßen im Wasser versinken ließen. Abflußlos, weil auch hier die Unabhängigkeiten Verrat geübt hatten, sie hatten nicht die versprochenen Gräben ausgehoben und werden es auch niemals tun; wie wahre Seen wird das Wasser auch weiterhin stehen, und die Neger der Kolonisation oder

der Unabhängigkeiten werden waten müssen, solange Allah der Verdammnis, die den Neger in den Hintern tritt, nicht den Kopf abschlägt. Bastarde von Hundesöhnen! Oh, Vergebung! Allah, der Erbarmer, verzeiht solch ungeziemende Flüche, die Fama in der Moschee entfuhren! Fama nahm sich zusammen, hielt sich bei dem Getöse, dem Donnergrollen und Regenguß die Ohren zu, verschloß seine Sinne gegen jede Erregung über Schwarzenbastardereien und Schwarzenverdammnisse und gab sich dem Gebet hin. Viermal verbeugte er sich, kniete nieder, berührte den Boden mit der Stirn, erhob sich, setzte sich und kreuzte die Beine.

Das Gebet bestand aus zwei Hälften, wie eine Kolanuß: Die erste, in der das Paradies erfleht wurde, wurde in der gesegneten Rede Allahs, in arabisch, gesprochen; die zweite wurde vollständig in Malinke aufgesagt wegen ihres gänzlich materiellen Charakters, indem für den Lebensunterhalt, für die Gesundheit, für die Abwendung von Schicksalsschlägen und Verwünschungen, die den Schwarzen unter den Sonnen der Unabhängigkeiten bedrohen, Dank bezeigt wurde und indem alle Sorgen verscheucht wurden, um Herz und Hirn heute, morgen und für immer mit Frieden zu erfüllen. Gesundheit und Nahrung hatte Fama (gelobt sei Allah!), aber um sein Herz und sein Hirn stand es kläglich, weil beide des tiefen Friedens entbehrten, und das hauptsächlich wegen seiner Frau Salimata. Salimata! Er schnalzte mit der Zunge. Salimata, eine Frau von grenzenloser Herzensgüte, mit Liebkosungen bei Nacht und mit Zärtlichkeiten, eine wahre Turteltaube; die Rundung ihres Hinterns, ihr Rücken, ihre Brüste und Hüften schienen endlos und erwiesen sich geschmeidig unter seinen Fingern und verströmten einen Duft von grüner Guave. Allah möge Fama verzeihen, daß er sich bei dem Gedanken an Salimatas Reize hatte vergessen können, aber nur, weil Ruhe und Frieden nicht in

Famas Herz und Hirn einziehen werden, solange Salimatas Unfruchtbarkeit wie eine Dürre anhält, solange in ihr das Kind nicht wächst. Allah, gib!, o gib, daß Salimata fruchtbar wird . . .! Draußen goß es in einem fort, die Blitze leuchteten, und drinnen drängten sich die Bettler und fluchten.

Weshalb blieb Salimata noch immer unfruchtbar? Welche Verwünschung hatte sich an ihre Fersen geheftet? Warum? Fama konnte es bezeugen, sie betete, wie es geboten war, führte sich stets und überall als gute Muslimin auf, fastete dreißig Tage, gab Almosen und hielt die täglichen vier Gebete ein. Und welche Prüfungen hat sie sich nicht auferlegt!, den Zauberer, den Marabut, die Opfer, die Arzneien, alles, einfach alles. Der Leib blieb trocken wie ein Granitstein, man konnte eindringen, aushöhlen, man konnte ausstreuen, säen, man warf alles in ein Nichts. Und nichts kam heraus. Wenn nicht die göttliche Gnade wirkt und göttliches Mitgefühl und Erbarmen nicht waltet, dann trägt das Unfruchtbare niemals Frucht.

Ein gelber Blitz erleuchtete den Regen und die Moschee. Die Bettler stießen Flüche und irre Zurufe aus und klammerten sich wie Äffchen an die Wände. Und zu Recht. Ein Höllenlärm rollte vom Himmel herab und brachte die Erde ins Wanken. Fama erstarrte und unterbrach das Gebet. »Allah!« rief er, »habe Mitleid mit uns!« und hielt die Hände über dem Kopf. Der Donner wurde schwächer, entfernte sich und erstarb in der Ferne. Fama hauchte erleichtert ein Bissimilai und sprach die ersten Worte des Gebets. Die Bettler faßten wieder Mut. Es regnete unaufhörlich, bis spät in die Nacht. In Allahs Wohnung betete Fama mehrmals und mit Inbrunst, mit großer Eindringlichkeit wendete er sich an den Herrn. Die Nacht kam aus der Erde hervor und machte den Regen noch dichter; die Lichter wurden angezündet. So brach die Nacht an, und sie trug Famas Gebete hinüber zu Salimata.

In Fama regte sich Unruhe. Wer würde ihm Sicherheit verschaffen, was die Lauterkeit von Salimatas Gesten – im muslimischen Sinne – anging? Erregungen und Zuckungen, Räuchereien und Amulette, alle die Übungen, Abend für Abend, um dem Leib die Fruchtbarkeit endlich zu geben!
Sie sprach die frommen, langen Suren des Marabuts nach, welcher forderte, daß alle seine Sättel aus Gold seien. Würde sie damit aufhören? Fiebrig hantierte sie mit Amuletten, Krügen, Kürbissen und Blättern, schluckte wer weiß wie bittere Aufgüsse – denn ihr Gesicht schnitt entsetzliche Grimassen –, steckte Blätter in Brand, wobei ein Qualm von widerlichem Gestank die Hütte durchzog (Fama vergrub die Nase in der Decke), und stellte sich über die Flamme, damit der Qualm unter den Schurz zog und sicher in jene Stelle eindrang, die in der Moschee ungenannt zu bleiben hat, sagen wir: das Pfeffer-, Salz-, Gewürz-, Honignäpfchen, und von dort den so betörenden Guavenduft (das war Famas größter Vorwurf) vertrieb. Immer weiter im Fieber tauchte Salimata zwei Finger in einen Kürbis, bestrich Brüste, Knie und was unter dem Schurz ist, holte vier Amulette hervor, die sie an die vier Bettpfosten band, und der Tanz ging los . . . Erst blieb sie im Rhythmus, stampfte auf und nahm damenhafte Haltung an; der Boden bebte, sie sprang, machte sich frei, klatschte in die Hände und sang Verse, zur Hälfte in Malinke, zur Hälfte auf arabisch; dann lief ein Zittern durch ihre Glieder, durch den ganzen Körper, den Gesang unterbrach ein Lallen und Seufzen, und halb bewußtlos brach sie auf der Matte zusammen, wie ein Lianenbündel, dem der Halt weggerissen wird. Einen Augenblick peitschte sie sich die Füße, heulte wie ein Dämon und erhob sich. Außer Atem, schweißgebadet, dampfend und irre redend, sprang sie auf und klammerte sich an Fama. Und sofort mußte Fama, selbst wenn er gähnte,

müde und zerschlagen oder noch schlaftrunken war und Lustlosigkeit und Kälte ihm im Leibe saßen, den Begehrenden spielen und die klebrig-heiße Salimata nehmen, die nun den verlockenden Duft der grünen Guave vermissen ließ. Andernfalls hätte er Salimatas wütende, beängstigende Ausbrüche erleben können! Sie hätte getobt, sich zerkratzt und zerbissen und hätte geschrien: »Der Unfruchtbare, der Lendenlahme, der Impotente, das bist du!« und hätte die ganze Nacht und noch am Morgen geweint. Doch Allah und sein Prophet, man weiß es, haben uns so gemacht; keine Droge und kein Gebet können einen Entleerten wie Fama aufpulvern, daß er wie ein flotter Bursche jeden Abend in Fahrt gerät.

Eine Lästerung! Eine große Sünde! Fama, merkst du nicht, daß du die ganze Zeit in Allahs Wohnung sündigst? Das war die ärgste Entweihung des Heiligtums, Herz und Hirn mit den Gedanken an Salimata zu füllen, wenn du in der Moschee im Gebet verharrst! Ein Schauder überlief Fama, als er das Ausmaß des Vergehens begriff. Er begann zu bereuen, er suchte Allahs Vergebung. Fama hatte übertrieben. Ein Wörtchen hätte genügt, um alle Schändlichkeiten Salimatas an den Tag zu bringen; sie einzeln darzulegen war nicht nur entweihend, sondern auch überflüssig und ungehörig, wie wenn jemand Hose und Unterhose herunterzieht, um einen Furunkel vorzuweisen, wo einzig nach dem Grund gefragt wurde, warum er hinke. Allah, der Erbarmer!, und Mohammed, sein Prophet!, Güte und noch einmal Güte! Fama mußte beten, um ein Leben, das einem Tag mit verregnetem Nachmittag glich, abzuwenden, zu ändern. Ein Leben, das dahinstarb, das sich in Armut, Unfruchtbarkeit, Unabhängigkeit und Einpartei verbrauchte! War dieses Leben nicht eine erloschene oder verdunkelte Sonne auf dem Höhepunkt ihres Laufs? Die Nacht rumorte weiter mit leichtem Regen.

3

Um den Hals die Zaubereisen, mit Stahlstacheln gespickt, wie beim Jagdhund auf Pavianhatz

In dieser Nacht konnten die Tobsuchtsanfälle Fama nicht beleben, die Angst vor Salimatas Raserei konnte ihn nicht aufscheuchen, er war müde, todmüde und glitt in den Schlaf und schlief wie ein Stein im Mühlbach. Für Salimata wurde es eine lange Nacht voller Bitterkeit. Bitteren und brennenden Gedanken, die den Schlaf verdorren ließen und das Bett mit Alpträumen bevölkerten, hing sie nach und nährte sie; sie weinte und stöhnte, als hätte sie ein Hakenspieß, den der Folterknecht schwenkt, durchbohrt.
Der Nacht folgte eine unheilverkündende Sonne, die ihr kaum Atem gönnte, ein Unglückstag, den sie hinter sich brachte, die Augen auf das Schicksal geheftet und die Ohren auf die eigenen Gedanken gerichtet, und als der Tag sich neigte, verstand sie Allah und schickte sich in ihr Los. Ihr war das Geschick einer unfruchtbaren Frau zuteil geworden, unfruchtbar wie der Harmattan und wie die Asche. Verwünscht! Ein verfehltes Leben! Allah allein legt das Schicksal eines Wesens fest.
Dieser Tag begann mit einem allzu frühen Erwachen nach einer schlechten Nacht. Sie wälzte sich im Bett, der Morgen war noch weit, die Petroleumlampe zischte leise, die Flamme flackerte, und hier und da, auf dem Tischchen und an den Tischbeinen, auch in der Ecke, überall Zaubermittel, zahllose Zaubermittel. Salimata hatte sie angetippt und gewendet, um fruchtbar zu werden. Fama hatte sich nicht erhoben, hatte sich nicht erregt. All die Zaubereien hatten ihre Wärme und Geheimkraft verloren und

füllten nur die Hütte: Es waren Flaschen, Säfte, Krüge, Widderhörner und Zeichen der Abwehr. Salimata liebkoste ihren Leib. Ein Leib ohne Dichte, der nur Gedärm und Ausscheidungen umfing. Sie warf die Decke zurück und lauschte. Die Hähne verkündeten draußen noch nicht den Morgen, das Erwachen der Sonne. Wieder schloß sie die Augen, sie begrub ihre Nase in der Matratze, rollte sich an Fama, rieb sich an ihm. Famas Schnarchen brach ab, er grunzte wie ein Eber, mit seinen Armen und Knien versperrte er wie ein Baumstamm den größten Teil des Bettes. Unverschämter Kerl! Erbost stieß ihm Salimata den Ellbogen in die Rippen, seinen Schlaf konnte sie dadurch nicht stören. Ihn plagten keine Sorgen, nichts brachte ihn um den Schlaf, nicht die Impotenz, nicht Salimatas Weinen, nicht seine Pflichtvergessenheit im Ehebett. Ein kleiner Rülps stieg ihr in der Kehle hoch. Sie atmete aus, atmete etwas unangenehm nach Muff Schmekkendes aus, räusperte sich und spie aus. Der Speichel hatte einen Nachgeschmack von Affenbrotbaum. Sie zog den Schurz hoch, dann bedeckte sie sich den Kopf.

Morgens raus, wie die anderen!, das ist nicht der Tag, an dem sich Salimata sagen konnte, ich bin schwanger! Der Kopf brummte ihr, als hätte sie einen Schlag bekommen, als tobte in ihm ein Schwarm von Erinnerungen! Die Beschneidung!, diese Szenen, diese Gerüche, diese Farben der Beschneidung! Und die Vergewaltigung!, auch hier diese Farben, diese Schmerzen, diese Krämpfe.

Die Vergewaltigung! Im Blut der Beschneidung und unter Schmerzen war sie von dem Feuer des rotglühenden Messers und des Pfeffers getroffen worden. Sie hatte aufgeschrien, hatte gebrüllt. Ihre Augen verdrehten sich, gingen ihr über und tauchten in das Grün des Waldes ein, dann erschien das Gelb des Harmattans und schließlich das Rot des Blutes, das Rot der Opfer. Und sie brüllte noch immer, sie schrie, daß alles kochte, schrie aus

Leibeskräften, schrie, bis der Schrei erstickte, bis ihr die Sinne schwanden. Wie lange die Ohnmacht anhielt, hat sie nie erfahren. Als sie wieder zu sich kam, vernahm sie über sich das Geflüster der Umstehenden, die Öllampe flackerte wieder, ihre Beine waren blutbeschmiert, die Matte war von Blut durchtränkt, das Blut war gekommen wie der Morgen. Ihre Mama verzehrte sich in Heulen und Wehklagen, arme Mama!, arme Mama!

Jetzt biß eine Wanze Salimata in die Hinterbacke; sie suchte sie, sogar an Famas Füßen und an seinen Schultern, bis sie sie neben den Kopfkissen erwischte und zerdrückte. An ihren Fingern blieb ein widerlicher Gestank haften. Ekelhaftes Biest! Sie warf die Decke zurück, es war heiß. Famas Schnarchen erfüllte den ganzen Raum. Sie mußte wieder an ihre Beschneidung denken, an ihre Schmerzen, an ihre Enttäuschungen und an ihre Mama . . .

Arme Mama!, ja, arme Mama der Salimata, großes Unglück und viele Nackenschläge mußte sie ihrer Tochter wegen hinnehmen! Besonders bei der aufregenden Beschneidungszeremonie! Dabei hatte sie sich immer vorgestellt, wie ihre Tochter vom Feld der Beschneidung zurückkehrt, schön, mutig, reich geschmückt, tanzend, singend, ihren Stolz hinausschreiend. Als Salimata noch ein kleines Mädchen war, hatte die Mama oft gesagt: »Weißt du, eines Tages wirst du beschnitten. Das wird nicht nur ein Fest sein, mit Tänzen und Liedern und festlichem Schmaus, nein, das ist auch etwas Großes, ein großes Ereignis, das eine große Bedeutung hat.«

»Aber was für eine große Bedeutung?«

»Hör zu, meine Tochter, einen Monat lebst du abgeschieden mit den anderen, die zur Beschneidung kommen, und man lehrt euch unter Gesängen alle Tabus des Stammes. Die Beschneidung ist ein Bruch, eine Scheidelinie, sie setzt dem Ungewissen und der Unreinheit der Mäd-

chenjahre ein Ende, danach beginnt das Leben einer Frau.«
Als Salimatas Brüste wuchsen und Form gewannen, rief ihre Mama vor Freude: »Nun bis du ein junges Mädchen!, bald ist es soweit.« Und während einer Regenzeit hieß es: »Der Tag ist bestimmt worden, beim nächsten Harmattan.« Der festgesetzte Tag kam auch, es war ein Morgen in der letzten Woche des Harmattans, ein bleigrauer, verdammter Morgen, ein Morgen wie die anderen, doch ohne Feuer in Salimatas Herzen, aber mit der Geschäftigkeit ihrer Mama und einer quälenden Ahnung, die Mama bedrückte. Beim ersten Hahnenschrei wurden die Mädchen zur Beschneidung zusammengerufen. »Sei tapfer, meine Tochter! Standhaftigkeit auf dem Feld der Beschneidung wird der Stolz der Mama und des Stammes sein. Ich danke Allah, daß dieser Morgen angebrochen ist. Aber ich habe Angst, mein Herz schlägt laut vor Angst, ich beschwöre alle Geister, daß das Feld meiner einzigen Tochter gewogen sei!« Ja, die Geister erhörten Mamas Gebete, aber wie!, nach wie vielen Schmerzen!, nach all den Sorgen!, all den Tränen!
Salimata wird nie vergessen, wie sich die Mädchen in der Nacht sammelten, wie sie im Gänsemarsch in den Wald gingen, in den Tau, und den Bach an einer seichten Stelle durchquerten; sie wird nie den kreischenden Gesang der alten Frauen vergessen, die ihnen zur Seite schritten, noch die Ankunft auf dem gerodeten, frischgepflügten Feld am Fuße eines Berges, dessen waldiger Gipfel sich im Nebel verlor, noch den wilden Aufschrei der alten Frauen: »Das Feld der Beschneidung!« Das Feld der Beschneidung! Salimata wurde in ihrer Erinnerung von einem Tritt Famas, den wahrscheinlich eine Wanze gebissen hatte, unterbrochen. Er hatte sich wie ein Bogen entspannt, sich vor dem Weiterschnarchen herumgeworfen und dabei ausgeschlagen. Dieser Tritt entfachte den Zorn

der Frau. Ein Nichtsnutz, wie Straßendreck, leer in der Nacht wie bei Tage; für diesen da schuftete sie, war beim ersten Hahnenschrei auf den Beinen, kochte Brei, den sie verkaufte, nur um das Geld für den Unterhalt, für Kleidung und Wohnung zu haben, und mittags lief sie auf den Markt, auf das Plateau, um Reis zu verkaufen und Geld zu kriegen für die Zaubermittel, die Medizinen, die Marabuts und die Opfergaben, die Männlichkeit und Fruchtbarkeit erwirken sollten . . . Und nachts setzte es Eselstritte dafür. Jetzt reicht's! Sie stieß ihn in den Hintern. Fama brummte, schnarchte weiter, und Salimata widmete sich wieder der Erinnerung.

Die Ankunft auf dem Feld der Beschneidung. Sie sah, wie jedes Mädchen, eins nach dem andern, den Schurz löste und ablegte, sich auf einen umgestülpten irdenen Topf setzte; sie sah, wie sich die Beschneiderin, die Frau des Schmieds, die große Zauberin, näherte, das Messer zückte, ein Messer mit gekrümmter Klinge, es in Richtung des Berges erhob und die Klitoris abtrennte, die als Unreinheit, als Unvollkommenheit und Wirrnis gilt; sie sah, wie sich die Beschnittene erhob, der Beschneiderin dankte und den Gesang des Ruhms und der Tapferkeit anstimmte, in den der Chor der Anwesenden einfiel. Salimata hörte noch einmal die Echos, die Berg und Wald verstärkt zurückwarfen, so daß die Vögel in den Blättern aufschreckten und die Paviane mit ihrem Gekläff anfingen. Daran mußte sie jetzt denken, und in der Erinnerung stieg die ganze Grauenhaftigkeit der Geschichten von jungen Mädchen, die auf dem Feld umkamen, grollend in ihr hoch, die Namen jener, die unter dem Messer geblieben waren, drängten sich ihr auf. Das Feld behielt nur die unvergleichlich Schönsten (wie Salimata). Es blieb dort Moussogbê, von ihrer Mama förmlich hingestoßen, eine Schönheit, an die sich ganz Horodougou noch erinnerte. Nicht zurückgekommen war vor vier Harmattans Nouna, deren Nase gerade, schnurgerade war. Vergebens suchte Salimata nach ihren Gräbern, Gräbern von Nichtzurückgekehrten und Unbeweinten, weil sie als Opfer für das Wohl des Dorfes angesehen wurden. Der Wald hatte ihre Gräber zugedeckt. Salimata mußte daran denken, wie die Reihe an sie kam, wie die Beschneiderin an sie herantrat. Heiß ging es zu, einen Lärm vollführten die alten Frauen, die entlassenen beschnittenen Mädchen, die Aasgeier und die Echos, die vom Berg und aus dem Wald widerhallten. Die Sonne erhob sich rotglühend hinter den Baumkronen. Die Geier, vom Blutdunst angelockt, stiegen auf, hoch über die Wipfel und die Nebelschleier. Hoch über den Köpfen zogen sie Kreise, stießen wildes Geschrei und Gekrächz aus. Die Beschneiderin kam nun auf Salimata zu, setzte sich, ihre Augen waren rot unterlaufen, Hände und Arme blutbesudelt, ihr Atem ging heftig und stoßweise. Salimata überließ sich ihr mit geschlossenen Augen, die Flut von Schmerzen stieg an, von jener Stelle zwischen den Beinen über den Rücken in den Hals und in den Kopf und wieder hinab, bis in die Knie; sie wollte aufstehen, um zu singen, aber sie konnte nicht, sie bekam keine Luft, der feurige Schmerz ließ Arme und Beine schlaff werden, es schien, als würde die Erde unter ihren Füßen versinken, als stünden die Umstehenden, die anderen Beschnittenen, der Berg und der Wald Kopf und entschwebten im Nebel und in den jungen Tag; eine Schwere lastete auf ihren Lidern, die Knie wurden weich, sie brach zusammen und fiel leblos hin.

Welch heiße, stickige, fast pfeffrige Luft in der Hütte! Dazu das aufreizende Schnarchen Famas. Salimata erhob sich, knüpfte den Schurz fest und stieß die Tür auf, um das Heraufziehen der morgendlichen Helligkeit zu sehen. Die Kühle der Nacht umfing sie, vereinzelt drangen Geräusche der Stadt an ihr Ohr, sie spürte eine gewisse Unruhe in der Brise, die vom Meer herüberwehte. Dann fernes Gebell, noch ferner das dumpfe Geräusch eines fahrenden Autos, oder vielleicht war es die Brandung; das Aufblitzen und Verlöschen des Leuchtfeuers, das über Dächer und Baumwipfel streifte. Ein etwas stärkerer Wind kam auf, fuhr über das Blechdach, pfiff zur Tür herein, koste Salimatas Wangen, ihr Gesicht, bis sie zu frösteln begann. Als sie die Tür wieder geschlossen hatte, legte sie sich noch einmal hin, um den Rest der Nacht zu schlafen.

Als Salimata auf dem Feld der Beschneidung aufstand, war die Sonne hoch über ihre Köpfe gestiegen. Zwei alte Frauen befanden sich bei ihr. Der Zug war schon aufgebrochen!, weg! Das hieß, die Rückkehr der beschnittenen Mädchen war gefeiert worden mit Tanz und Gesang, ohne Salimata. Oh, die Rückkehr, das muß man wissen, war der allerschönste Teil der Beschneidungsfeier, wenn sich die Tamtams, die Gesänge, die Freude und das ganze Dorf überboten bei dem Wiedersehen mit den Beschnittenen, die den Kalebassenrundtanz aufführten. Salimata hat nicht den stolzen Einzug ins Dorf miterlebt, von dem sie so geträumt hatte. Sie wurde huckepack von einer alten Frau auf einem kaum begangenen Weg ins Dorf getragen und durch einen verborgenen Eingang in die Hütte des Fetischpriesters Tiécoura gebracht und unter dem Schutz von Tiécouras Fetisch aufs Lager gebettet. Den ganzen Tag rauchten zu Füßen der Kranken die Opfergaben und rollten die weiß- und rotgefärbten Kolanüsse, während ihre Mama weinte. Salimata verbrachte dort eine Nacht, die sie nie vergessen wird.

Die Fetischhütte lag abgesondert von den übrigen Hütten, sie war rund, eng, vollgestopft, es wimmelte von Eidechsen. Innen stand der alles beherrschende Fetisch, eine Schrecken einflößende Maske, die den größten Teil des Raumes einnahm; eine Öllampe flackerte, rauchte und

gab nur so viel Licht, daß das Geheimnisvolle gewahrt blieb. Das Dach aus altem, rußgeschwärztem Stroh war mit einer Unzahl Trophäen behangen: mit Lappen, einem Korb, einem Messer und so weiter. Der kleine Ausgang, von einer Matte verdeckt, führte in die Nacht hinaus, in den Busch, in die Mysterien. In dem Augenblick, da die Sonne allmählich schwere Lider bekam, wurde die Matte beiseite geschoben, etwas griff nach ihren Hüften und ließ nicht los, etwas stieß in ihre Wunde; sie spürte und erkannte wieder den Schmerz, der tief eindrang und in ihr brannte, vor ihren Augen zog sich ein Schleier aus Farbfetzen zusammen, die ins Grün, ins Gelb, ins Rot spielten; sie stieß einen Schmerzensschrei aus und verlor das Bewußtsein im Rot ihres Blutes. Man hatte ihr Gewalt angetan. Wer? Ein Geist, hatte man hinterher gesagt. Man hatte auch den Grund genannt. Salimatas Mutter hatte an Unfruchtbarkeit gelitten und war nur dadurch geheilt worden, daß sie den Berg Tougbé anflehte, dessen Geist sie mit Salimata hatte schwanger gehen lassen. Salimata kam auf die Welt, sie war schön, so schön, daß sie die Liebe und die Eifersucht des Geistes weckte, der ihr nachstellte. Man hatte sie einem zur Frau versprochen, hatte sie beschnitten, ohne den Geist zu verständigen und durch ein besonderes Gebet seine Leidenschaft zu beschwichtigen. Also hatte die Eifersucht und der Unwillen des Geistes die Blutung hervorgerufen. Es war der Geist in menschenähnlicher Gestalt gewesen, der sie bei der Beschneidung und in ihrem Blut überwältigt hatte.
Ein heller Hahnenschrei ertönte im Nachbarhof, der erste Schrei des neuen Tages. Salimata stürzte mit der Lampe in der Hand hinaus in die Küche nebenan, sie legte Holz auf die Feuerstelle, brannte ein Streichholz an; der Rauch begann zu wispern und vom Aufsatz stieg ein brenzliger Geruch auf, bevor die blaue Flamme durchbrach und sang. Der Brunnen lag mitten im Hof; dort zog sie zwei

Eimer Wasser herauf, goß es in den Topf über der lodernden Flamme, setzte sich auf einen Schemel, die Ellbogen auf die Knie gestützt, das Kinn in den Händen, und empfand das Prasseln des Feuers wie eine flüsternde Berührung Famas in einer der kalten Harmattannächte.
Aber Salimata wußte es nicht, sie hat es niemals erfahren. Sie wußte nicht, ob wirklich der Geist sie vergewaltigt hatte. Sie hatte den Schatten eines Mannes genau gesehen, einen Umriß, der an den Fetischpriester Tiécoura erinnerte. Man hatte sie in seiner Hütte auf ein Lager gebettet, er hatte die Hütte den ganzen Tag umkreist, »um die Hunde fernzuhalten«, aber nachts war er gekommen, hatte die Matte am Ausgang beiseite geschoben, hatte Salimata und die wachende alte Frau gegrüßt. Als die Alte eingeschlafen war und der Schlummer Macht über Salimatas Lider gewann, wurde die Lampe ausgeblasen, und etwas warf sich auf ihre schmerzenden Stellen; als Salimata schrie, waren ihre Beine wie Blei, und der Schatten war zur Tür hinausgehuscht. Salimata konnte nicht sagen, ob es der Fetischpriester Tiécoura gewesen war, der sie mit ihrer Wunde von der Beschneidung vergewaltigt hatte. Vor Abscheu sammelte sich Speichel, salziger Speichel. Sie spuckte ins Feuer.
Ja, Salimata hat es nie sagen können, aber in ihrem Innern, tief in ihrer Seele, war ein ungeheurer Schrecken zurückgeblieben, der sich jedesmal einstellte und sie erstarren ließ, sobald nur irgend etwas die Vorstellung von Tiécoura ins Gedächtnis rief. Tiécoura blieb für Salimata mehr als ein Totem!, ein Alpdruck, ein Unglück. Selbst wenn Tiécoura nicht an die Vergewaltigung erinnerte, war er, in der nackten Wirklichkeit, ein grauenhafter Zweibeiner, ein abstoßendes, wildes Geschöpf. Mit dem glühenden Blick eines schwarzen Savannenbüffels. Mit geflochtenen, amulettbesteckten Haaren, um die sich beständig eine Wolke Fliegen hielt. Mit kupfernen Ohrrin-

gen. Der Hals war mit Zaubereisen an die Schultern geheftet wie beim Jagdhund auf Pavianhatz. Die Nase breit, platt; tiefe Falten, wie Rinnen am Fuß von Gebirgen, trennten die Nasenflügel von den Wangen. Breite Schimpansenschultern, behaarte Glieder, behaarter Oberkörper. Und dazu die Lippen immer verdrießlich zusammengekniffen, die Worte kamen schnell und abgehackt hervor, der Gang war geckenhaft, die Beine nach außen gebogen. Er war der Sohn und Enkel von Fetischpriestern, geboren und aufgewachsen unter Opferfesten und Anbetungen; ob Harmattan, ob Regenzeit, stets umgab ihn der Dunst von Geschlachtetem und Gebratenem, er lebte und schwebte im Schweigen der Mysterien und im Geheimnis der Qualen. Der Schatten, der Umriß, die Ausdünstung dieses Mannes, selbst in sehr großer Entfernung, genügte, um in Salimata Ekel und Abscheu hervorzurufen, so daß sie versteinert innehielt.
Das hat keiner begriffen, keiner hat es verstanden, als sich Salimata Baffi (ihrem ersten Mann) verweigerte. Baffi stank nach abgestandenem und aufgewärmtem Tiécoura: den gleichen Gang einer Hyäne, die gleichen roten Webervogelaugen, die gleiche Stimme, der gleiche Atem; er löste in Salimata ein Echo aus, das sie stocksteif werden ließ. Die Rückkehr von der Beschneidung war erfolgt (nach der Nacht der Vergewaltigung wurde Salimata in die Hütte der heimkehrenden Beschnittenen gebracht und erlebte, abgesperrt wie die übrigen, drei Wochen Pflege, Festlichkeiten und einweisende Belehrungen), nunmehr ist das Malinke-Mädchen geheilt und wird zur Verheiratung geführt. Von Ängsten gepeinigt, wurde Salimata eines Abends unter Tamtamklängen und Gesang zu ihrem Bräutigam gebracht. Der gelbe Mond sah durch die Wolken, die freudige Hochzeitsstimmung erhitzte und schüttelte Dorf und Wald; ihre Mama zitterte und weinte, Salimata sah und hörte nichts, sie war einzig mit

ihrer Furcht beschäftigt. Die Zeremonie war schneller als gewünscht vorüber; allzu eilig wusch man ihren Kopf, und schon war sie in der Hochzeitshütte, wo am Fußende des Bettes zwei alte Frauen die sexuelle Aufklärung besorgten und bezeugen sollten, daß sie Jungfrau war. Baffi trat ein, näherte sich, machte einen Versuch, sie zog sich zusammen, verkrampfte sich, verweigerte sich, die Alten griffen zu und bändigten sie und wollten sie mit Gewalt zwingen; sie schrie! Sie schrie, wie in der Nacht der Beschneidung, die Angst und der Ekel vor Tiécoura stiegen ihr in die Nase, in die Kehle, und sie schrie sehr laut, so daß die Hunde in den Höfen bellten und das ganze Dorf in Aufregung brachten; die Alten ließen los, sie sprang vom Bett und wollte zur Tür hinaus, man hielt sie zurück, sie brach zusammen und wälzte sich in ihrer Verzweiflung und unter Tränen auf der Schwelle. Der Ehemann schlüpfte in die Hose, Salimata bemerkte nicht einmal, daß Baffi einen riesigen Bruch mit sich herumschleppte, der ihn zum Eichhörnchengang eines Tiécoura niederdrückte. Die Ratschläge der alten Männer und Weiber und Mamas Versicherungen und selbst Drohungen machten die Furcht und den Abscheu nicht geringer. Es begann noch einmal, man versuchte es mit noch einer Hochzeitsnacht und noch einer und noch einer; vergebens. Er legte sich auf sie, sie brüllte und klammerte sich an den eingeschnürten Bruch. Man begriff, daß es aus war mit den Proben, sie hätte ihn schließlich noch umgebracht. Es war übrigens nutzlos, wirklich nutzlos, sie war des Teufels, sie blieb die vom Geist Verfolgte, von jenem Geist, der sie vergewaltigt hatte, er widersetzte sich jeder Verbindung Salimatas mit Männern, daher die Schreie, der Abscheu, die verbrecherischen Handlungen (der Faustschlag gegen den Bruch). Aber die Brautgabe war gezahlt, die Hochzeit gefeiert, Salimata würde auf dem Hof ihres Mannes wie eine Frau für die Küche leben, für die Vorratsspeicher, aber nicht wie eine Gattin mit Anspruch auf einen Teil der Nächte, also ohne jegliche Hoffnung auf ein Kind. Gelobt sei Allah!, der Herr der Welten, der barmherzige Wohltäter! Der eingeschnürte Bruch machte dem Mann zu schaffen, bis er einen Seufzer tat und hinüber war. Es waren vier Regenzeiten ohne Ehe gewesen! Salimata wurde drei Monate in die Witwenhütte gesperrt.

Der Topf summte; Salimata hob die Lampe, das heiße Wasser sprudelte, sie goß es in einen Eimer und trug es hinter die Hütte. Fama schnarchte, hingestreckt, die Nase in der Decke, immer der Unnütze, der Leere, ohne Mitgefühl für die große Verrücktheit seiner Frau, einen Bauch zu kriegen. Sie schüttelte ihn, er drehte sich um und ließ sich wieder in den Schlaf plumpsen wie ein Mühlstein. In ihrem Zorn zielte und schlug sie mit der Rechten zu, einmal auf die linke Hinterbacke, zweimal auf die rechte dieses Taugenichts, der nur schlafen konnte, und noch einmal und gar nicht zimperlich auf die rechte Hälfte dieses dicken Fressers, der nichts hereinbrachte.

»Ja, ja! Hör auf, mich zu schlagen, böses Weib!«

»Steh auf, du versäumst die Stunde des ersten Gebets, das erste Morgenlicht liegt schon über dem Ort.«

Dann kam sie wieder, stellte den Topf mit Brei auf das Feuer, übergoß sich mit einem Eimer lauwarmen Wassers und wusch sich. Die wohlige Wärme wirkte belebend, und das Seifenwasser duftete nach Morgenfrühe, nach der Jahreszeit, nach Erinnerungen . . .

Böse Worte, Verwünschungen wurden Salimata während der Riten der Witwenschaft und danach entgegengeschleudert. Baffi wäre nicht an seinem riesigen Bruch gestorben, sondern von dem übelwollenden Geist, der Salimata verfolgte, getötet worden; sie träfe die Schuld. Man wies mit dem Finger auf sie. »Verfluchte Schönheit, die den Geist auf sich lenkt! Eine Frau ohne Loch! Eine Statue!« Und Baffis Bruder, dem man Salimata überließ, zögerte zunächst, solch ein unheilbringendes, mit dem Unglück behaftetes Weib auf seinen Hof zu nehmen. »Erst einmal muß der übelwollende und eifersüchtige Geist weg!« Salimata war allein mit ihrem Leid, allein in ihrer Hütte, auf dem Stück Erde, im Dorf, Tag und Nacht, wochenlang, Monate hindurch, während der Regenzeiten und der Harmattans, und sie hörte sich weinen. Dann, es war an einem Montagnachmittag, kam Baffis Bruder (er hieß Tiémoko) zu Salimata. Der böse Geist war entfernt worden. Tiémoko begehrte sie nun, war von Sinnen und voller Eifersucht. Er zückte sein Messer und fuchtelte damit herum.

»Entweder du schläfst mit mir, oder . . .«

Abgesehen von dem Bruch, ähnelte Tiémoko seinem Bruder Baffi, folglich auch Tiécoura, in jeder Hinsicht, wie die Spur ein und derselben Bestie. Im übrigen war er krummer als einer, der am Bruch litt, hatte Augen, in denen das Feuer der Gewaltätigkeit flammte, und das Gespür und die krankhafte Empfindlichkeit eines Buschmenschen (er war berufsmäßiger Jäger) und den Mund voller Flüche und Drohungen, sobald er ihn auftat; bei jeder Gelegenheit fuchtelte er mit dem Messer oder dem Gewehr herum. Wenn sich in seinen geröteten Augen und in seinem Mund Liebe und Eifersucht zeigten, war das Unglück unabwendbar, denn bei jeder Annäherung erstarrte Salimata, in ihr stiegen Beschneidung, Vergewaltigung, Tiécoura, das ganze Leid hoch; das sagte sie ihm. Seine Antwort bestand darin, daß er sie in eine Hütte sperrte, die er Tag und Nacht umkreiste, und die Flinte schwang und das Messer bereithielt, dabei die Eingeschlossene, die schlechten Ratgeber, alle die Lügner bedrohend und beschimpfend sowie auch die verdammte

Ära der Weißen, die untersagte, bastardische Ehebrecherinnen zu erwürgen. – Eines Nachts war sie auf und davon, sie war allein in den Busch, in die Nacht gelaufen.

Sie hatte sich abgespült, der Inhalt eines Eimers mit lauwarmen Wasser war noch über den Kopf zu gießen, das tat sie, und pitschnaß band sie sich den Schurz wieder um. In der Hütte breitete sie die Ziegenhaut aus, strich sie glatt und gab sich dem guten, stärkenden Morgengebet hin. Viermal erhob sie sich, viermal berührte sie mit der Stirn den Boden, dann kauerte sie sich auf die Haut und vertraute sich Allah, dem barmherzigen Wohltäter, an. Ein Kind! Ein einziges! Ja, ein kleines! Das einzige, worum sie auf dieser Erde flehte, denn Fama erwies sich immer weniger tauglich. Was hatte nach Allahs Willen den ersten Platz, Treue oder Mutterschaft? Gewiß die Mutterschaft, die Mutterschaft vor allem. Soll doch Famas Platz aus Salimatas Herzen weichen, damit sie mit anderen Männern schlafen kann, die nicht an das Antlitz und die Gerüche des Fetischpriesters Tiécoura erinnerten, andere, die Salimatas Körper nicht Furcht und Kälte und Erstarrung einflößten. Aber das war Untreue, das war Ehebruch, worum sie flehte. Allah, barmherziger Wohltäter, verzeih die Lästerung! Eine Sünderin? Nein, Salimata war keine freche Sünderin, in ihrer Ehe hatte die Treue der Frau neben der Schwäche des Gatten ihren Bestand; sie flehte zu Allah, dem Verzeihenden und Erbarmenden, daß sich die Mutterschaft einstellen möge. Ein leichtes Lächeln wollte sich zeigen, schnell unterdrückt!, nein, nur kein Lächeln auf Allahs Gebetshaut!
Die Schatten der Nacht hatten sich in Schlupfwinkel geflüchtet, in das Laub der Bäume und unter die Dächer, sie drangen bereitwillig in den Stoff der Dinge ein. Der Himmel war tiefer geworden. Im Osten folgten vier, fünf entflammte Tafeln aufeinander, auf die ruhelose Wölkchen

hingekleckst waren. Die Stadt wurde morgenweiß. In aller Eile sprach Salimata die letzten Verse, beendete das Gebet, rollte die Ziegenhaut zusammen und verließ die Hütte.
Fama war zur Moschee gegangen, er entbot dort jeden Morgen Allah seinen ersten Gruß. Der Brei war fertig; einen Teller mit besonders gesüßtem Inhalt bekam Fama, mit all jener Sorgfalt, die eine Frau schuldet, gleich, wie das Betragen des Mannes sein mochte, wie sein Wert war – ein Gatte war und blieb ein Herrscher. Die Unterwürfigkeit der Frau und ihr Dienen sind Gebote Allahs, fraglos entscheidende Gebote, denn daraus entsteht die Kraft, der Wert, die Anmut, der Charakter, jede gute Eigenschaft des Kindes, das aus dem Schoß der Gattin hervorgeht. Und wenn Allah es gewährt, soll das Kind zu einem Mann werden, dessen Erdenspuren Jahrmillionen nicht auslöschen. Große Männer wurden von Frauen geboren, die die Leiden, Tränen, Sorgen und Nöte der Ehe ertrugen.
Sie goß den Inhalt des Topfes in eine Schüssel, stürzte in das Zimmer, zog sich einen gewaschenen Rock an, darüber ein Leibchen und trat mit der Schüssel auf dem Kopf durch die Hintertür auf die Straße, ging über den taufeuchten Sand, überquerte den Markt (der noch leer war) und kam zur Anlegestelle.
Zwei Pirogen mit Fahrgästen schaukelten auf der grauen Lagune, ein feuchter Wind war aufgekommen und klebte in den Gesichtern. Die Passagiere und Fährleute lachten laut. Der behendeste der Bootsmänner sprang an Land, schoß auf Salimata zu, nahm ihr die Last ab, half ihr beim Einsteigen und behielt die Schüssel in seiner Obhut. Sie fuhren sofort los, der Motor puffte und knatterte, das Boot wendete und nahm Kurs auf die breite Seite, das Plateau, das weiße Viertel, das hell im Schein der Morgenröte glänzte.

»Hattet Ihr eine friedliche Nacht?«
»Gelobt sei Allah, Frieden einzig und allein. Der Herrscher der Himmel möge uns in seiner Güte einen günstigen Tag bescheren!«
Salimatas Nachbarin war eine Freundin, eine Gefährtin. Jeden Morgen trafen sie sich an der Anlegestelle, sie verkauften jeden Morgen tellerweise Brei an die Arbeiter, die auf den Glockenschlag warteten, wenn Läden, Werkstätten und Bauplätze öffneten.
Allmählich schien der Lärm des Bootsmotors schwächer zu werden und gänzlich zu verstummen, das Halbdunkel und die Frische der Lagune schluckten ihn. Die Schwarzenstadt blieb zurück, sie wurde kleiner und wurde eins mit dem Schwarz der Baumkronen; die noch ferne, undeutlich weiße Stadt sprühte im Lampenlicht. Einzig das Grau der Lagune und das Farbenspiel des Himmels hoben sich davon ab. Rechts wischten fahle Wolken über einen flammenden Horizont, etwas nach Nordosten legte sich wie ein großes goldenes Lendentuch ein Streifen vor den Himmel, der bis oben ins weiße Viertel reichte. Schaluppen, die auf der Lagune hin und her fuhren, zogen weiße Striche zwischen den sich anziehenden, sich vermischenden und sich auflösenden Umrissen der Pirogen. Zwischen den Brückenbögen blinkten die Lichter der Kähne, die im Hafen schliefen. Ein plötzlicher verschwommener Schimmer! Der Morgen hatte gesiegt, goldene Wolken brachten mit sichtlicher Freude das ganze Grau des Himmels durcheinander. Auf dem gegenüberliegenden Plateau erhob sich das weiße Viertel, dick, groß, erhaben, fürstlich mit den Wohnhäusern, den Villen in vielen Farben, die sich zwischen die Mangobäume drängten. Ruhe, eine gewisse Gleichgültigkeit befiel Salimata. Der Frieden des Herzens. Die Lagune schien sich in Fältchen zu legen unter den Schlägen von Tamtams, dem Geknatter der Motore und den Cha-Cha-Cha-

Rhythmen, die der Bootsführer andeutete. Aber der Klang seiner Stimme erinnerte an Fama. Salimata drehte sich um, der Sänger wurde von einer mitfahrenden Frau halb verdeckt, doch der Umriß, soweit zu sehen war, erinnerte, ja ergab das genaue Bild, nicht von Fama, dem leeren Geier, sondern von dem schönen Jüngling, den Salimata traf, als sie aus dem Dorf davongelaufen war.

Diese Flucht! Allein war sie auf einer Piste in die graue Nacht, in den gespenstigen, von Geistern der Vorfahren und von wilden Tieren heimgesuchten schwarzen Busch geflohen, mit einem Bündel unter dem Arm. Sie war durch die Dornen gelaufen, durch Wassergräben gewatet, über Geröll gestolpert, schweißüberströmt war sie gelaufen, lange Zeit, bis ihr der Atem ausging. Nichts hatte sie zurückhalten können, nicht die Angst vor der Nacht, vor den Tieren, den Schlangen, nichts! Sie hatte nur eins gesehen, gehört, gedacht, das, wovor sie floh; und mit der Luft, die sie gehetzt einatmete und ausstieß, und den Bergen, die sie erklomm, und den Flüssen und Wäldern, die sie durchquerte, entfernte sich und wurde von den Kieseln (von ihren Füßen in die Ebene gestoßen) mitgenommen und blieb hinter ihr liegen und verstummte mit dem zurückbleibenden Gebell und Geheul und dem Zischen der Schlangen ringsum all das, was Beschneidung, Vergewaltigung, Eingesperrtsein, Messer, Weinen, Leiden, Einsamkeit, ein ganzes Leben voll Unglück hieß. Sie war schon weit gelaufen, da spürte sie die Schwäche in den Knien, den Schmerz im Herzen, ein Schleier legte sich ihr vor die Augen, die Kräfte versagten. Sie konnte nicht mehr, sie mußte haltmachen, nur kurze Zeit, denn sofort hatte es sich im Busch geregt. Was für ein Geräusch konnte das sein? War es Tiémoko? Wurde sie verfolgt? Hatte man sie bereits eingeholt? Mit einem Schlag war die Müdigkeit aus den Beinen, das gepreßte Herz war frei, die taumelnden Bilder vor den Augen waren weg. Wieder lief sie auf der Piste, der Atem kam wieder, die Füße trugen wieder, besser und schneller ging es voran. Würde sie eingeholt werden, wüßte sie, was sie zu erwarten hatte: auf der Stelle erdrosselt zu werden oder, ins Dorf zurückgebracht, ein Leben lang die Nächte eingesperrt zu sein und tagsüber von einem verrückten und in seiner Eifersucht mit der Waffe drohenden Tiémoko beständig belauert zu werden. Deshalb war sie immer weiter gerannt. Am Horizont zeigte sich heller Schimmer, dann war der Mond hervorgetreten, und der Busch nahm eine fahle Färbung an, aber war immer noch voller Geheimnisse. Noch einmal brach sie an einem Baum zusammen. Mutlosigkeit und Ermattung hatten sie überwältigt. Keuchend überlegte sie, was ihr auf der noch zurückzulegenden Strecke begegnen mochte, welche Ängste, welche Mühen noch zu überwinden wären. Dann war Fama da, und das hieß Liebe, Leben als verheiratete Frau, Ende der Gefangenschaft. Sie dachte daran, wie sie zum erstenmal Fama im Kreis der Tanzenden erblickt hatte: als den größten Burschen von Horodougou, den schwärzesten, von einem glänzenden Kohlschwarz, mit weißen Zähnen, mit den Bewegungen, der Stimme und dem Reichtum eines Prinzen. Sie hatte ihn sofort geliebt. Er, Fama, hatte geschmachtet: »Salimata, du bist das schönste Lebewesen im Busch und in den Dörfern von Horodougou.« Und dann, bei Schicksalsschlägen, in der sorgenvollen Bitternis, in all den Verdammnissen hatte sie ihn nie vergessen. Er war es, der am Ende des Laufs dastand, am Ende der Nacht, als ihr der Atem ausgegangen war. Sie hatte sich abermals erhoben und war gelaufen und gelaufen. Der Mond war bleich. Sie war bis zum Morgen gelaufen, bis zur ersten Stadt. Tiémoko hatte sie nicht eingeholt, hatte sie in jener Nacht nicht einmal verfolgt. Als er die Flucht festgestellt hatte, hatte er mit dem Messer in der Hand das ganze Dorf durchstöbert, eine Hütte nach der anderen, den ganzen Rest der Nacht hindurch. Tags darauf hatte er in der Umgebung das Gestrüpp, die ausgetrockneten Wassergräben und die Berge abgesucht, den Finger immer am Abzug. In den darauffolgenden Tagen weigerte er sich zu essen, zu trinken und zu schlafen und trug seine Wut und seine Verzweiflung hinaus in die Felder und in die Dörfer der Provinz.

Da war Salimata schon weit entfernt und hatte ihren Fama gefunden. Einen stets einzigartigen Fama, Erwecker des Verlangens, ihn zu berühren, zu streicheln, zu schlucken, anzuhören. Den, der an den Bootsführer, an den nach der Cha-Cha-Cha-Melodie Tänzelnden so sehr erinnerte.

Man war da. Die Anlegestelle, an der Flanke der weißen Stadt, öffnete die Arme. Der Motor hielt im Tamtam-Schlagen inne und fauchte wie eine gefangene Zibetkatze. Die riesige, wie ein Schmiedefeuer lodernde Sonne hatte den Himmel erstürmt, eine kupferfarbige, breitspurige Straße verlief von Ost nach West, längs der Lagune. Überall kollerte und zeterte die Lebhaftigkeit des Morgens, am Kai beeilten sich die Arbeiter mit dem Ausladen, die Bootsleute und die Fischer waren geschäftig, und die Marktweiber verkauften mit Geschrei. Vom Lärm aufgeschreckt, stoben quiekende und quarrende Scharen von Fledermäusen und Webervögeln aus Mangobäumen, Käsebäumen und Palmen auf, die die weißen Wohnhäuser dicht umringten.

»Da hast du, Träger! Allah schenke dir ein langes Leben, Gesundheit und Wohlstand!«

Der Träger, der Salimata beim Ausladen der Schüssel geholfen hatte, betastete die Münze, spürte ihren Wert und ließ sie, gleichgültig und taub gegenüber den Wünschen, in die Tasche gleiten.

»Los, sprich für mich auch Segenswünsche, damit der

Handel auf dem Markt und der ganze Tagesablauf Nutzen bringen, damit ich fruchtbar und kinderreich wie diese Fledermäuse werde!«
Der Angesprochene wiederholte mechanisch die Wünsche und entfernte sich.
Salimata ging die Avenue der Syrer hinauf. Rechts lag der quirlende Platz der Niger-Compagnie. Etwas weiter füllten sich die Arbeiter aus dem Norden, unter ihren breiten Strohhüten und in zerlumpter Kleidung, den Bauch mit Brot und Kaffee.
»Brei! Gut gesüßter Brei!« rief sie.
Eine kleine Straße, eingezwängt zwischen hohen roten Häusern mit Balkons und Blumen, und hier und da eine Weiße, die ein kugelrundes Baby hochhob und lächelnd neben ihrem Mann stand, der stolz die Brust herausstreckte. Glück und Frieden! Möge Allah auch Salimata Glück und Frieden gewähren! Am Ende der Straße lag die Baustelle, wo sich alle Kunden Salimatas drängten.
»Brei! Gut gesüßter Brei!«
Sogleich war die Verkäuferin umlagert. Es genügte, ihr zu sagen: »Möge dir Allah ein Kind schenken«, und schon gab sie auf Pump. Ein irgendwie gutartig verrücktes Marktweib! Und Moussa Ouedrago, das war einer mit Fledermausohren, mit platter Nase und Tätowierungsnarben, die bis zum Hals gingen. Der schuldete sechs- bis zehnmal Brei, zwei volle Wochen hatte er keine Arbeit gehabt. Durfte man einen Mitmenschen leiden lassen, weil ihn der Listenführer für den und den Tag nicht vorgemerkt hatte? Oh, möge Allah die Wohltaten der Mama in Lebensglück und in Kraft des Leibes für das Kind umwandeln!
»Hier, Ouedrago, ich borge dir noch einen Teller!«
Und Traoré, mit der Honigseimzunge hatte das Pulver versprochen, das die verdorrteste aller Frauen fruchtbar macht.

»Einen Brei!«
Und Mamadou! Einer, der stets bares Geld hinlegte. Aber ein Mann, den sie nicht mochte, der wahre Hahn auf dem Bauplatz, der die Frage zu stellen wagte, vor allen, ob Salimata mit ihm schlafen würde. Als wäre sie ein Flittchen, das sich mitsamt Brei verkaufte. Sie wollte Mutter sein, eine würdige Mutter; hündische Mütter bringen Unglückskinder zur Welt. Und Mutterschaft ist etwas Großes, etwas Schwieriges, und die Gefahr besteht, daß man ein ungehorsames Ding bekommt, das, statt Mutter und Vater im Alter eine Stütze zu sein, nur Sorgen bringt.
Und Tiémoko, Bakary, Tieffy: für alle einen Teller auf Pump. War der Topf leer und blankgewischt, schlug die Glocke zum Weiterarbeiten das erste Mal. Salimata würde mittags wieder dasein. Die Glocke schlug zum zweiten Mal. Der Kreis um sie löste sich auf, man lief auseinander. Die Betonmaschine mahlte und polterte. Hammerschläge dröhnten. Andere Maschinen brüllten. Der ganze Bauplatz hallte wider, als würden Gewitter und Wirbelsturm ihn bewohnen.
Mit den Tellern in der Schüssel und alles auf dem Kopf, ging Salimata die Straße zu den Anlegestellen, die zu beiden Seiten von Bougainvillea gesäumt war, bis zum Rondell hinunter. Dort endete die Avenue an einer Terrasse mit steinerner Brüstung, einer Plattform mit Treppen rechts und links. Von da an erstreckten sich das schwarze Viertel und die Brücke, und die ganze Lagune öffnete sich und stieg ins Unendliche wie der Gesang der beschnittenen Mädchen. Die Sonne hatte den Höhepunkt ihrer Herrschaft, ihrer Macht erreicht. Die schweren Schaluppen zeichneten weiße Streifen, Pirogen zogen ihnen nach. Das Schwarzenviertel, das waren drei, vier Häuser übereinander, in grellen Farben, und darüber noch eine Kirche und ein großes Kino. Dann die Wipfel der Bäume

und die weißen Dämpfe aus der Lagune und aus dem Wald.
Der Tag war noch lang: Salimata mußte auf den Markt, mußte Reis kochen und verkaufen, den Marabut aufsuchen – alles noch vor dem dritten Gebet. Schon brannte die Sonne im Genick. Ehe die Schaluppen losfuhren, waren die billigen Sachen schnell weggegangen, billige Sachen, die Geld genug brachten, um Fama zu ernähren, um Fama zu kleiden, um Fama ein Dach über den Kopf zu lassen, um die Marabuts und die, die Zaubermittel zubereiteten, zu bezahlen. Sie zog ihren Rock fest, rückte die Reisschüssel zurecht, stieg von der Plattform herab, überquerte die Avenue, den Kai und ging auf dem linken Fußweg weiter. Längs den Kais reihten sich die Abfallgruben, die ihre Schwaden und ihre Würze in die scharfen Gerüche der Lagune mischten. Sie hielt den Atem an, ging den von vielen nackten Füßen ausgetretenen, ausgehöhlten Pfad entlang, gelangte auf die Plattform der Kais, die von den Rufen der Schiffseigner angeheizt wird. Eine Schaluppe legte ab, Salimata war zugestiegen.
Der Motor furzte, das Fahrzeug drehte und schob die Falten, die die Lagune durchliefen, vor sich her und schnitt sie.
Weit und breit der einzige und allmächtige Herrscher, die Sonne. Ihre Strahlen, ihre Spiegelungen auf dem Wasser, ihre Hitze. Und kläglich das Gekläff des Motors, ein durchnäßtes und keuchendes Piepsen hinauf in den Raum und hinab, sich in der Tiefe des Wassers verlierend.
Den Verrücktheiten Tiémokos entronnen und dann bei Fama, den sie gefunden, geliebt und mit dem sie gelebt hatte, das waren Tage des Glücks. Ja, Salimata erlebte das Glück für Wochen, Monate und Jahre, die einander folgten, aber unglücklicherweise ohne Kind. Für eine Ehe, für eine Frau ist das beste das Kind, die Mutterschaft, das ist mehr als der kostbarste Schmuck, mehr als die blen-

dendste Schönheit! Der Frau ohne Mutterschaft fehlt mehr als die halbe Weiblichkeit.
Und Salimatas Gedanken, das große Hin und Her an Überlegungen, alle ihre Gebete riefen nach Babys. Ihre Träume quollen über von Körben mit lauter Babys, von allen Seiten stieg es um sie auf. Sie badete die Kleinen und wiegte sie, im Schlaf weitete sich ihr Herz vor heißer Freude, bis zum Erwachen. Am hellichten Tag, im Straßengewühl hörte sie zuweilen Babyschreie, das Weinen von Babys. Sie blieb stehen. Nichts. Es war der Wind, der pfiff, oder Passanten, die sich etwas zuschrien. Eines Morgens spülte sie die Kalebassen aus; unter ihren Fingern fühlte sich eine wie ein Baby an, ein richtiges Baby. Sie badete es, und es weinte und strampelte. Sie trug es in die Kammer und öffnete die Augen. Nichts. Ein harter, zerbrechlicher Schöpfer. Salimata stand da, beschämt, verzweifelt. Eines Nachts kam ein Baby ins Bett, klammerte sich an Salimata und begann die Brust zu suchen, und sein Saugen brannte in der rechten und in der linken Brust; sie betastete es, es war ganz warm, rund, zart. Sie zündete die Lampe an: Da war es auf und davon, hatte sich in einen Küchenmörser verwandelt. Wer hatte ihr den Mörser ins Bett gelegt? Salimata fand die Sache seltsam. Die Zauberer brachten es heraus und bestätigten: Der Geist des Schicksals war es gewesen, der ihr im Dorf nachgestellt und sie in der Hauptstadt nun eingeholt hatte. Er liebte Salimata, er ließ nie von ihr ab. Seine Beharrlichkeit zeigte bald die Wirkung: Der Geist schwängerte Salimata!
Was will schon heißen, daß der Doktor, nachdem alle Hoffnungen in sich zusammengestürzt waren, alles weg war, diesen Zustand eine »nervöse Schwangerschaft« nannte und die Malinke von einer »Geisterschwängerung« sprachen! Salimata war ein paar Monate glücklich gewesen; sie hatte frohlockt; sie war schwanger gewesen,

hatte einen Bauch gehabt und alles, was sich bei einer Frau in anderen Umständen zeigt. Sie hatte sich bei der Mütterberatungsstelle eingefunden, war untersucht worden, und ihre Schwangerschaft war festgestellt worden, sie selbst wurde in die Liste der Schwangeren des Viertels eingetragen.

Monate hindurch war Salimata wie alle Schwangeren des Viertels mit ihrem Löffel und ihrem Eintragungsbuch in der Hand die Straße Nr. 5 hinaufgewandert, durch ein, zwei Siedlungen hindurch, bevor sie auf die Avenue Nr. 8 und dann auf den großen Markt kam, hatte die Vorüberkommenden gegrüßt, hatte ihnen gesagt, daß sie zur Beratung gehe, um einen Löffel Schwangerenarznei zu schlucken; und die anderen beeilten sich, sie zu beglückwünschen, ihr alle möglichen Segenssprüche für eine gute Entbindung und für ein Prachtkind zu sagen, und sie hatten Allah gelobt, daß Salimatas Wohltaten, ihre Güte und ihre Gebete mit einer Mutterschaft entgolten wurden.

Monat um Monat, ein Jahr, ohne Niederkunft. Zwei Jahre. Nichts! Allmählich bildete sich der Bauch zurück, alles, was zu einer schwangeren Frau gehört, verging und verschwand. Was vor allem dabei peinlich war, war die aufsteigende Scham, eine Scham, um in die Erde zu versinken! Nach Monaten der Schwangerschaft, ohne Fehlgeburt, ohne Geburt, mußte sie wie die übrigen ausgehen, andere Menschen sehen, sie sprechen, die Leute anlachen. Klar, die Fragen kratzten in der Kehle und schnürten sie zusammen, das war ihnen anzusehen. Jedesmal wird man zu etwas, zu etwas anderem, das jeden fürchtet.

Das Boot fauchte, man war da. Salimata und ihre Begleiterin stiegen zum Markt hinauf, grüßten sich und trennten sich.

Der Markt! Zunächst ein dumpfes Stimmengewirr, das durch alle Poren in den Leib eindrang, ihn in Schwingungen versetzte; der Wind trieb üble Gerüche zu. Dann eine Reihe Buden und der Markt mit seinem ganzen Gewimmel, seinem Lärm und den tausend Glanzstücken. Wie bei einem festlichen Tamtam zappelte alles und wirbelte umher, das Kreischen der wendenden Wagen, die Rufe und Schreie der Händler, die wie Aufsässige brüllten und gestikulierten. Die Käuferinnen, die Hausfrauen, diese wählenden Kundinnen, gingen, kamen, beugten sich vor, taub gegenüber den Anrufen, die Sanftmut selbst. Die Reihe der Hallendächer verstärkte das Summen dieses Bienenschwarms, wandelte es ab, ließ es anschwellen, so daß der Eindruck entstand, man sei wie ein Kücken unter einer Kalebasse gefangen, auf die einer einschlägt. Salimata ging geradezu: Wo die Frische und der Duft vom Salat, vom Kohl, von den Rettichen ausströmte, waren die Gemüsehändlerinnen, dahinter der Obstmarkt. Sie blieb stehen. Ein Bengelchen von anderthalb Jahren, in einem Fliegenschwarm, nackt, splitternackt, die Nase verrotzt und die Augen verklebt, tappte umher und streckte Salimata die Hände entgegen. Ein Kind! Eins haben und herumlaufen lassen! Das Gold kriegen immer die Weiber, die nicht die strammen Ohrläppchen haben, um schweres Gehänge zu tragen! Das Bengelchen stolperte über die hochstehende Ecke einer Matte und fiel mit dem Gesicht in den Sand. Salimata sprang schnell hinzu und hob es zärtlich auf.
»Möge Allah dir danken und dir ein Kind schenken!« schrie seine Mutter.
»Möge er dich erhören und deinen Wünschen Kraft verleihen!«
Dann kamen die Verkäuferinnen mit Dörrfisch und Frischfisch, mit dem ihnen anhaftenden Geruch von Buschfeuer, ausgetrockneten Wassertümpeln, stinkenden

Ausdünstungen der Lagune und Meeresdünsten, und hinter ihnen der Kreis der Reisverkäuferinnen. Sie wollte Reis kaufen, um ihn mittags zu kochen. Sie zahlte für fünf Maß. Und wieder Auslagen, wieder Verkäuferinnen und Händler, und weiter Lärm, weiter Gerüche, dann hatte man den Markt hinter sich. Das Südtor der Hallen führte auf die Straße, wo Salimata wohnte. Rundum fauchte und brodelte der Verkehr.

Salimata betrat den Hof durch die Toreinfahrt. Unter Mangobäumen, die voller Webervögel hingen, und zwischen den Kalebassen, Kindern und umherlaufenden Hühnern zerstampften Frauen etwas in ihren Mörsern. Sie hatten eine friedliche Nacht gehabt, das gaben sie zur Antwort auf Salimatas Gruß und lachten schallend. Im Haus saß Fama auf einem Stuhl, unnütz und leer in der Nacht, unnütz und leer bei Tage, ein abgenütztes, verbrauchtes Etwas, wie eine alte Kalebasse, die einen Sprung hat. Vom Äußeren her war er noch ansehnlich: der hohe Wuchs, einem Käsebaum gleich, die Schultern, Arme, das Gesicht, das ein bewunderndes Oh bei einer Fremden hervorrufen konnte.

»Salimata, hat sich der Markt gelohnt?«

Sie überhörte es, machte sich an ihren Haushalt, legte sich das Küchengerät zurecht, zog sich um, trug einen Topf hinaus. Der Stößel schlug in schnellem Rhythmus. Sie kam mit einer Schüssel wieder herein. Er wartete immer noch auf eine Antwort auf seinen Gruß.

»Ja, der Markt hat sich gelohnt. Und du? Willst du den ganzen lieben langen Tag nur so auf dem Stuhl herumhocken?«

Fama spielte den Gleichgültigen, er antwortete nicht und schien damit beschäftigt, die Bastardereien der Sonnen der Unabhängigkeiten aufzuzählen. Salimata hatte keine Zeit, es war schon nicht mehr früh am Tage, zu viel Arbeit hatte sie noch vor sich. Zwar war der Reis im Topf

und kochte, aber beim Kochen mußte aufgepaßt werden, und dann war noch die Soße anzumachen.
Sie trug einen kleinen Mörser zum Herd und zerkleinerte die Gewürze. Der Stößel dröhnte wie ein Unglücks-Tamtam, wenigstens brauchte man dabei nicht einen faden Fama anzuhören, anzusehen und zu ertragen. Wie weit lagen schon wieder die Monate zurück, da sie ein Kind erwartet hatte! Der Stößel dröhnte in einem fort. Erloschen, aufgezehrt war die Liebe, die Fama und Salimata damals füreinander empfanden!
Sie hatte ihn so geliebt, sie hätte ihn verschlingen können! Als Kaufmann und Reisender war er unterwegs gewesen; sie wartete auf ihn und hatte Tag und Nacht das Geräusch seiner Schritte im Ohr, den Klang seiner Stimme, das Knistern seiner gestärkten Bubus.
Er kam zurück, kam immer wieder zurück und hatte, abgesehen von einem Lächeln, dem Glanz seiner Zähne und seiner Herzenswärme, stets etwas bei sich. Durch seine strahlende Erscheinung und mit seiner Zuvorkommenheit wirkte er betörend, bis hin zum Vergehen und Sich-Vergessen.
Später kehrte weder das Gefühl der Frische, die der Frieden mit sich bringt, noch der Ferne, die dem süßen Glück anhaftet, in dieses Heim ein, denn Fama fand sich mit der unabänderlichen Unfruchtbarkeit Salimatas ab. Er suchte nach Fruchtbaren und, welche Schande!, probierte die ehrlosen Weiber der Hauptstadt. Eine, noch eine und noch eine andere. Nichts kam dabei heraus. Alle waren ein paar Monate in Mode, sprachen manchmal von der Heirat, das ging so von einer Jahreszeit zur nächsten, sie blieben aber immer leer und trocken wie die Hirseähre in einer zu kurzen Regenperiode und sagten sich dann los und verschwanden. Übrigens hätten sie gar nicht bleiben können! Das Unglück und Fama wurden zwei Unzertrennliche. Es steckte in allem, was er begann, es lenkte

seine Hände, seine Tage, alle seine Geschäfte. Auf den Märkten, bei Ankäufen und bei Verkäufen, auf Reisen kam nur Verlust heraus. Nur die Verzweiflung blieb. Der Stolz, die menschliche Wärme, die Herzensgüte schwanden, Fama war nicht wiederzuerkennen. Und dann wurde Politik ganz groß geschrieben. Fama ließ alles stehen und liegen und stieg mit angeborener Redefertigkeit und mit Zuversicht ein. Ein legitimer Sohn eines Häuptlings mußte mit Leib und Seele bei der Vertreibung der Franzosen dabeisein! Politik hieß Männlichkeit, Rache; es galt, fünfzig Jahre Besetzung durch die Ungläubigen zu schmähen, zum Kampf zu fordern, der Vernichtung preiszugeben.

Salimata wurde durch das Zischen der erloschenen Glut aus ihren Überlegungen gerissen. Der Reisschaum war übergelaufen und hatte die Flamme erstickt.

Sie ließ den Stößel los und beugte sich über den Herd: Der Reis war gar. Die Soße war aufgekocht, mit dem Zermahlenen wurde sie gesalzt und gepfeffert. Ein Teller wurde mit Reis und eine Schale mit Soße gefüllt, und sie reichte alles Fama, zu seinen Füßen kniend. Der Gemahl wurde bedient.

»Danke für deine Küche, Allah möge es dir vergelten!«

Sie ging wieder in die stickige Küche, die grau vom Rauch war, der in Augen, Nase und Kehle brannte, stocherte die Glut auseinander, trug die Töpfe in den Hof, setzte sich, schlang auch einige Handvoll Reis hinunter und kaute auf ein paar Fleischstücken. Das Fleisch war zäh, aber die Soße war ausgezeichnet, der Reis ein wenig hart. Sie räumte ihre Sachen zusammen, die Sonne war weitergerückt, bald würde es auf dem Plateau zur Mittagspause läuten. Nachdem sie eilig die rituellen Waschungen vorgenommen hatte, zog sie sich schnell einen anderen Rock an, belud sich mit den Schüsseln und sagte, den Schemel in der Hand:

»Ich gehe in die weiße Stadt zum Platz, wo der Reis verkauft wird.«
»Möge Allah dem Markt gewogen sein und deinen Schritten Glück zuteil werden lassen«, antwortete Fama, der sich gerade die Hände neben dem leeren Geschirr wusch.

4

Soll man glauben, daß im Unglück sich Allah niemals barmherzig gezeigt hat?

Es war ein Mittag in der Übergangszeit. Allah hatte sich von seinem Firmament entfernt und in einen ruhigen Winkel seiner großen Welt zurückgezogen und ließ da oben nur die Sonne, die den Himmel besetzt hielt und bis zu den Horizonten ausfüllte. Die Erde schoß Sträuße von Luftspiegelungen empor. Straßen und Kais hallten wider, sie glänzten in der Ferne auf wie Myriaden von Funken. An der Anlegestelle war ein ständiges Hin und Her der Boote; trotz der Hitze und trotz des Flirrens über der Lagune fuhren sie schnell, und schnell war Salimata wieder auf dem Kai der weißen Stadt, Körper und Atem hatten sich schon an die Hitze und die Augen an die blendende Helligkeit gewöhnt.

Der Markt für gekochten Reis wurde einige Schritt von der Anlegestelle abgehalten. Andere Verkäuferinnen hatten sich bereits unter ihren Sonnenschirmen niedergelassen. Zwischen Verkäuferinnen und um die Schirme schlichen Arbeitslose, Scharen von Bettlern zogen umher: Blinde, Krüppel, schwankende Gestalten. Die zahlenden Kunden waren noch nicht da, es hatte noch nicht zur Pause geläutet, es mußte aber bald soweit sein.

Salimata ließ sich weiter hinten nieder, ohne Schirm, Tisch oder Bank, und verkaufte wie die anderen, denn Allah belohnt die Güte des Herzens; ein guter Charakter und guter Mut stehen an erster Stelle, und wenn eine aus dem Stoff der Salimata ist, da ist nichts zu machen, da folgen ihr die Kunden, selbst wenn sie sich auf einen Termitenhügel zurückzöge.

Die anderen Verkäuferinnen, die von Tischen und im Schatten ihrer Schirme verkauften, beneideten sie und redeten übel von ihr. Salimata verkauft, in der prallen Sonne! Schlecht gekochten Reis! Auf Pump! Teilt falsches Lächeln aus! Das und noch vieles andere sagten sie. Wirklich schamlose Mütter! Mit boshaften Herzen, so daß Hühner, über einem weißen Tuch geschlachtet, keinen Fleck geben würden. Allah, der du Gutes und Schlechtes in Rechnung stellst, wie rechtfertigst du, daß du solchen bösartigen Geschöpfen Nachkommenschaft gewährt hast, während Salimata, eine echte Muslimin . . .
Auf den Baustellen, in den Büros läutete es Mittag. Hungrig drängten sich die Arbeiter an den Toren, strömten auf die Plätze, auf die Straßen, in die Wagen und Kähne.
»Guter gekochter Reis! Ganz billig! Kauft guten gekochten Reis!«
Meuten von Männern, Schwärme, stürzten sich auf den kleinen Markt. Aus einem Gewirr von Händen fuhren Salimata Teller vor die Nase und die Augen. Schnell wie Gazellenbeine hasteten Salimatas Hände hierhin, dorthin, taten Reis auf die Teller, gossen Soße darüber und krönten das Ganze mit einem Stück Fleisch, rissen die fünfzehn Francs an sich, den Preis, und steckten sie in den Rock. Ein Lächeln nach rechts, eins nach links, die Antwort auf die Grüße: »Einzig und allein Frieden!«
»Allah gebe Ihnen viel Glück, ein gutes Marktgeld und viele Kinder!«
»Möge er euch erhören!«
Flink und gewandt, wie beim Weber, gingen die Hände der Verkäuferin vom Teller beim Reistopf zur roten Soße und stopften Geld und wieder Geld in die Rocktasche. Der große Wohltäter im Himmel war dem Markt gewogen. Dank dir, Allah! Und der kleine Markt füllte sich mit Riesenlärm, mit quirlender Bewegung bis unter die

Sonnenschirme und von den Schirmen hinab zu den Anlegestellen und sogar bis auf die Lagune, wo sich Kähne und Boote kreuzten und miteinander wetteiferten. Die alles beherrschende Sonne brannte herab, es schien, als preßte sie heiße Steine auf Schultern, Arme und Beine und drosselte den Atem. Sie blies ausdörrende, schwere, bittere Luft herab. Speiübel wurde den schweißgebadeten Arbeitern, wenn sie ein paar Handvoll Reis hinunterwürgten, den Männern mit geschwollenen, von Sandflöhen zerstochenen Zehen, mit schorfigen Knien, mit den vor Schmiere und Staub starrenden kurzen Hosen!

Plötzlich zeigte Salimata Entrüstung, ein Zittern befiel sie. Ihre Haltung veränderte sich, Schwäche überkam sie, in den Hüften spürte sie (wegen dieser verdammten Hitze!) ein sonderbares Gefühl, weil so ein Hungerknochen, so ein verfluchter, sich hinkauernder Kerl mit nackten Schultern, mit Schaum vor dem Mund und hängender Lippe Salimatas Ding zwischen den Beinen mit runden Hasenaugen verschlang. Sie preßte die Schenkel zusammen und zog den Rock zurecht. Der verwirrte Mensch schwang sich auf seine langen Stelzbeine, daß es in den Knien krachte, und entfernte sich humpelnd. In seinem Rücken, um sein Gesäß und um das staubige, verfilzte Haar wirbelten Fliegen. Ein hungriger Narr? Ein besessener Idiot? Salimatas Herz kam aus dem Takt. Tiécoura! Die Beschneidung, die Vergewaltigung, das Eingesperrtsein! Salimatas Herz verfiel wieder in den Rhythmus des Marktes. Sie hätte ihm einen Teller voll anbieten sollen. Narren, Bettler und Arbeitslose haben keine fünfzehn Francs; Armut, Not und Neid haben sie, aber auch die Freimütigkeit und Freundschaft Allahs. Salimata sollte Arbeitslosen pumpen. Aufrechtes Wesen gilt mehr als Reichtum, und Barmherzigkeit üben lautet das große Gebot Allahs.

»Ihr Arbeitslosen, kommt, segnet alle Salimata!«

»Allah möge Salimatas Güte doppelt vergelten und ihr viele Kinder schenken!«
»O daß er euch doch erhöre!«
Salimata verfiel ins Spaßen, vor lauter Zufriedenheit, sie tirilierte aus vollem Halse wie das Vögelchen, das beim Singen den Schmelz seiner Kehle entdeckt. Sie zählte und zählte. Viel Geld! Ein Tag des Gewinns! Allah und das Glück haben gegeben. Die Pflicht des mit göttlicher Güte Beschenkten verlangt das Darbringen von Opfern. Das Opfer schützt vor Mißgeschick und ruft Gesundheit, Fruchtbarkeit, Glück und Frieden herbei. Und das erste Opfer heißt anbieten; das Anbieten erschließt alle Herzen. Weiß man denn beim Anbieten, wer jener ist, dem geholfen wird, wer das Gegenüber ist? Vielleicht ein großer Zauberer, ein Erwählter und Geliebter Allahs, dessen leiseste Geste, ein Wörtchen nur, genügt, um die benachteiligteste aller Frauen fruchtbar zu machen.
»Los, die übrigen heran! Da nehmt! Eßt!«
Salimata teilte tellerweise an die Arbeitslosen aus, an die Hungerleider, bis die Schüssel leer war, ausgekratzt war. Und immer mehr Hungrige und Zerlumpte kamen eilig heran und stießen sich und streckten die Hände vor, zeigten ihr Leiden, ihre Wunden. Die Schüssel war leer. Natürlich hatte sie in der Rocktasche Geld, das nicht ausgeteilt werden durfte. Das hätte geheißen die Augen darbringen und mit dem Nacken schauen. Alle die Reichen, die dicken Tubabs und Syrer, die Präsidenten, die Generalsekretäre hätten den Arbeitslosen und Elendsgestalten zu essen geben sollen. Aber diese kennen nicht den kleinen Markt und hören nicht die Notleidenden und bekommen sie nie zu Gesicht. Doch Allah sieht sie, hört sie, kennt sie ganz genau und weiß, wie sie zu einem Teller am Morgen und zu einer Frucht am Abend kommen. Das ist aber auch schon alles, höchstens noch das, was in der Stadt in reicher Menge vorhanden ist: das Wasser der

sich spiegelnden, endlosen Lagune, das faul und salzig ist, und der Himmel voll Sonne und voll Regen für die Arbeitslosen ohne Unterkunft, ohne Eßvorrat. Was blieb ihnen anderes übrig, als herumzubummeln, zu stinken, zu beten und sich das Grollen des Bauches anzuhören, in dem der Hunger wühlte.

Zerlumpte Pflastertreter, Landstreicher in ihrer Fetzenkluft, Arbeitslose, alle kamen schleunigst herbei, alle streckten die Hände vor. Nichts! Kein einziges Reiskorn war mehr da. Salimata schrie es ihnen zu, zeigte ihnen die Schüssel. Sahen sie nicht die leeren Teller? Sie hob einen nach dem andern hoch, deutete auf die Vertiefung eines jeden und stapelte sie. Dennoch eilten sie herbei, kamen von allen Ecken des Marktes, fanden sich zu einem Haufen zusammen, drängten sich, murmelten Gebete. Sie bildeten um Salimata ein Dickicht, das die Sonne verdeckte. Die Verkäuferin hob den Kopf empor wie vom Grund eines Brunnens und blickte sie an; das Gemurmel verstummte, und schweigend, wie Steine, wiesen sie ihre Hände vor, ihre Leiden. Ihre entgeisterten Gesichter wurden kalt und schließlich hart, ihre Augen sanken ein, ihre Nasenflügel bebten, ihre Lippen begannen zu geifern. Und immer mehr kamen und schoben sich dazwischen. Schon rempelten sie sich, um die Hände vorstrekken zu können, und die leisen Gebete und das Flüstern von Allahs Namen setzten wieder ein. Nun hörte Salimata die Drohung heraus und begriff die Absicht der Flehenden. Sie geriet außer Fassung, sie sah sich verloren und hielt ihre Hand fest auf dem Geld; sie versuchte sich aufzurichten und aus dem Kreis auszubrechen. Das Murren wurde stärker, die Stimmen erhoben sich, und wie auf ein Zeichen stürzten sich alle auf Salimata, fielen sie wie eine Meute Mangusten an, beraubten und mißhandelten sie. Ehe sie nur drei Schreie hätte ausstoßen können, löste sich der Kreis auf, sie stoben davon und verschwanden im

Marktgewühl wie ein Schwarm Hirsefresser im Gebüsch. Sie ließen Salimata allein in der Sonne, allein im Staub, die Arme über dem Kopf verschränkt, mit eingerissenem Rock, entblößtem Hinterteil, zusammengepreßten Schenkeln, nackten Brüsten. Schnell raffte sie ihren Rock zusammen, schob die Brüste ins Leibchen, strich sich über die Hüften. Ihre Ketten und Ohrringe hatten sie ihr abgerissen und die Teller zerschlagen. Das ganze Geld, der ganze Gewinn war weg! Die Hände waren ihr zwischen die Hinterbacken und die Schenkel gefahren, hatten nach ihren Brüsten und ihrem Leib gegriffen.
Sie waren, nachdem sie Salimata geplündert hatten, auseinandergerannt, hatten sich aber rasch wieder formiert und machten sich unter Hyänengekicher daran, den ganzen Markt auszurauben. Die Verkäuferinnen wollten ihnen zuvorkommen, indem sie die Schüsseln zudeckten und sich darauf setzten. Doch kam die Meute, stieß Verkäuferinnen samt Schüsseln um, füllte sich Hände, Mund, Nase, alles mit Reis, kniete sich hin und fraß vom Boden auf mit ihren Mäulern und Rüsseln, wie wilde Tiere.
Der Krawall rief die Polizei herbei, Pfiffe ertönten, die rüstigen Plünderer flohen; die anderen klopften sich ab und streiften wie friedliche Bettler umher oder wie Kunden, mit leeren Gesichtern und tiefliegenden Augen. Salimata schmerzten die wunden Ohren und die zerschundenen Knie. Weinend stand sie auf, glättete ihre Kleidung – das Leibchen war unter der linken Achsel zerrissen –, sammelte die Teile der Kette zusammen, suchte ihr Taschentuch, hob die Schüsseln auf und stellte sie ineinander. Keinen der Angreifer hatte sie erkannt, doch zweifelte sie nicht, daß es die Nutznießer ihrer Güte gewesen waren, die sie beraubt und mißhandelt hatten. So war das immer mit dem erbärmlichen Bettelvolk von Schwarzen; Feinde Allahs sind sie. Mehrmals hatte man Salimata ge-

warnt. Zuviel Großherzigkeit auf dem Markt führt zu Bosheit, Unordnung und Plünderei. Die Armen und die Vagabunden sind allzu gierig, ihrer gibt es zu viele. Das allergrößte Herz der Welt könnte nur halb zufriedenstellen und müßte viele Neider schaffen. Ein halbbefriedigter oder neidvoller armer Kerl wird wild und ist zum Angriff entschlossen.

Dabei hatte ihnen Salimata die leeren Teller vorgewiesen. Sie war ja selbst arm. Sah Allah denn nicht Salimatas Armut? Soll man glauben, daß er sich im Unglück niemals barmherzig gezeigt hat, weil kein Unglück geschieht, das nicht sein Werk ist? Seit Monaten hatte Salimata nicht solche unheilvollen Tage erlebt. Sie mußte zum Marabut, um der Sache auf den Grund zu gehen. Wer weiß, ob dieses Unglück nicht ein noch größeres ankündigt? Ihr Marabut (er hieß Abdoulaye) hatte stets die schlimmsten Schicksalsschläge abwenden können.

Zum dritten Mal überquerte sie die Lagune, dieses Mal als Unglückliche, voller Entrüstung. Ach, die Undankbarkeit der armen Schwarzen! Ihr Elend bestand allein in dem herausgeforderten und verdienten Zorn Allahs. Salimata wird weiterhin Almosen geben, aber nur den wirklich Armen, niemals den Stromern, den faulen, streunenden Hunden!

Das Boot zerschnitt die vielen Falten einer von der schweigenden, drückenden Sonne durchglühten und entflammten Lagune. Der kleine Markt und das europäische Plateau mit den weißen Etagen, den grünen, blauen und roten Fenstern entfernte sich, und das schwarze Viertel mit den grauen Dächern, den krummen Gäßchen näherte sich und wurde größer. Die Horizonte hinter der Schwarzenstadt und das Ende der Lagune bei der Brücke lagen im Kampf miteinander. Wolkenflöckchen lösten sich aus dem Grün der Blätter, beleckten das Firmament, zogen sich zum Sturm auf die Sonnenglut zusammen, die

ersten untrüglichen Anzeichen eines Gewitters. Und dann war das Gewitter da, es ließ mit dem Tanz am Himmel nicht auf sich warten; es begann, als Salimata nach der Ankunft die Straße der Strohhütten entlangeilte, bei der Mütterberatungsstelle links abbog und in den Wolof-Hof eintrat. Der Wind heulte an den Dächern, die Böen schüttelten die Gäßchen. Die siegesmutig geschwellten Wolken sprangen hoch und griffen eine ängstliche und wehrlose Sonne an, wie plündernde Bettler. Salimata lief durch das Hoftor unter den Kokospalmen und war da, sie war im Hof des Marabuts Abdoulaye angekommen. Nun konnte der Himmel bersten, konnte ausschütten, was er in seinen Kalebassenkübeln gespeichert hatte. Salimata kümmerte es nicht. Sie war an dem Ort, an dem sie hatte sein wollen: bei Abdoulaye; und der Marabut Abdoulaye war in seiner Hütte. Jetzt konnte der Wind rütteln und reißen, den Sand der Straße aufwirbeln und davontreiben, ja auch wie eine Schar Webervögel unter den Blechdächern pfeifen.
»Habt Ihr einen friedlichen Morgen gehabt?«
»Einzig und allein Frieden! Und du? Hat dir der Tag Frieden gebracht?«
»Ja, Frieden! Allahs Wille und der Wille der Heiligen sind in Erfüllung gegangen. Ich habe dich bei diesem Gewittersturm nicht mehr erwartet.«
In der Hütte des Marabuts kauerte ein Besucher in der Ecke wie ein in den Blättern eines Käsebaums schlummernder Geier. Auch er grüßte und wünschte Salimata Frieden und den Segen Allahs. Der Marabut brauchte Salimata nicht viel zu sagen, sie entfernte sich, beschäftigte sich mit irgend etwas im Haushalt, um nichts von dem Getuschel der beiden Männer, von den Geheimnissen der Marabutkünste hören zu müssen.
Was sollte dieser Besucher von Salimatas Beziehungen zum Marabut halten? Sie ging einzig und allein zu ihm

hinein, weil sie draußen im Gewitter nicht bleiben konnte. Üble Nachrede? Verleumdungen? Aber Allah wußte, daß außer Lachen und Begrüßungen nichts anderes zwischen ihr und dem Marabut gewesen war. Und sie kannten sich seit Monaten, seit vielen Monaten.
Lange bevor sie ihn, und zwar von weitem, gesehen hatte, hatte Salimata von dem Zauberer und Marabut Hadj Abdoulaye gehört. Zauberei und Beschwörungskünste steckten ihm unter der Haut wie anderen die Fähigkeit des Verwünschens. Abdoulaye aus Timbuktu, das vor den Toren der Wüste, hinter dem Fluß, in der Unendlichkeit des gelben Sandes und der unerbittlichen Harmattans liegt, wo sogar die Winde Männer mit Kenntnissen groß werden lassen, so wie in unseren Gegenden die Gewitter das Nervenfieber verbreiten, brach das Unsichtbare auf und drang ein, wie in die Hütte seiner Mutter, und sprach mit den Geistern, als wären es lauter gute Bekannte. Er brauchte nur mit dem Finger auf einen Käsebaum zu zeigen, und schon verdorrten Stamm und Äste! Ein Baby wachsen lassen, selbst im trockensten Leib, war für einen Mann mit solcher Macht ein Nichts, ein Klacks! Das einzige, was der Hoffnung und Begeisterung Abbruch tat, eine Kleinigkeit, war, daß sich Abdoulaye sein Marabutwissen teuer bezahlen ließ. Ein Marabut für Abgeordnete, Minister, Botschafter, die mit keiner Summe zu überbieten sind, die sich Negerschurze aus Geldscheinen zusammenschneidern lassen können, die aber, etwa aus Gründen des Mitgefühls, keinem Arbeitslosen etwas zu borgen nötig haben. Als sie zum erstenmal zu dem Marabut kam, sagte sie, ein Arbeitsloser sei ein Mann, der allein lebe, der Hunger habe und dem sie Teller mit Essen auf Pump gebe; sie habe zwar nicht die Mittel, aber viel Glauben an Allah, viel Mitgefühl für die Armen und vor allem das große Unglück der Unfruchtbarkeit, das aus ihrem Körper herausgerissen werden müßte.

»Verstanden, verstanden, Salimata!« hatte der Marabut geantwortet: »Bring, was du kannst. Armut wie Reichtum sind das Werk Allahs.«
So kam und ging Salimata, sie gewöhnten sich aneinander, ja, sie wurde ihm unentbehrlich. Der Marabut lebte allein. Fegen, Staubwischen, Waschen, etwas hierhin, etwas dorthin stellen paßte besser zu einer Frau, zu einer im Rock. Der Mann, selbst wenn er nachts in den Himmel starrt, wenn er zum Geist wie zu einem guten Bekannten spricht, bleibt ein Kind. Es genügte, zweimal mit dem Po zu wackeln, mit den Augen zu klappern, ein Lächeln, ein Lachen, und der schreckliche Marabut wurde weich und klein. Mit der Stimme eines Unschuldsknaben machte er die ungewöhnlichsten und verwirrendsten Vorschläge: Denn seine Würde stünde auf dem Spiel, wenn er sie von der Unfruchtbarkeit heilte. Erwies sich nämlich der Ehemann als rettungslos impotent, dann . . . dann müßte . . . Auch heimliche Gedanken richtet Allah.
Schon ließ der Wunsch den Bocksbart sich in den Jujubendornen verfangen; nach der kleinen Kolanuß zu verlangen war letzten Endes auch kein Problem mehr. Abdoulaye legte vor Salimata seine achtunggebietende Marabuthaltung ab, sein Gesicht schwoll zu einem herzlichen Lächeln an, und manchmal hatte er beim Sprechen die Stimme eines Knaben.
Diese Gefühlsregungen waren ihr nicht unlieb, sie freuten sie. An Abdoulaye fiel ihr auch auf, daß er ein ansehnlicher Bursche war, kräftig gebaut, stark wie ein Stier aus Ouassoulou, der, da er reich an Kenntnissen und Bargeld war, alles stärker würzen konnte als Fama. Sie kam, um sich Rat zu holen, hatte Schmuck angelegt, ein Lächeln aufgesteckt und leuchtende, neugierige Blicke geworfen. Er hatte angebissen, hatte seine geheimsten Täschchen umgestülpt und geleert und immer und immer wieder die Unsichtbaren angerufen, um ihnen Fruchtbarkeit für Sa-

limata abzuringen, die Fruchtbarkeit, die jetzt für ein paar Opfer, »nur ein paar Opfer« zu erlangen wäre. Und beim Fegen und Aufräumen in der Hütte gingen ihr beständig diese Gedanken durch den Kopf. Schließlich entledigte sich der Marabut des störenden Besuchers, der sich wie eine Laus festgesetzt hatte.

Ein Angstgefühl, das ein Hündchen winseln läßt, wenn es nachts das Pantherweibchen wittert, beschlich Salimata, als nach dem Weggang des Besuchers der Marabut sie ansprach, wobei ihm vor Beklemmung die Augen hervortraten und aus Furcht sich die Haut auf den Backenknochen straffte: »Salimata! Salimata! Salimata! Bittere Tage, Tage, die Allah mildern möge!, die Allah abwenden möge!, kommen auf dich zu. In meiner Zurückgezogenheit, bei meinen Gebeten und Anrufungen in der vergangenen Nacht habe ich Dinge erblickt, die dich betreffen. Zuerst war da das Leid, aus der Trauer entsprungen, dann kamst du und hinter dir Blut, Blut über Blut, bis auf meinen Bubu, mein Schröpfnapf war bis über den Rand voller Blut. Aufrecht lief ein Messer, vom Blut rot, wie ein Hase hin und her. Zurufe und Schreie der Verwunderung hemmten es und hielten es in seinem Lauf auf. Und irgendwer flüsterte: ›Das stößt zu und tötet ohne Opfergabe.‹«

Bestürzt seufzte Salimata, staunend, dem Traumgesicht sich fügend. »Warte! Warte! Du wirst es noch sehen.« Der Marabut beschäftigte sich nun mit den Zaubermitteln der Wahrsagerei. Es waren ihrer drei: das Zeichenmalen auf feinem Sand (die Beschwörung der Toten), das Kaurimuschelwerfen (die Anrufung der Geister) und das Rezitieren des Korans mit dem Blick fest auf eine Kalebasse voll Wasser (das Bittgebet zu Allah).

Zunächst die Toten. Der rechte Zeigefinger, an den Mittelfinger gelegt, zeichnete waagerechte und senkrechte Striche. Schweigen. Der Marabut erhob sich, rieb sich mit gefalteten Händen das Gesicht. Wieder Schweigen.

Sicherlich drangen jetzt die Manen in das Haus und in Abdoulaye ein, denn seine Wangen blähten sich, die Brauen und Lippen zogen sich zusammen, die Augen blitzten, die Nasenflügel bebten, das ganze Gesicht verzerrte sich, als würde der Mann auf der Schwelle des Todes stehen. Mechanische Gebärden eines Bewußtlosen, unsicher, wie die ersten Schritte eines Kindes. Verstört starrte er auf die eingekratzten Zeichen. Den aufeinandergepreßten Lippen entfuhren Flüche, die gegen die Wände knallten und abprallten, die die großen Namen der ehrwürdigen Ahnen hervorspringen und gegeneinanderstoßen ließen. Die Namen der begrabenen großen Zauberer! Salimata erschauderte, ihr war, als schwebte sie, als hätten die Beschwörungen und Flüche sie wie Kugeln getroffen, aus ihrem tiefsten Innern stiegen wie Rülpser Bitten und Stoßgebete hoch: »Ihr Manen, habt Erbarmen! Rettet uns!« Ihre Hinterbacken verkrampften sich und wurden hart in dem spinnwebeleichten Rock. Der Marabut schien einen Augenblick auf der Seite der Toten zu stehen. Aber nur einen Augenblick. Denn schnell kam Bewegung in ihn, er ergriff das Säckchen mit den Kaurimuscheln, schüttelte den Inhalt aus und erstarrte erneut. Und ein zweites Mal lebte er auf, diesmal vor Zorn rasend, furchterregende Worte hervorsprudelnd, sammelte die Muscheln ein, warf sie aus und wurde wieder zu Stein. Schweigen! Schweigen! Irgend etwas schien das Schweigen in Stoff und Wesen all dessen, was die Hütte enthielt, eingehen zu lassen. Draußen das Klagen des Windes, der Mauern und Dächer beleckte, das Rauschen der sich am Himmel stoßenden Wolken und sogar fernes Rufen von Menschen, die im Wind liefen. Leben kehrte in den Marabut zurück. Diesmal jedoch ganz allmählich. Zuerst in die Finger, er zählte; dann kam Leben in die zusammengekniffenen Lippen, denen sich Schreie und Flüche entrangen. Salimata war voller Bewunderung. Die

Bewunderung stieg ihr den Rücken hoch wie Gesänge in einer warmen, würzigen Nacht, und platzte in den Ohren los wie Freudentamtams. In ihr kreisten ein Gefühl des Schreckens und ein Verlangen nach Schutz, sie war in ihrer Schwäche das Vögelchen, das die mütterlichen Flügel sucht. Unbewußt ertappte sie sich, wie sie sich dem Marabut näherte und zuneigte, als wäre sie gerufen, gebeten worden, und von ihren Lippen flogen Griot-Schmeicheleien wie »Wohltäter! Mann aller Männer! Löwe! Gib dich zu erkennen!« Zum Glück für die Würde der Frau vernahm der göttliche Marabut nichts; er konnte nichts hören, auch nicht der Himmel, der den Schmerz der Angelegenheit beklagte, die das Feuer gebar.
Belebung und ein Schauer bemächtigten sich des ganzen Wesens des Göttlichen und stachelten ihn an.
»Das ist es! Das da ist die Wahrheit«, rief er und kramte die vergilbten Blätter vor, las ein paar Zeilen und bestürmte Salimata: »Schau, schau in die Kalebasse voll Wasser! Schau, schau!«
Das alles wurde mit einer Heftigkeit herausgeschrien, die wie eine Hacke ins Rückgrat drang; der Bauch grollte, der Rock löste sich. Sie beugte sich vor, ergeben.
»Sag, was du in der Kalebasse voll Wasser siehst? Schau angestrengt hin!, angestrengt! Was siehst du?«
»Einen Hahn, einen fetten Hahn, der mit den Flügeln schlägt, der schreit, schreit«, flüsterte Salimata.
»Schau hin, immerzu, immerzu und noch angestrengter!«
»Ein weißer Hammel wird herbeigebracht, ein Widder. He, he, he!, er ist auf und davon, der Hammel. Gesichter, verzerrte Gesichter! Teufelsmasken. He, he, he!, das Schwarze, das Rote, der Schlamm aus Tümpeln, der feine weiße Sand. He, he, he!, alles ist weg. Nichts mehr. Nichts. Alles ist weg.«
»Schau immerzu!«
»Nichts, überhaupt nichts. Wasser, nur Wasser.«

»In der Tat! In der Tat, nichts! Gut, gut so!« rief der Marabut gelöst und fuhr fort: »Die Betrügerei sagt: ›Morgen im Sack oder danach der Wassergraben‹, aber niemals: ›Das da ist es‹; also die Wahrheit zeigt und weist vor, die Erläuterungen sind ohne Sinn.«
»Genau, stimmt! Ich habe den roten Hahn und den weißen Hammel gesehen«, antwortete Salimata.
»Dein Mund nennt dir, dir selbst deine Opfer. Mein Rat beschränkte sich darauf, dir zu empfehlen, sogleich ein Opfertier zu schlachten. Die Zeichen sind frisch, liegen noch offen da auf dem Sand, sie warten auf Blut. Somit ist mein erster Ratschlag gegeben. Der zweite spricht vom Hammel. Dieses Opfer kann jedoch eine Woche warten, sogar einen Monat.«
Die Darlegung der Mittel und Möglichkeiten durch den Marabut war lückenlos, klar und einfach. Der Mann blähte sich auf und frohlockte. Sie rieb sich verwirrt die Augen. Doch das war kein Traum. Den roten Hahn hatte sie gesehen, wie er mit den Flügeln schlug und zu schreien anfing. Auch den weißen Hammel, einen Widder mit den zurückgebogenen Hörnern, mit einem schwarzen Maul.
»Bringen wir es sogleich zu einem Ende! Der Geflügelhändler wohnt im Nachbarhof. Der Regen, ja, der wird kaum weniger werden.«
Enstspannt, honigsüß, mit einer Knabenstimme fuhr unter endlosem Lächeln der Marabut in seinen Redereien und mit seinen Gebärden fort, wie der Djoliba. In Wirklichkeit brauchte man nur hinzusehen, brauchte man nur zu wissen! Salimata war schön von Geburt. Runde, sanft verlaufende federnde Hinterbacken, weiße Zähne in stolzer Reihe wie bei einem jungen Jagdhund, so forderte sie das Verlangen heraus, in sie hineinzubeißen; und dann diese zarte, unendliche Haut. Der Marabut konnte sich wirklich nicht erinnern, wann er je solche Haut berührt

haben, wann er je in eine solche eingedrungen sein sollte! Sie kam mit dem Hahn zurück; der Marabut entriß ihn ihr, setzte ihn mitten in die Zeichen, drückte ihn nieder, daß er nicht schreien und mit den Flügeln schlagen konnte. Der Vogel streckte Hals und Schnabel vor, überwältigt, und quarrte kläglich.

Sie kauerten sich hin, einander gegenüber, die Hände auf dem Hahn. Der Marabut stammelte Worte der Beschwörung. Seine Stimme war belegt. Aber nur einen Moment, dann brachen schreckliche Worte hervor, sie gingen wie Geschoßsalven los, die Hütte füllte sich mit Geheimnissen. »Manen der Ahnen! Große Geister der Berge mit den ewig grünen Gipfeln! Geister der unergründbaren Schluchten! Allah, der Großherzige, der alles überdeckt und alles in sich enthält! Alles, alle Wesen!« Die Lippen schlossen und öffneten sich, wieder sprangen schreckliche, schillernde, tönende Worte hervor. Die Geheimnisse fuhren in den Hahn, der in aller Ruhe (welch Lästerung!) etwas im Sand aufpickte.

Noch eine kleine Anstrengung! dachte Salimata. Die Lage der Frau war peinvoll, das Bauchgrimmen stieg empor, in ihren Knien und Hüften brannte es, der Rock rutschte, sie band ihn wieder fest. Welches Unheil sollte es sein, das auf Salimata und auf ihren Ehemann zulief? Sie hatten die Armut, waren in allen Farben der Armut gekleidet. Sollte es ein dummer Unfall sein oder die Krankheit oder der Tod? Im Dorf lebte Salimatas alte Mutter, Allah erhalte sie noch lange, lange Zeit! Als Nächsten hatte Fama nur einen Cousin, mit dem er es aber keine einzige Nacht lang aushielt; sein Tod wäre ein Unglück (welcher Tod ist kein Unglück?), aber ein zweitrangiges. Etwas wie eine Ameise kroch an Salimatas Wade hoch. Sie stützte sich mit einer Hand auf den Boden und verschob den linken Fuß, aber die Ängste und die Unruhe, die durch sie hindurchliefen, wollten nicht nachlassen.

Immer noch pfiff der Wind, stoßweise berannte er die Tür und das Fenster. In der Hütte ritten die unterschiedlichsten Gegenstände aufeinander zu: zuerst Töpfe und Kalebassen, dann Krüge und Matten, die beim Bett auf einer Schnur aufgehängten Bubus mit roten, gelben und grünen Zauberzeichen darunter. Rußgeschwärzt und ganz niedrig war das Blechdach. Zum Ersticken. Er, Abdoulaye, war völlig abwesend. Die Beschwörungsformeln rannen, ohne daß er nach ihnen gesucht hätte, zwischen den Zähnen hindurch, die Lippen schlugen aufeinander, energische, fürchterliche, farbige Wörter schossen hervor. Sie platzten heraus, machten in dem Raum die Runde und verteilten die herbeigerufenen Kräfte. Angenommen!, erhört! Das trügt nie, ein angenommenes Opfer. Alles strömt. Sobald die ersten Zauberworte heraus sind, sprudeln die nächsten nach. Ein endgültig abgewendetes Unheil! Lob sei Allah! Salimata verdiente diese Gunst, ihr menschliches Mitgefühl, ihr Glauben, ihre Barmherzigkeit waren grenzenlos.

Eine sozusagen passende Gelegenheit hätte bald alles verdorben, die ganze Sache verpatzt. Durch das dauernde Verdrehen der Taille, das angestrengte Umherschauen und Sich-im-Kreise-Bewegen hatte sich Salimata in eine geradezu offen provozierende Haltung gebracht: Die Brüste hatten sich entblößt, dann rutschten sie ins Leibchen zurück und kamen erneut zum Vorschein, die Schenkel gingen auseinander, bis nach hinten, schwarz, würzig, tief, bis ganz nach hinten, sie gingen immer wieder auseinander. Unangemessene erotische Vorstellungen mußten die Eingebungen des Marabuts versperren. Lästerung! Mit dem Handrücken verjagte er sie, prustete geräuschvoll, rollte die Augen und blickte zur Decke empor, die ihn von Allahs Firmament trennte, und fuhr mit einem mächtigen, mit Nachdruck gesprochenen Bissimilai fort. Übrigens begriff Salimata – Allah sei abermals gelobt! –, sie preßte die Schenkel aneinander, stürzte sich mit der Hand auf den Boden, ordnete ihren Rock, verbarg die Brüste im Leibchen und war wieder ganz Ohr. Je länger das so ging, desto unkenntlicher wurde die Welt: eine Welt auf dem Kopf! Das ist es, was aus solchen Opfern wird, die die Mittel der Opfernden übersteigen. Schon wird einer kleinen Maus ein Kateropfer abverlangt! Ein Hammel! Allah weiß genau, daß ein Hammel für Salimata und Fama viel war, beinahe zweitausend Francs! Selbst wenn sie die Nacht zum Tag machten, würden sie aus all ihren Verstecken niemals genug Geld zusammenkratzen, um bis . . . Also wieder einmal Schulden!

»Geister der dunklen und stillen Wälder und der wolken-, blitze- und donnerträchtigen Berge! Manen der ehrwürdigen Ahnen, ihr Rückenwirbel der nährenden Erde, ergreift dieses Opfer und nehmt es an in Allahs, des Allerbarmers, großem Willen und haltet von uns alles Unheil fern, laßt das schlechte Los zu Staub zerfallen! Ja, jedes schlechte Los, mag es von Süden heraufziehen, von Norden herabsteigen, von Osten seinen Ausgang nehmen, von Westen heranwehen!«

Der Marabut hatte die Stimme etwas gehoben, als er diese Strophe sprach; am Ende brach er ab und flüsterte: »Oh möge sich, wie die Tränen im großen Fluß, das schlechte Los im Wind auflösen, welcher weht und sich entfernt und erstirbt. Dank Allah springt die Antilope, und ihr Junges braucht nicht zu kriechen. Möge durch dieses Opfer der Opfernde sich das Schicksal des Strohhälmchens erwerben, welches von der großen Feuersbrunst im Walde verschont blieb!«

Beide fuhren sich mit gefalteten Händen übers Gesicht.

»Amen! Amen! Amen!«

»Pack die Flügel und Beine, halte sie fest . . . Halte ihn gut fest auf dem Sand!« schärfte ihr der Mann ein.

Wie im Fieber zückte er ein Messer mit gebogener Spitze;

ein leuchtendes, brennendes Messer, das einen erstarren läßt wie jenes der Beschneiderin. Er fuhr dem Hahn damit an die Kehle und stieß zu; aus Salimata quoll ein erstickter Schreckensseufzer.

»Bissimilai!«

Das Blut spritzte, das Blut der Beschneidung, das Blut der Vergewaltigung! Der Mann legte das Messer weg, griff nach dem Opfer, entriß es der Frau und schwenkte es, weit von sich haltend, hoch im Hof, im Wind. Wie eine Baobabfrucht schlug der Vogel auf dem Boden auf; und in dem Glauben, nun frei zu sein, wollte er sich dem Himmel entgegenstürzen, einmal, ein zweites Mal, ein drittes Mal, bestrebt, sich aufzuschwingen – vergebens. Schnabel und Kopf kamen vom Boden nicht los. Dann pfiff er den Schmerz und den Tod, schlug das Tamtam der Flügel und verging in einem Wirbel aus Staub, Federn und Blut. Abdoulaye und Salimata hielten den Blick starr auf dieses Schauspiel geheftet.

Sie: Ein Keuchen und ein Taumel, daß ihr Hören und Sehen verging, so schnürte sich alles in ihr zusammen; und die Farben, die sich übereinanderlegten: das Grün und das Gelb in den roten Dämpfen, alles wird rot; der Schmerz und das Grollen im Leib, die Gesänge in der Morgenfrühe; das Feld der Beschneidung am Fuß der Berge mit den dampfenden Gipfeln, die Sonne, die ganz rot aufgeht, alles getränkt von Blut, von der Vergewaltigung, von der Nacht und den glänzenden, erloschenen, rauchenden Lampen und den Schreien und den stampfenden, geschundenen Beinen, den gemarterten Ohren, dem Weinen, dem Geschrei und der Plünderung . . .

Der Vogel flatterte noch, die Regungen wurden schwächer, immer schwächer, bis zum letzten Aufzucken. Vergebens versuchte er davonzufliegen, er fiel, die Füße nach oben, die Zehen gespreizt. »Das Opfer ist angenommen! Füße nach oben, Zehen gespreizt! Untrügliche Zeichen,

daß das Opfer genehm ist, die Wünsche erhört wurden.«
Der Marabut schaute Salimata an, deren Spannung sich lockerte und deren Gesicht sich aufhellte. »Möge es Allah geschehen lassen!«
Im Krampf zuckte noch die Zehe am linken Fuß, dann der Sporn am rechten, dann die mittlere Zehe. Die Schwungfedern lösten sich, eine nach der anderen, das war alles. Der Wind wurde wieder heftiger, wie die Schmerzen und die Sonne nach der Beschneidung, der Nacht, dem Weinen, der Vergewaltigung.
»Salimata, ich schwöre dir, das da ist ein genehmes Opfer«, wiederholte der Marabut.
Seit Mittag hatten sich die Wolken, vom Wind herbeigeschafft und von der Sonne in Brand gesteckt, über den Himmel gespannt und ihn verschlungen. Jetzt durchfuhren, durchschlugen, zerhackten ihn die Blitze, daß er in tausend Stücke sprang, aus denen der Donner hervorbrach. Ein letzter, rasselnder Wind machte sich los. Nichts hielt die entfesselte Macht zurück. Regentropfen wie Taubeneier hämmerten auf die Dächer und in den Hof.
»Es ist gut, wenn nach einem Opfer der strömende Regen den Boden wäscht. Abermals ein Zeichen, daß das Opfer angenommen ist.«
»Möge Allah deinen Worten Kraft verleihen! Danke, Abdoulaye, daß das Unheil abgewendet ist. Bleibt noch die Unfruchtbarkeit, die in mir steckt und mich untröstlich macht; Amulette und Medizinen haben sie noch nicht aus mir herausgerissen. Habe Mitleid mit mir.«
Abdoulaye antwortete nicht. Trauer und Verzweiflung ließen die Frau in sich zusammensinken, ihre Glut erkaltete. Salimata und Abdoulaye starrten sich an. Er mit bewundernden Seitenblicken, sie neugierig, nachdenklich, wie die Hirschkuh, bevor sie auf der Waldlichtung vor dem Jäger Reißaus nimmt. Und allmählich sah sie, daß

sich Abdoulayes Augen veränderten, daß sich die Haut auf seinen Backenknochen straffte und die Adern auf seiner Stirn hervortraten. Sie starrten sich noch immer an. Die Tür war fest verschlossen. Draußen heulte der Wind, der Regen klatschte herab. Bei einem solchen Gewitter konnte niemand, aber auch niemand kommen und sie überraschen. Also, sie waren allein, völlig allein. Er hatte das schlimme Los, das auf sie zulief (ein großes Gut durch einen richtigen Mann!), von ihr abgewendet. Sie hatte den Haushalt sorgfältig geführt (wie eine folgsame Ehefrau). Sie hatten gemeinsam einen Hahn geopfert. Der rote Hahn erkaltete in einer Schüssel. Das Blut war hervorgespritzt, das Blut hatte aber für den einen nicht dieselbe Farbe wie für den andern, auch nicht denselben Duft. Für ihn war es die Farbe der Annehmlichkeit und der Duft des Verlangens nach einer zarten Haut, nach runden Hinterbacken und weißen Zähnen. Für sie die Farbe der Beschneidung und des heraufdämmernden Tages, der Duft der Aufregung und des Schreckens.
»Hör auf mich, Salimata, und denke gut an meine Worte. Das Gerede fällt auseinander wie die Federn dieses Hahns« (und er wies mit dem Finger auf die Schüssel). »Allah hat die Ehe geheiligt, das ist ein Totem. Aber für eine Frau geht das Kind über alles, der Zweck des Lebens ist, daß ein Junges geboren wird. Die Wahrheit rötet die Augen wie reifer Pfeffer, aber läßt sie nicht platzen. Allah hat die Geschicke endgültig festgelegt. Dein Mann, ich sage dir das mit klarem Herzen und klarem Mund, wird eine Frau nicht fruchttragend machen. Er ist unfruchtbar wie der Steinbrocken, der Staub und der Harmattan. Das ist die Wahrheit, die einzige. Alles andere Gerede ist Lüge, und in der Lüge steckt ebensowenig Gutes, wie es Blut in der Grille gibt«, schloß er.
Draußen wüteten der Wind und der Regen. Im Haus hallte alles wider, schrie alles: »Der Mann! Der Mann

macht nicht fruchttragend!« Das Gerede, die Augen und Ohren der anderen, der Stadt, der Welt sind weit weg, sind nicht da. Vier Augen, vier Ohren, nichts weiter. Und »der Mann! Der Mann macht nicht fruchttragend!«.

»Komm her!« flüsterte der Marabut.

Sie wich zurück. Wie eine Boa wand er sich, wiegte er sich und steckte ein Lächeln auf. Sie blickte ihn an, und in ihrem tiefsten Innern stiegen, wie ein ferner Anruf, die Dämpfe der Beschneidung und Vergewaltigung hoch, und alles änderte sich; die Augen des Marabuts rollten, und heraus trat das Feuer der Wüterei Tiécouras; die Nase wurde platt und glich immer mehr der schrecklichen Nase Tiécouras.

»Wozu, wozu zögern? Deine Hand, her mit deiner Hand«, sagte er noch.

Ihr stockte der Atem, sie zog sich zusammen.

Draußen tobten Wind und Regen. Nichts konnte sie überraschen. Aber die Erinnerungen sprangen sie an und zerschellten. Lächelnd und stolz war sie zur Beschneidung geschritten, zum Feld der Beschneidung. Vom Schmerz ganz benommen, war sie dem Unglück begegnet, hatte Blut gelassen wie der Hahn, unter Schmerzen, Opferrauch und Duft der Anbetungen, und schließlich ihr gegenüber Abdoulaye, dieser Marabut. Sie starrte ihn an: kein Zweifel. An seinem Hals erschienen Tiécouras Halseisen, und der Bubu nahm die Farbe von Tiécouras Gewand an.

»Komm her! Komm her!«

Er wußte und begriff nur eins: Er und die Frau waren allein. Er sah nur ein leuchtendes, rundes, zögerndes, aber unterwürfiges Weib und kannte nur die Gier, die ihn trieb und ihn anheizte. Da wollte er ihr den Rock herunterreißen.

»Laß mich, oder ich schreie!«

Er lächelte. Nein, sie würde nicht schreien; er klammerte

sich an sie und riß kräftiger; die Frau fiel nach hinten, aufs Bett lang hingestreckt, ausgebreitet, er brauchte sich nur auf sie zu stürzen. Er konnte es nicht; sie brüllte vor äußerster Wut, wie eine Wahnsinnige, eine Besessene, sprang auf, machte sich los, ergriff einen Schemel, einen Zaubergegenstand, eine Kalebasse und bewarf den erschreckten Marabut, der schreiend davonlief. »Um Allahs willen, um Allahs willen!« Das Messer mit der gebogenen Spitze lag noch da; sie nahm es, setzte ihm nach und trieb ihn in die Enge, zwischen Bett und Krügen. In Salimatas Augen ereignete sich ein Ausbruch; Vergewaltigung, Blut und Tiécoura brachen hervor, und ihre Brust schwoll vor Haß und Rachedurst. Die gekrümmte Klinge traf die linke Schulter, so daß der Mann wie ein wildes Tier aufheulte und wie der Donner polterte. Da packte sie die Angst, und sie floh durch die Tür hinaus, watete drei, vier Schritte durch den Regen und rannte auf die Schüsseln zu, packte den geopferten Hahn und verschwand.

Hinter ihr heizte noch immer der Marabut seine Hütte mit Geheul. Sie tauchte in den Regen ein, überquerte im Laufschritt das Anwesen und gelangte auf die Straße. Der Wind wehte frisch; der Regen fiel schwächer, in einzelnen Tropfen, die so groß wie Karitemandeln waren. Die Tropfen trommelten auf die Schüssel und auf ihre Schultern. Überall Schlamm, Schlamm stand um die Häuser, Schlamm floß in den Gräben und ergoß sich auf die Chaussee. Keiner war auf der Straße. Ein Glück. Kein Zeuge ihrer Unruhe im Herzen und ihrer Schande auf der Stirn. Links zweigte ein einsames Gäßchen ab. Da hinein ging sie, um über ihr Unglück zu weinen und um ihr Gesicht zu verbergen, das Gesicht einer Frau, die nie ein Kind haben wird, weil sie nur mit einem unfruchtbaren Mann schlafen kann. Sie hatte den geopferten Hahn mitgenommen. Sie ging weiter und kam auf eine Anhöhe mit einer Wegkreuzung oben und einer kleinen Brücke über einem tiefen Graben, in dem schäumendes Wasser toste. Sie trat an das Geländer und nahm den geopferten Vogel und schleuderte ihn in den Gießbach, der ihn strudelnd mit sich forttrug. Sie verfolgte ihn und atmete auf. Jetzt war der Regen vorbei, ein paar Spritzer noch. Kurze Spiegelungen huschten über den Himmel. Sie verfolgte den geopferten Vogel, so lange und so weit sie konnte. Sie dachte, aus ihrem Schoß würden alle erträumten, ersehnten Kinder strömen, und der blutige Hahn würde sie mit sich davontragen, endgültig. Ihr Schicksal war, unfruchtbar zu sterben.

Zweiter Teil

1

Weil ihn das Geschlecht an die Leine gelegt hatte, kam der Tod und holte ihn ein; doch glücklicherweise trat der Mond hervor und rettete ihn

Der größte Schimpf, der es nicht eilig hat, der nicht ermüdet und nicht vergißt, der heißt Tod. Der Tod hatte den Cousin Lacina aus dem Dorf geholt. Ja, den Cousin; und obwohl er der Mensch war, der durch seine Intrigen, Marabutkunststücke und Opferhandlungen Fama aus der Stellung eines Häuptlings in Horodougou verdrängt hatte, stellte dieser Todesfall ein Unglück dar. Aber Anschuldigungen hatten jetzt tot zu sein. Der Verstorbene ist einzig dem Urteilsspruch Allahs unterworfen, und für die hinterbliebenen Verwandten geziemt es sich, eine würdige Bestattungsfeier zu veranstalten. Fama entschloß sich, ins Dorf zum Begräbnis zu fahren; er lief durch alle Malinke-Viertel der Hauptstadt, um die Nachricht vom Ableben des Cousins auszutrompeten und seine Reise anzukünden. Möge Allah auch weiterhin die Malinke-Gemeinde der Hauptstadt segnen und stärken. Jeder Malinke übertraf sich an Großzügigkeit. Alle holten Geld hervor und boten es an. Die Mittel für die Reise und für eine große Bestattungsfeier, ja für noch mehr wurden zusammengebracht. Fama konnte aufbrechen.
Am frühen Morgen fand er sich am Busbahnhof ein, in Begleitung Salimatas und vieler anderer Malinke. Die Lastkraftwagen nach dem Norden reihten sich lärmend hintereinander. Fama bestieg den Wagen des Chauffeurs Ouedrago. »Nein, nein!« rief man ihm zu. »Steig ab, mein Bester! Steig auf den Wagen an der Spitze.« Der, von dem der Einspruch kam, stellte sich vor: »Beauftrag-

ter des nationalen Syndikats der Transportarbeiter.« Also Fama sollte herunter, ohne Widerrede. »Das ist nun mal so.« Syndikat der Transportarbeiter oder Syndikat der Bastarde, sie konnten Fama den Buckel runterrutschen. Er richtete sich auf, zog sein Messer und bedrohte trotz Salimatas Geschrei den Beauftragten und beschimpfte alle Welt, den Beauftragten und das Syndikat von all den Bastarden, Vater und Mutter von den Unabhängigkeiten. Der Beauftragte wich zurück und ließ »diesen verrückten Malinke« in Frieden.

Sie fuhren los, und sobald sie die Hauptstadt verlassen hatten, beglückwünschte sich Fama, daß er auf dem Busbahnhof alle seine Pantherzähne als echter Doumbouya gezeigt hatte. Er hatte recht, zwanzigmal recht, als er unter Beschimpfungen und Drohungen auf Ouedragos Lastwagen stieg. Man mußte erst mal sehen, wie die anderen schnitten oder überholten, wie die Fahrer, einen Arm und den Kopf aus der Kabine, »Scheiß auf den Tod!« schrien und wie sie mit Gehupe und Gepolter dem Wagen in die Quere kamen. Ein anderer Lastwagen machte hinten ein Hupkonzert, fuhr heran, bis auf gleiche Höhe, rumpelte am Straßengraben entlang, so daß es die Fahrgäste auf ihren Gepäckstücken durcheinanderwürfelte, überholte, schwenkte gleich wieder ein, bekam einen Stoß und verschwand hinter dem Abhang. Auf beiden Seiten war die Straße mit Lastwagenskeletten gespickt, die aussahen, als hätten Aasfresser sie abgenagt. Ouedrago, der mit der Vorsicht eines Chamäleons steuerte, um einer Rinne auszuweichen oder eine Kurve zu nehmen, brummte tausend Beschwörungen, in denen Allahs Name zwanglos neben denen der Manen vorkam. Fama betete auch, daß die Reise günstig verlaufen möge.

Sie durchquerten das Savannenland bei den Lagunen. Gesträuch klammerte sich an die Berge, die sich über eine unabsehbare Strecke hinzogen. Es war Morgen. Die Sonne war heraufgekommen und schmolz und kehrte in aller Eile die Wolken zusammen, ehe sie höher stieg und einem richtigen Harmattantag die Herrschaft überließ. Fama war bekümmert, melancholisch gestimmt. Er ließ Salimata zurück, die Hauptstadt, alle Freunde, alle Zeremonien, die Palaver blieben hinter ihm, und er wußte nicht, wann er wieder dasein würde. Nach dem Tod des Cousins fiel ihm die Herrscherwürde im Stamm zu. Sollte er sie wahrnehmen und im Dorf bleiben oder verzichten und wieder in die Hauptstadt gehen? Fama war sich noch nicht schlüssig. Klar, den Weissager würde er befragen, Opfer schlachten, den besten Spruch befolgen. Wie auch immer die Wahl ausfiel, Fama mußte sich auf viele Sorgen gefaßt machen; er wollte nachdenken, um ihnen gewachsen zu sein, wenn sie auf ihn einstürmten. Leider war er nicht allein. In Ouedragos Wagen saßen noch viele andere Reisende, und die drei in Famas nächster Nähe waren die allergeschwätzigsten.

Fama mußte ihnen das Ziel seiner Reise nennen. Der Nachbar schrie auf vor Überraschung. Er hieß Diakité, stammte aus Horodougou; natürlich kannte er Famas Dorf, die Familie Doumbouya, hatte auch den Cousin gekannt und hatte schon von Fama gehört. »Der Friede sei mit dir, Fama!« sagte er und fuhr fort: Seit wieviel Sommer Fama wohl nicht mehr in seiner Heimat gewesen sei? Seit Jahren? Seit vielen Jahren? Dann würden ihn dort zahlreiche unangenehme Überraschungen erwarten. Er, Diakité, sei aus seinem Dorf geflohen, denn sein Dorf lag in jenem Streifen Horodougous, der sich in der Volksrepublik Nikinai befand, und Nikinai, das war Sozialismus. Wußte Fama, wie er, Diakité, getürmt sei? Nein? Na, das war im Mondenschein! Ja, beim Schein des Mondes, der am Himmel seine Bahn zieht.

Sein Vater war ein angesehener reicher Mann gewesen (sechzig Rinder, drei Lastwagen, zehn Frauen und einen einzigen Sohn, ihn, Diakité), als die Unabhängigkeit, der Sozialismus und die Einpartei kamen. Diakités Vater, der von der Gegenpartei war, wurde vorgeladen; man bedeutete ihm, daß seine Partei nun tot sei, daß er der Einpartei L.D.N. beitreten müsse. Er trat ein, bezahlte die Beiträge für sich, seine Familie, seine Rinder und seine drei Lastwagen. Am andern Tag schickte man wieder nach ihm; er sollte die Parteibeiträge für die Jahre seit der Gründung der L.D.N. entrichten: zehn Jahre Beiträge für ihn, seinen Sohn, seine zehn Frauen, seine sechzig Rinder und seine drei Lastwagen. Er zahlte.

Ein paar Monate, nachdem die Einpartei ans Ruder gekommen war, ging es um den Einsatz von Menschenkraft. Diakités Vater sollte dazu seine Lastwagen stellen, eine Brücke würde im Dorf gebaut. Er gab sie her, aber da kein Benzin vorhanden war, steckte sie die L.D.N.-Jugend in Brand. Der Alte, der sich fürchterlich aufgeregt hatte, beruhigte sich wieder und brachte es sogar zu einem müden Lächeln (es gab eben seit der Unabhängigkeit keine Wege mehr und kein Benzin).

Ein anderes Mal fanden sich die Funktionäre bei ihm ein: Die Brücke würde im Einsatz gebaut und weder Diakité noch der Vater seien dabei. Der Alte erinnerte daran, daß die Ernte auf Hochtouren lief, sein Sohn könne nicht die Rinder noch den Vorratsspeicher im Stich lassen. Sie gingen, aber als am Abend Diakité mit den Rindern zurückkam und sie über die Brücke trieb, stürmte die L.D.N.-Jugend, die ihm aufgelauert hatte, hervor, überfiel ihn, fesselte ihn, zog ihm die Hose herunter, knotete einen Strick um sein Geschlecht und band ihn wie einen Hund an einen Brückenpfosten. Diakités Vater lief zum Generalsekretär der Partei, um ihn anzuflehen; der antwortete ihm, Sozialismus sei das Ende der Ausbeutung des Menschen durch den Menschen, über eine Brücke, an deren Bau man nicht teilgenommen habe, dürfe keiner gehen.

Der Alte beschwor ihn, doch jener blieb ungerührt; Sozialismus sei Sozialismus!
Diakités Vater ging nach Hause, kam wieder und forderte, den Gepeinigten aus seiner Lage zu befreien; der Generalsekretär prustete vor Lachen. Da ging es mit dem Alten durch, er legte sein Gewehr an und schoß ihn mitten in die Brust; der Generalsekretär sackte zusammen. Andere Dorfbewohner eilten herbei, Diakités Vater schoß, im Dorf griff Panik um sich. Es war Nacht. Die rasende Standesperson ging von Anwesen zu Anwesen, und einer nach dem andern fiel, der stellvertretende Generalsekretär, der Schatzmeister und zwei weitere Mitglieder der Partei. Das ganze Dorf flüchtete in den Busch. Er kam an den Bach, löste seinem Sohn die Fesseln, band sein Geschlecht los und schickte ihn in die Freiheit. Glücklicherweise kam in dieser Nacht der Mond durch, Diakité konnte im Busch verschwinden, Schlangen und wilden Tieren aus dem Weg gehen und bis an die Grenze gelangen. Sein Vater wurde abgeurteilt und erschossen.
Schweigen herrschte. Das Savannenland bei den Lagunen lag hinter ihnen, jetzt fuhren sie durch dichten Wald. Kurve folgte auf Kurve, so daß die Reisenden hin und her geschüttelt wurden, und Fama wurde es schwindlig und übel. Er hustete, spie aus, der Speichel hatte den faden Geschmack des Saftes vom Affenbrotbaum; dann richtete er sich wieder auf.
Der linke Nachbar begann zu reden. Auch er war einer, der vor dem Sozialismus davongelaufen war; er hieß Konaté, war ein Bambara. Doch seine Gesichtszüge waren ganz die eines Fulbe: die Stammestätowierungen, das Aussehen eines trockenen Harmattanstrauchs und die Ohren eines Erdferkels. Er wiederholte sich fortwährend. Er war rechtzeitig geflohen, denn drei Tage später ging man an den Umtausch der Geldscheine, und alle Händler waren rettungslos ruiniert. Konaté sehnte sich

nach seiner Heimat, er liebte sie, wußte auch, daß Sozialismus schließlich eine gute Sache war; aber wie für alle dicken Babys waren die Geburt und die ersten Schritte zu schwer: Hungersnot, Verknappung, Zwangsarbeit, Gefängnis . . . Um die Härten des Sozialismus zu mildern, trieb er sich an den Grenzen umher und schob mit Devisen und schmuggelte Waren. Wahrlich, nur für Allah, für die Menschlichkeit, für den Patriotismus reiste er, und zwar trotz aller Risiken, die an den Pforten des Sozialismus lauerten.

Sery, gegenüber Fama, antwortete. Er, Sery, kannte das Geheimnis des Glücks und des Friedens in Afrika. Sery war Ouedragos Hilfschauffeur und hatte, rittlings auf dem Kotflügel sitzend, seit der Abfahrt unablässig agitiert, gesungen und geschimpft. Sein Chef fahre allzu vorsichtig, vorsichtiger als ein Chamäleon. Säße er am Steuer, hätte der Lastwagen die Kilometer nur so hinter sich gebracht. Er strahlte vor lauter Jugend und Gesundheit. Er hatte einen Hals wie ein junger Stier, runde Hüften, die in einer zerfetzten und vor Schmutz starrenden Hose steckten, runde Arme, die in ebenso einem Hemd steckten und herausquollen, das anziehende Gesicht eines jungen Raubtiers und große Augen und weiße Zähne wie ein junger Jagdhund. »Kennt ihr die Ursachen für die Leiden und die Kriege in Afrika? Nein! Nun, das ist ganz einfach, weil die Afrikaner nämlich nicht zu Hause bleiben«, erklärte Sery. Er selbst hatte nie die Ebenholzküste verlassen, um sich in einem andern Land niederzulassen und den Dortigen die Arbeit wegzunehmen, während die anderen zu ihm kamen. Mit den französischen Kolonialisten waren Leute aus Dahome und aus Senegal gelandet, die lesen und schreiben konnten und französische Staatsbürger oder Katholiken waren; abgefeimtere, zivilisiertere, arbeitsamere Neger als die Landesbewohner, die von Serys Stamm. »Die Kolonialisten, die Tubabs, gaben ihnen alle Posten, gaben ihnen das ganze Geld, und mit diesem Geld schliefen die aus Dahome mit unseren Mädchen, heirateten die schönsten, verschafften sich die besten Stücke Erde und wohnten in den höchsten Häusern; sie erwürgten unsere Kinder als Opfergabe für ihre Fetische, und die französische Justiz schritt nicht ein, denn die Richter und Advokaten, das waren sie. Gab es eine neue Stelle, holte man einen frisch aus Dahome, und wenn es einen Hinausgeworfenen, einen Arbeitslosen gab, dann war es ein Eingeborener des Landes. So war das: oben die Tubabs, dann die aus Dahome und Senegal, und wir unter ihren Füßen, allesamt ein Nichts.« Das machte ihnen Sery vor, indem er die Hände übereinanderlegte. Als daher die Stunde der Unabhängigkeit schlug, waren alle Serys auf den Beinen, stürmten auf die Dahomeer los und jagten sie davon. »Wir rissen ihnen zuerst unsere Frauen aus den Klauen, erschlugen ihre Kinder, vergewaltigten vor ihren Augen ihre Schwestern, und dann plünderten wir ihre Häuser und steckten sie in Brand. Dann trieben wir sie bis ans Meer. Wir wollten sie ersäufen, um sie dann, mit aufgeblähten Bäuchen von den Wellen ans Land gespült und unkenntlich wie Fische, die von Dynamitladungen zerfetzt wurden, wiedersehen zu können. Zu ihrem Glück griffen die französischen Truppen ein, pferchten sie im Hafen zusammen und verhinderten mit Panzern, da hineinzufahren. Und die Dahomeer gingen an Bord. Nach den Dahomeern und mit der Unabhängigkeit ging es dem Land wirklich gut, es gab Arbeit und Häuser für alle. Da sagten uns unsere Studenten und Intellektuellen, die Franzosen müßten hinausgejagt werden, das würde noch mehr Häuser und Geld und Waren geben. Aber das war schwer, da waren die französischen Truppen, und es war auch nicht gut, denn ohne die Franzosen war keine Arbeit da, wir aber wollten nicht arbeitslos sein.« Aus diesen Gründen hatten sich die Serys geweigert. Aber jetzt wurden die Dinge langsam schlechter. Denn die anderen Afrikaner waren nicht zu Hause geblieben, sie kamen nach der Ebenholzküste: Da waren die Nago aus dem Süden, die Bambara und Malinke, die vor dem Sozialismus davongelaufen sind, die Mosi aus dem Norden und die Hausa aus dem Osten.

Die Mosi und die Hausa, das ging noch, sie kamen, um zu arbeiten, und nahmen die Stellen, die die Einheimischen nicht wollten, die schwere Arbeit und die gefährliche. Aber die anderen, vor allem die Nago, kamen so abgerissen, arm und ausgemergelt wie die Unterhose eines Waisenknaben, nur noch dreckiger. Und sie kamen nicht allein an Land, sondern mit ihren Weibern, prall wie Eidechsen, und mit ihrer Kinderschar, zahlreicher als zwei Wurf Mäuse, auch mit ihrem Bettelvolk, ihren Blinden, ihren Krüppeln, ihren Verrückten, ihren Dieben, ihren Lügenbolden, die unsere Plätze einnahmen und unsere Moscheen, Kirchen und Märkte umlagerten. Ob gesund oder nicht, die Nago arbeiteten nicht, sondern lungerten um Fabriken, Werkstätten und Läden herum und streckten die Hand aus. »Aus Mitleid haben wir ihnen ein Almosen gegeben; da sie trocken wie tote Schlangen sind und kein Essen brauchen, haben sie unsere Gaben gespart, Zigaretten davon gekauft und haben diese Ware auf Pump an uns weiterverkauft; dann kamen sie mit Reis, mit Hemden, mit Schuhen, alles für uns auf Pump, und schließlich brachten sie es so weit, uns die Hälfte unseres Monatslohns vorzuschießen, zu einem Wucherzins. Sie waren reich geworden; sie bezogen einen Teil unserer Häuser, und es dauerte keine Woche, da waren unsere Viertel genauso eklig wie die Augen und Nasen ihrer Gören, die sie niemals putzten und die genauso stinken wie die Ärsche ihres Kroppzeugs, die sie niemals wischten. Da haben wir ihnen unser Viertel überlassen. Sie kauften es auf, richteten es her, verließen es wieder, um zu vermieten, und haben sich an andere herangemacht. So haben sie es geschafft, sich die ganze Stadt unter den Nagel zu reißen. Unsere Führungsleute begannen sie als Strohmänner zu gebrauchen, um zu kaufen und zu verkaufen und zu leihen. Den Nago gewährten die Franzosen und Syrer Kredite; also waren wir es, die arbeiteten, und die Fremden verdienten das Geld. Das alles erklärt unsere ganze Unzufriedenheit. Müssen wir sie noch totschlagen, ins Meer werfen? Das wäre nicht gut«, schloß Sery. Und deswegen sagte er, Afrika wird erst Frieden haben, wenn jeder zu Hause bleibt.

Unter den Fahrgästen herrschte Stille. Der Wagen sauste auf einer geraden Strecke dahin, hinein in die Hitze und blendende Sonne. Der Boudomo-Fluß lag hinter ihnen, die Bäume wurden kümmerlicher. »Meine Rede hat die Stille eingeläutet wie von der Großmutter der Furz mitten in die Schar ehrfurchtsvoller Enkelkinder«, wunderte sich Sery und zog den Satz mit einem Gelächter in die Länge, dem kein Echo folgte. Er blickte auf und erschauderte, als er bemerkte, daß sich von allen Seiten verdutzte Blicke auf ihn hefteten. Alle Lippen waren zusammengekniffen, fest aufeinandergepreßt, die Ohren hörten nur das Fauchen des Motors.

Fama grübelte. Als er Salimata den Brief überreicht hatte, der das Ableben des Cousins mitteilte, da rief sie: »Allah erbarme sich des Verstorbenen und gewähre ihm eine bessere Ruhe!«

Dann stand sie von ihrem Hocker auf und ließ die Küchengeräte klappern wie . . . Was suchte sie eigentlich? Sie kam mit leeren Händen, mit Tränen in den Augen.

»Ja, was willst du machen, Fama?«

»Nichts. Ich fahre zur Trauerfeier, und dann bin ich wieder da.«

»Wirklich, du willst wieder in die Hauptstadt zurück?

Wieder dieses Leben beginnen? Fama, sag im Ernst«, flehte sie ihn an.
Was wirklich war, das wußte Fama nicht. Ihm fiel es zu, den Stamm der Doumbouya zu führen. Vor der Eroberung durch die Tubabs Häuptling des Stammes sein, das war eine große Ehre, das war eine große Macht! Jede Doumbouya-Mama stellte Trankopfer hin, schlachtete Opfertiere, damit ihrem Schoß das Kind entspringe, das der Chef der Dynastie sein wird. In dieser verkehrten Welt aber fiel Fama eine ärmliche Ehre, eine kopflose Schlange zu. Die Macht des Häuptlings eines Stammes von Hungerleidern bedeutet nicht mehr und nicht weniger als Hungersnot und einen Kürbis voller Sorgen. Fama, du solltest dir vornehmen, zu verzichten, ihnen nein zu sagen.

Der Wagen keuchte und erklomm einen Hang. Eine Biegung blieb hinter ihnen, die, genau wie zwei Fährten ein und desselben Tiers, der nächsten Biegung glich, die schon in der Luftspiegelung schimmerte. Ein bewaldeter Berg stieß durch aschgraue Wolken, die an einem klein gewordenen Himmel dahinzogen. Ohne Orientierung suchte man sich einen Weg in diesem Landstrich, der unübersichtlich blieb. Und dazu saß man auf Bänken, die so hart wie Kieselsteine waren; die Hintern starben ab, und Beine und Waden wurden schwer, als lastete ein Klotz auf ihnen, und ein Kribbeln stieg hoch, bis an die Knie. Denen entgehst du nicht! Du kannst das Erbe nicht ausschlagen. Im Dorf sind die Zungen honigsüß, von denen kommst du nicht los. Was ist da zu machen? Auf die Reise verzichten? In die Hauptstadt zurückfahren? Nein, das ist nicht möglich. Das würde keinem einfallen. Das ist unmöglich! In dem Fall also bereitest du dich darauf vor, das Erbe anzutreten. Wie die Hand ist das, es gibt nur zwei Dinge, Handfläche und Handrücken. Entweder du

gibst die Reise auf, oder du fährst hin und bist Erbe, Erbe von allem, auch von den Frauen.
Auch von den Frauen! Der Bestattete hinterließ vier Witwen, für die Nachfolge die vier ernsthaftesten Stücke, davon zwei alte, die der Verstorbene vermacht bekommen hatte. Diese letzten würden sicherlich nichts mehr wollen. Hat eine zwei Ehemänner beerdigt, dann muß sie sich sagen, daß die Männer keinen Saft mehr haben, der nicht schon bekannt ist, keine neue Würze. Aber die anderen bleiben! Besonders Mariam; Mariam, das junge Mädchen, war Fama als Frau versprochen worden, denn überall hatte man sich dagegen erklärt, daß er sich mit Salimata in trockener Unfruchtbarkeit verzehrte. Daraus war aber nichts geworden. Zunächst wegen Salimatas bissigen Bemerkungen. »Fama, Fama«, hatte sie gesagt, »überlege gut, sieh dich an! Fühlst du dich fähig, zwei zu reiten? Mit mir ist das so, als wolltest du Wasser aus einem Berg holen. Und jede Nacht die Schmerzen, die in den Lenden bohren, in den Rippen . . .« Dann auch wegen dieser Zeit, da die Geschäfte unsicher waren und die Politik ihn mit Beschlag belegte. Kurz, Fama hatte Mariam abgelehnt, weil er nicht die Lenden und nicht das Geld dazu hatte. Im Dorf hatten sie geflucht, Einspruch erhoben und Fama verleumdet: Ein legitimer Sohn, Sohn des Häuptlings, der den Kopf unter die Flügel einer unfruchtbaren Frau steckt, einer, der auf die schiefe Bahn geraten ist! Und man hatte Mariam in die Ehe mit dem Cousin Lacina geführt. Sie hatten ein oder zwei Kinder.

2

Mit abgemessenen Schritten hinein in die Nacht des Herzens und ins Dunkel der Augen

Eine Kurve, und die Asphaltstraße war zu Ende. Sie kamen auf die Piste und in den Staub, in eine Staubwand, die gegen alles, was hinter ihnen lag, abschloß, sie waren im Staub, der wie Trauben an allen Bäumen hing, an allen Gräsern des Busches, an allen Dächern der Hütten; jede Fahrt riß etwas davon an sich und blies es, aufgewühlt, wieder aus. Staub wirbelte dicht im Wageninnern umher und füllte Augen, Kehlen und Nasen. Das Auto kam auf der ausgefahrenen Piste voran, stürzte voran, stieß sich voran, und seine Stöße schleuderten die Fahrgäste einen gegen den andern, und die Köpfe stießen gegen das Dach. Da war es Pflicht, die Zähne aufeinanderzubeißen; man hätte sich beim Sprechen während dieses bewegten Beisammenseins die Zunge abgebissen. Eine Reise dieser Art konnte einem Mann im Alter von Fama das Rückgrat kosten. Aber was konnte er machen? Zu den Trauerfeierlichkeiten eines Cousins gehen ist ein Gebot Allahs, und so wollen es die Bräuche.

Die Piste stieg an und wand sich. Fast zwanzig Jahre gemeinsames Leben hatten Fama und Salimata so weit gebracht, daß sie sich kannten wie der kleine Karpfen und das Krokodil, die ein und denselben Wasserlauf bewohnen. Wenn Fama nach dem Begräbnis Mariam heiratete und in die Hauptstadt zurückkäme, könnte er sich leicht vorstellen, was Salimata machen würde; heuchlerisch würde sie sich am ersten Tag in falsche Freundlichkeit hüllen, mit einem Lächeln, vor dem man zerfließen könnte, sie würde mit falscher Geschäftigkeit und Zuvorkom-

menheit aufwarten. Eine Frau ohne Fehl, würde man meinen. Nein, Irrtum! Paßt nur auf! Eines Abends wird sie kommen, schweigend, ohne ersichtlichen Grund, wie von einer riesigen Sorgenlast erdrückt und zermalmt. Und dann geht es los. Sie zieht sich in eine Ecke zurück, sie wird die Leier der philosophischen Worte über das menschliche Elend anstimmen, über das Elend der Ehefrauen, die ihren Mann ernähren und kleiden und ihm Unterkunft verschaffen, über das Elend der Ehefrauen angesichts der Undankbarkeit der Männer, über die Pflichten der Männer, über die Unfruchtbarkeit, über die Forderung, die Nebenfrau in ihrem Zimmer aufzunehmen, und dann . . . und dann . . . Kurz, Ausbrüche von schlechter Laune, die Fama schließlich reizen und aufbringen.
»Salimata, was sagst du?«
»Ich spreche zu niemandem«, wird sie antworten.
Und so geht es weiter. Eine Atmosphäre, die einem die Luft nimmt. Streit, Zorn, das Durcheinander zu Hause. Heute beschimpfen sie sich, morgen kriegen sie sich in die Haare: Unmöglich, das zu behalten, ein Tonband müßte da her. Eines Tages heißt es einen Schnitt machen. Fama, du mußt überlegen, abwägen, bevor du Mariam heiratest. Oder!, oder!, oder du erklärst dich bereit, im Dorf zu bleiben.

»Ein Brand, ein Brand!«
Der Schrei ließ Fama auffahren. Tatsächlich: ein ungeheurer Steppenbrand wie ein Gewitter; Flammenwirbel prasselten, fauchten, grollten, das Feuer griff nach allem, was es erfassen konnte. Auf dem Weg wimmelte es von Heuschrecken.
Aber schnell war man durch den Brand hindurch, die unheimlichen Rauchsäulen entfernten sich. Das Schauspiel hatte Fama geweckt, er fühlte sich gestärkt, doch die

Landschaft wollte nichts Neues zeigen, sie wollte nicht gefallen.

Als Fama als kleiner Junge mit den Freunden Ratten aushob, da schrien sie, wenn die erste hervorhuschte: »Die Ratte!«, und bei allen anderen, die hinterhersprangen, riefen sie: »Noch eine!« Fama zwinkerte. Noch eins war vorbei, noch ein Dorf, der Doppelgänger des vorherigen. Mit dem kleinen Flußlauf, den runden Hütten, immer das gleiche Strohdach, dann das heilige Wäldchen, die Ochsen, die faul kauten, und die Kinder mit den nackten Hintern, den Kürbisbäuchen, immer ängstlich, immer lärmend. Hinter dem Dorf wieder ein Zwinkern. Wieder der Busch in der Sonnenglut, noch so ein Harmattanhorizont, noch ein strahlender Himmel, dann noch eine Kurve nach rechts, der schiefe Karitebaum mit den kahlen Ästen und mit seiner kreischend fliehenden, stets überraschten, stets fratzenschneidenden Affenherde. Und schließlich wieder eine gerade Strecke, die oben auf einer Höhe, bevor es in ein anderes Dorf hinabging, zu Ende war. Fama kämpfte mit dem Schlaf, man fuhr und kam nicht voran; er war erschöpft, war abgewetzter und kaputter als der Hosenboden eines Taugenichts. Oben auf der Höhe zwinkerte er hinunter ins Tal, Bindia erschien unter großem Hallo. Fama sprang auf. Die Rast, die Stadt des Nachtquartiers, vorbei mit der Knochenmühle! Allah sei gelobt!

Rauchende Hütten zwischen Mango- und Flammenbäumen standen in einer Reihe am Fuß von zwei Bergen, rund und fest wie Salimatas Jungfernbrüste. Die Berge stießen in einen bläulichen und kupfernen Himmel, und zwischen ihnen erstarb am Horizont, schon gezähmt, die Sonne in einem Gewirr von Flammenbäumen. Der Abend war da. Rotgestreifte Häuschen versteckten sich und verschmolzen in der Entfernung mit den nackten Mangobäumen. Die honigfarbenen Straßen, auf denen

die welken Blätter raschelten, verloren sich im Grün des Sisals. Man durchquerte den Verwaltungsteil. Die Reisenden stiegen im Malinke-Viertel aus, wo sich die Hütten in einem Geruch aus Rauch und Kuhpisse aneinanderquetschten.
In diesem Augenblick versank die Sonne hinter dem einen Berg, und von dem anderen stieg der Nebel und der Schatten empor.
Die Nacht hüllte die Stadt ein.
Fama wurde von ganz Bindia als ein Geehrter, Verehrter, wie ein Präsident der Republik, der Einpartei, der Regierung auf Lebenszeit begrüßt; um genau zu sein: es wurde auf Malinke-Art der Ehemann der Salimata begrüßt, deren Geburtsort Bindia war. Vor seiner Hütte fand sich ein Begrüßender nach dem andern ein, dann folgten ihm zu Ehren Platten mit To, mit Reis, und selbst ein Huhn und ein Zicklein spendierte man. Nach dem letzten Gebet, das sie niedergekauert gesprochen hatten, platzten die Palaver los. Gesättigt und lang hingestreckt, sielte sich Fama auf einer Matte, bereit, vom Leder zu ziehen, um die Basterderei von Politikern und die Sonnen der Unabhängigkeiten niederzusäbeln, niederzusicheln, niederzumachen. Sie bremsten seinen Schwung. Die Einpartei der Republik verbot es den Dörflern, auf das zu hören, was Ankömmlinge aus der Hauptstadt über Politik erzählen würden. Gott sei gelobt, gesagt wird genausoviel, wie es Bastardereien gibt! Und Fama kramte Erinnerungen vor und erkundigte sich nach den kürzlich Verstorbenen, nach den Verheirateten, nach den jungen Müttern und den Hahnreien. Das Palaver entfesselte sich rings um die Petroleumlampe, an der die aus der Nacht auftauchenden Schmetterlinge hängenblieben und sich in den Tod stürzten; die Moskitos summten, surrten und verschwanden im Dunkel. Im Dunkel einer nicht bastardisierten afrikanischen Nacht (stellte Fama mit Freuden fest) voller knar-

render und knisternder Harmattangeräusche: Zirpen der Zikaden, Geheul der Hyänen und, ganz klar, Einspruch der Hunde mit nicht enden wollendem Gebell und Gekläff. Und außerhalb des Lichtkreises flimmerte ein einziger Stern am Himmel, man mußte sich weit zurückneigen, um zwischen den Dächern noch andere zu entdekken. Die Hütten gegenüber hatten alle ihre Matten heruntergelassen. Als Ergebnis einer Sonne und einer Reise, beide von unwahrscheinlich langer Dauer, begann Famas Kreuz steif wie eine Eisenstange zu werden, er gähnte, daß es ihm den Mund fast zerriß. Die Palaverfreunde begriffen, daß der Schlaf seine Lider bezwungen hatte. »Gute Nacht in Frieden! Möge Allah den Reiseweg vor dem dummen Unfall und der bösen Fügung bewahren!« Und der Kreis ging auseinander.

Mitten in der Nacht wurde Fama von einem Kribbeln und Stechen im Hintern, im Rücken und in den Schultern geweckt, ihn juckte es überall, als hätte er sich in eine Distelfurche gelegt. Das Bambusbett starrte vor Beißwerkzeugen, es wimmelte von Wanzen und Flöhen. War der Morgen noch weit? Fama lauschte in die Nacht.
Das Geheul der Hyänen war verstummt, an dem ängstlichen Knurren der Hunde, die mit eingeklemmtem Schwanz an den Fenstermatten kratzten, war aber zu erkennen, daß die wilden Tiere hinter den Hütten auf der Lauer lagen, das ganze Dorf mußte nach ihnen stinken. Hin und wieder der Flügelschlag von Nachtvögeln, die sich aus den Baumkronen erhoben, und dann folgten lang hallende Schreie von Tieren, die Fama vergessen hatte, deren Namen sich in der Hauptstadt nach zwanzig Jahren Dummheit zersetzt hatten. Die Flamme der Petroleumlampe flackerte. Das war gut, denn es war immer gefährlich, das heißt für einen Malinke gefährlich, in diesen Buschdörfern seiner Seele freien Lauf zu lassen ohne ein

kleines Licht, das wacht und andere umherirrende Seelen, die bösen Schicksalsfügungen und die bösen Geister fernhält. Verbastardierte Bastarderei! Fama war durch die Schlaflosigkeit gereizt und machte sich Vorwürfe, sein Wachen nicht zum Nachdenken über sein Geschick zu nutzen. An ernsthafte Dinge denken, legitimer Sproß der Doumbouya! Der letzte Doumbouya! Bist du, ja oder nein, der letzte, der allerletzte Abkömmling des Souleymane Doumbouya? Sind diese Sonnen über den Köpfen, diese Politiker, alle diese Räuber und Lügner, dieses schamlose Pack nicht die bastardische Wüste, in der der Fluß Doumbouya sterben muß? Und Fama begann über die Geschichte der Dynastie nachzusinnen, um sich die Dinge auszulegen, die Ausdeutung des Gesagten vorzunehmen, damit er sein eigenes Geschick herausfinden könne.

Zur Stunde des dritten Gebets kam an einem Freitag Souleymane, den man ehrerbietig Moriba nannte, nach Toukoro, gefolgt von einer Schar Talibet. Der Älteste von Toukoro erkannte ihn und grüßte ihn. Seit Generationen erwartete man ihn. Er war ihnen angekündigt worden. »Ein Marabut, ein großer Marabut wird zur Stunde des Ourebi aus dem Norden kommen. Haltet ihn! Haltet ihn! Bietet ihm Land an und eine Hütte! Die Gewalt, die Macht dieser ganzen Provinz wird sich dorthin wenden, wo er wohnt, er und seine Nachkommen!« Der Älteste von Toukoro hatte ihn an seinem Wuchs, dem eines Käsebaumes gleich, und an seiner Hautfarbe (er würde heller, strahlender als alle Männer im Dorf sein) und an seinem Reittier (er würde auf einem makellosen Roß daherkommen) erkannt. Er mußte ihn zurückhalten, festhalten in Toukoro; aber damals ging das Erntefest acht Tage lang, und während dieser acht Tage mußten Frauen und Fremde eingeschlossen bleiben, weil Fetische und Masken auf allen Plätzen und Wegen tanzten und schrien.

Der Älteste von Toukoro rief seinen Gast herbei.
»Großer Marabut! Bald wird man zu den Festlichkeiten der Ernte trommeln. Deine Frauen und Schüler sollen für eine Woche Nahrungs- und Wasservorräte zusammentragen für dich und die Deinen.«
»Ehrwürdiger Ältester! Erlaube uns, daß wir uns während der Zeit des Festes in unser Lager zurückziehen«, entgegnete Souleymane.
»Einverstanden, Marabut, aber nach den Festlichkeiten kommt ihr wieder«, antwortete der Älteste.
Sie kamen nicht wieder. Das Lager lag zwischen zwei Gebieten, der Nachbarhäuptling erklärte sich gegen ihre Rückkehr.
»Wenn angekündigt ist, daß die Macht da blühen wird, wo Souleymane seinen Wohnsitz nimmt, dann soll er mitten zwischen unseren beiden Gebieten sein Lager aufschlagen.«
Souleymane und seine Talibet bauten ein großes Lager, das sie Togobala (großes Lager) nannten, und gründeten den Stamm Doumbouya, dessen einziger legitimer Abkömmling Fama geblieben war. Souleymanes Geschichte ist die Geschichte der Dynastie Doumbouya.
Es gibt auch eine andere Darstellung.
Souleymane und seine Schar stießen richtig auf Toukoro an einem Freitag zur Stunde des Ourebi. Der Älteste von Toukoro schlief, betrunken vom Dolo, mitten unter seinen Leuten, die ihn schüttelten und ihm sagten: »Der große Marabut reitet auf dem weißen Roß mit einer starken Begleitung durch das Dorf.«
»Man soll mich schlafen lassen!« brummte der Älteste nur. Als er nüchtern war, wurde sogleich ein Bote nachgesandt. Aber Souleymane konnte nicht mehr zurückkehren, er befand sich auf halbem Wege zwischen zwei Gebieten; der Bote holte ihn dort ein, wo er lagerte und viele Strohhütten (togobala) aufstellte.

Welches auch die wahre Überlieferung sein mag, Togobala dehnte sich aus, gedieh wie ein Termitenbau, wie ein Quell des Wissens, wohin diejenigen gingen, um ihren Durst zu stillen, die aus Mangel an Kenntnissen und Religion verdorrten. Die Nachkommenschaft Souleymanes strömte dahin, wunderbare, kraftvolle, geehrte und bewunderte Gestalten, es zählten große Weise, große Heilige zu ihnen, bis zur Eroberung Horodougous durch die muslimischen Malinke des Nordens. In ihrer Verachtung für die einheimischen Bambara trugen die Eroberer die Ausübung der Macht dem Abkömmling des Souleymane Doumbouya an. Der hieß Bakary. Und Bakary wollte nicht annehmen. Die Bambara hatten seine Vorfahren mit Ehren überhäuft und mit Ländereien beschenkt, die Macht über eine Provinz aber ergreift man mit Waffen, Blut und Feuer; was man durch Undank und List erlangt, ist ungesetzlich und vergänglich, und diese Macht stirbt im größten Unglück. Jede gesetzwidrige Gewalt bringt wie der Donner den Blitzstrahl, der ihr unseliges Ende in Flammen aufgehen läßt.
Bakary entfernte sich, um mit sich zu Rate zu gehen, zu beten, um seine Ahnen und Allah anzuflehen. Eines Nachts rief eine Stimme: »Danke, Bakary! Hab Dank für deine Opfer! Ergreife die Macht! Die Gesetze sollen sich nicht untreu werden, wegen deiner Frömmigkeit wird es schon Regelungen geben. Deine Nachkommenschaft wird fließen, wird schwächer werden, wird austrocknen, bis sie verschwindet wie die gewaltigen Wasserläufe, die sich vom Gebirge ergießen, anschwellen, dann abnehmen und im sandigen, öden Tal, fern vom Meer und von den Flüssen, sterben.
»Ich verzichte auf die Macht«, antwortete Bakary kühl.
»Nimm sie! Das Ende deiner Nachkommenschaft wird nicht morgen und nicht übermorgen sein und auch nicht an einem der darauffolgenden Tage kommen. Es wird

kommen an dem Tag, wenn die Sonne nicht untergeht, wenn Sklavensöhne, wenn Bastarde alle Provinzen mit Fäden, Bändern und Wind zusammenbinden und befehlen, wenn alles ein einziges Luderzeug ist, ein unverschämtes Pack, wenn die Familien . . .«
»Ja, ja! Danke, ich habe verstanden«, rief Bakary, von der Eingebung erfüllt, »meine Nachkommen verschwinden am Tag des Jüngsten Gerichts.«
Und Bakary griff nach der Macht über alle reichen Provinzen, alle Ländereien Horodougous. In Horodougou, das zerstückelt wurde und fortan zu zwei Verwaltungsgebieten gehörte, wurden die Doumbouya angesehene Häuptlinge. Schade! Schade, daß der Ahnvater Bakary nicht gewartet hatte, nicht bis zum Schluß die Stimme angehört hatte. Sie wäre fortgefahren, den Tag des Endes der Doumbouya-Dynastie zu beschreiben. Fama hatte Angst. Als authentischer Nachfahre war nur er geblieben, ein steriler Mann, der von Almosen in der Stadt lebt, da, wo die Sonne nicht untergeht (die elektrischen Lampen erhellen die Hauptstadt die ganze Nacht), wo Sklavensöhne und Bastarde befehlen, triumphieren, die Provinzen mit Fäden (das Telefon!) und Bändern (die Straßen!) und Wind (die Reden und das Radio) zusammenbinden. Fama hatte Angst vor der Nacht, vor der Reise, vor den Trauerfeierlichkeiten, vor Togobala, vor Salimata, vor Mariam und vor sich selbst. Angst vor seiner Angst.

Der Morgen kam und verging zu schnell. Zweiter Tag der Reise. Alles beeilte sich, überstürzte sich. Der Nebel des Harmattans hielt sich für einen Häuptling von ehedem und bemächtigte sich der Berge, der Wege und des Busches. Aber da war keine Zeit, um zu klagen. Die Sonne befreite sich und ging daran, zu heizen, zu schmelzen, zu beleuchten, und alles verflog. Der Lastwagen fuhr schnell, und hinter ihm, in dem anhänglichen Staubwir-

bel, kollerten die Kieselsteine durch die raschelnden toten Blätter an den Wegrändern. Die Dörfer flogen vorbei und verschwanden im Staub. Ihre Namen schlugen in Fama Tamtams des Schmerzes. Schon rollte der Wagen über die Erde von Horodougou. Was man sah oder nicht sah, hörte oder nicht hörte, spürte oder nicht spürte, alles, die Ländereien, die Bäume, die Wasserläufe, die Menschen und die Tiere, alles rundum hätte Fama wie seine eigene Frau gehören sollen. Eine schreckliche, sich wandelnde, unverständliche Welt! Aus seinem Innern stieg Gesang empor, Gesang auf die Macht seiner Dynastie und den Mut seiner tapferen Ahnen. An einer Kurve hörte er ihre Kavalkaden, die zum Sturm aufbrachen gegen die bastardischen und illegitimen Gewalten von Präsidenten der Republik und der Einpartei. Diese Ahnen hatten Herz, hatten Arme, Männlichkeit und Tyrannenwut. Die Dynastie, als Herrin der Ländereien, der Sachen und der Lebewesen in Horodougou, gebar männliche und kluge Krieger. Kein Sandkorn (der Wagen fuhr durch eine vom letzten Buschbrand gebratene Ebene) und keine Hand dieser Ebene, die nicht die Reiterschar gespürt hätte. Hier überall haben sie angegriffen, getötet und gesiegt.
Das letzte Dorf der Ebenholzküste kam und danach die Zollstation, die sie von der sozialistischen Republik Nikinai trennte. Da packte Fama solch ein Zorn, der einer Schlange das Maul mit Flüchen und Gespeie gestopft und sie das Erschaudern eines Blätterdaches gelehrt hätte. Ein Bastard, ein echter, ein schamloser, ein Sprößling des Waldes und einer Mama, die sicher keine Ahnung von gestickten Bändern, von der Würde der Ehe gehabt hatte, wagte es, auf beiden Hoden sitzend, aus seinem Mund hervorzubringen, daß Fama, ein Fremder, ohne Personalausweis nicht passieren dürfe! Habt ihr recht gehört? Fama ein Fremder auf dem Boden Horodougous! Fama forderte ihn auf, das noch einmal zu sagen. Der

kleine Zöllner, dick, rund, schmerbäuchig, ganz eingeschnürt von der Brust bis zu den Zehen, mit Koppel und Gamaschen, wiederholte es ruhig und sprach sogar von Revolution, Unabhängigkeit, Absetzung der Häuptlinge und von Freiheit. Fama platzte, fluchte, brüllte, daß die ganze Zollstation bebte. Glücklicherweise war der Vorsteher der Zollstation ein Malinke, also ein Muslim, und sogar einer, der Gold von Kupfer zu unterscheiden wußte. Er beruhigte Fama mit den angebrachten Ehrbezeigungen und Entschuldigungen.
»Das ist der Abkömmling der Doumbouya.«
»Ich sch . . . auf Doumbouya oder Konate«, antwortete der Urwaldmensch von einem Zöllner.
Fama, der schwitzte und außer Atem geraten war, tat so, als würde er nichts hören, und stieg ein.
Wie ein plötzlicher Harmattanwirbel entfernte sich Famas Zorn. Sie fuhren durch die Buschlandschaft, die Fama auf seinen Ausritten durchstreift hatte, und sein Herz erwärmte sich an den Morgenstunden seiner Kindheit. Von überall stiegen vergessene Geräusche, Gerüche und Schatten auf, selbst die altbekannte Sonne erhob sich und erfüllte den Busch. Seine Kindheit!, seine Kindheit! In allem ertappte er sie, folgte er ihr, bis weit an den Horizont, auf dem weißen Renner, er sah sie durch die Bäume vorüberziehen und immer wieder vorüberziehen, fühlte sie, genoß sie. Die Unternehmungen seiner Vorfahren rissen ihn mit, aber plötzlich begann sein Herz zu schlagen, er wurde traurig, zerschnitten war die Freude von den wieder aufsteigenden Ängsten der letzten Nacht, von dem Mitleid mit dem Nachkommen der Doumbouya, vom Mitleid mit seinem eigenen Schicksal, und aus seinem brodelnden Innern stiegen melancholische Lieder auf, und mehrmals sang er diese Hochzeitsmelodie der Malinke.

»Man schätzt nicht den Nutzen eines Vaters,
eines Vaters,
Ehe man nicht das Vaterhaus hat leer gefunden.
Man hat kein Auge für die Mutter, die Mutter,
Viel kostbarer als Gold,
Ehe man nicht das Haus der Mutter hat leer gefunden.
Dann schreitet und schreitet man und zählt
die Schritte
In der Nacht des Herzens und im Dunkel der Augen
Und geht hervor, um heiße Tränen in Überfluß
zu vergießen.«

Und schon paßte sich in den reinen, den Harmattan besingenden Himmel der Gipfel des Käsebaums von Togobala ein. Togobala, das Heimatdorf! Dieselben Geier (Bastarde diejenigen, die Fama den Namen Geier gegeben hatten!), sicher dieselben Geier von jeher, aus seiner Kindheit, sie lösten sich von dem Käsebaum und patrouillierten lässig über den Hütten. Rinder, Ziegen, Frauen mit Krügen auf dem Kopf, und dann kamen die Hütten.
Im Namen der Größe der Ahnen rieb sich Fama die Augen, um sich zu vergewissern, daß er sich nicht irrte. Von dem Togobala seiner Kindheit, dem Togobala, das er in seinem Herzen trug, war nicht einmal der letzte Gestank des letzten Furzes geblieben. In zwanzig Jahren hatte sich doch die Welt nicht umgestülpt. Da ist sie noch. Ganz hinten ein oder zwei schiefe, altersschwache, von der Sonne gebrannte, einzeln stehende Hütten, wie Termitenhügel in der Ebene. Zwischen all dem Verfall, wo einst Anwesen lagen, häufte sich Abfall und wucherte Gras, das die Tiere abgefressen, das Feuer versengt und der Harmattan beleckt hatten. Die Gören, die aus den Hütten gerannt kamen, liefen auf den Wagen zu und schrien: »Mobili!«, dabei schwankten sie auf ihren Hirsehalmbei-

nen und schaukelten ihre kleinen staubigen Kürbisbäuche. Fama mußte an die kleinen rundlichen Warane denken. Endlich eine Zufluchtsstätte! Fama erkannte den Baobab auf dem Marktplatz wieder. Auch er war in Mitleidenschaft gezogen, war unansehnlich geworden; der Stamm war aschgrau und rissig, und er streckte die nackten, aussätzigen Äste in den trockenen Himmel, in einen Himmel, der von der Harmattansonne und von den Flügen der Geier heimgesucht wurde, die nach Aas gierten und nach Kothaufen der Menschen, welche ihr Bedürfnis hinter den Hütten los wurden. Der Wagen hielt.
»Gute Ankunft! Gute Ankunft, Fama!«
Einwohner jeglichen Alters eilten herbei, alle ausgezehrt und ausgedörrt wie zweijährige Welse, die Haut runzlig und staubig wie von Mauereidechsen, die Augen rot und verklebt von der Bindehautentzündung.
Mit dem geschmeidigen Schritt seines Totems, des Panthers, mit königlichen Gesten und mit majestätischem Grüßen (schade, daß der Bubu staubig und zerknittert war!) erreichte Fama an der Spitze einer Begleitmannschaft von Einwohnern und eines Kinderschwarms den Hof der Doumbouya-Ahnen. Da ertönte ein durchdringender Schrei: das Signal zum Beweinen und Betrauern des Beerdigten. Alle Frauen, die wie Besessene heulten, warfen sich zu Boden und wälzten sich im Staub. Der Lärm rief weitere Klageweiber und neues Wehgeschrei herbei und griff auf das ganze Dorf über. Die Hunde hörten auf, nach den Fliegen, die am Grind ihrer Ohren und ihrer Hinterteile saßen, zu schnappen, um die Klageweiber anbellen zu können. Der Krawall stieg bis in den Himmel, die Aasgeier flohen aus den Baumkronen. Und der Lärm wurde noch größer und noch lauter. Der Hof war übersät von Klageweibern, belagert von einer Legion Schaulustiger und einer Meute Köter, umkreist von einer Wolke Aasfresser. Das war zuviel und mußte unweiger-

lich den glutheißen Wind herbeiführen, der in Gestalt plötzlicher, schneller und heftiger Wirbel aus Staub und Kapok aufkam, wie sie nur die guten Harmattans von Horodougou hervorbringen können. Der Wind riß um, zog mit sich und machte blind, und der Krawall verstummte, Hunde und Klageweiber flohen und retteten sich in die Hütten und dahinter. Die Geier wurden auseinandergescheucht und in ferne Horizonte getrieben. Fama kämpfte gegen das Wüten seines sich blähenden und toll gewordenen Bubus wie ein Bootseigner im Unwetter. Wenige Augenblicke später war der Wirbelsturm vorüber, die Klageweiber stürzten herbei, um erneut zu beginnen. »Nein und nochmals nein! Allah verbietet in seinem Buch, die Abgeschiedenen zu beweinen.« Schluß mit dem Geschrei! Schluß mit dem Klagen! Lacina, der Cousin, hatte als großer Muslim gelebt und war so gestorben. Außerdem war es unnütz! Wirklich unnütz! Beim Haupte der Ahnen! Einem verwirrten, erschöpften, nachdenklich gestimmten Fama reichte man die traditionelle Kalebasse mit frischem Wasser als Willkommenstrank.

»Allen Dank, Dank! Allen wird sich Allah erkenntlich erweisen«, seufzte er, bevor er sie an die Lippen setzte.

3

Die Meuten von grauen Eidechsen und Geiern bohrten Löcher in seine Rippen; er überlebte dank dem weisen Balla

Ohne die Falschheit der Malinke wäre diese erste Nacht geruhsam gewesen, wie die Stille in einem von einer Quelle erfrischten Unterholz, am Ende eines langen Harmattanmarsches. Aber die Falschheit! Die Malinke sind voll Doppelzüngigkeit, weil ihr Inneres schwärzer ist als ihre Haut und ihre Rede weißer als ihre Zähne. Sind sie Fetischanbeter? Sind sie Muslime? Der Muslim hört auf den Koran, der Fetischanbeter folgt dem Koma; aber in Togobala nennt sich jedermann vor den Augen der Welt Muslim und tut auch so, doch jeder fürchtet den Fetisch. Nicht die graue Eidechse und auch nicht die Schwalbe! Als sich die Klageweiber beruhigt hatten, mußte Fama eine Hütte zugewiesen werden. Der Koran sagt, daß ein Abgeschiedener ein von Gott Gerufener ist, ein Vollendeter; und die Bräuche der Malinke besagen, daß ein Familienoberhaupt in der Väterhütte schläft. Es gab kein Zögern, kein Palaver, die große patriarchalische Hütte stand jetzt nach dem Ableben des Cousins leer, sie hatte alle großen Doumbouya-Ahnen beherbergt; Fama mußte sie öffnen und sein Gepäck dort unterbringen. Aber bei den Bambara, den Ungläubigen, den Kâfirs, schläft man nie in der Hütte eines Begrabenen ohne das kleine Opfer, das Geister und Manen fernhält. Der Fetischanbeter und Zauberer Balla, der Ungläubige im Dorf (später werden wir noch den Sack dieses alten Raubtiers, dieses Schwatzmauls, dieser Hyäne leer machen), erinnerte Fama an das

Verhalten der Ungläubigen. Trotz seines tiefen Glaubens an den Koran, an Allah und Mohammed lag Fama die ganze Nacht in einer kleinen Hütte, eingekeilt zwischen alten Krügen und einem krätzigen Köter. Eine sehr schlechte Nacht! Doch es mußte so sein. Weder ist etwas an sich gut noch etwas an sich schlecht. Es ist das Wort, das einen Tatbestand zum Guten wendet oder ins Böse verkehrt. Und das Übel, das auf einen Verstoß gegen einen Brauch folgen muß, tritt immer dazwischen, kommt mit Sicherheit dazwischen, wenn das Wort vor der Verfehlung gewarnt hat, eben weil es da einen Brauch gibt; vor allem wenn es sich um einen Brauch eines Dorfes im Busch handelt.

In Togobala beeilte sich alle Welt, den Morgen zu erblikken, als ob die Schwärze der Nacht nur Kerker und Bedrohung wäre und das Weiß des Tages Freiheit und Friede. Schon vor dem ersten Hahnenschrei erwacht, konnte sich Fama rasieren, sich herausputzen, beten, endlos seine Gebetskette herunterhaspeln, kräftig die Zähne säubern und sich als legitimer Nachfahre der Doumbouya-Dynastie vor der Väterhütte niederlassen, als hätte er in ihr geschlafen. Der Griot Diamourou setzte sich zur Rechten, der Hund zwängte sich unter den fürstlichen Stuhl, und andere Familienmitglieder belegten im Halbkreis, ihm zu Füßen, die Matten, und so erwartete man die Wogen der Begrüßenden.

Das Harmattanmorgenrot hält wegen der Kühle und des anhaltenden, stehenden Nebels immer lang an; die ersten Regungen im Dorf beschränken sich auf ein paar Burschen – und zwischen ihren Beinen ein paar Hunde, mit denen sie zu den auszuhebenden Rattennestern aufbrechen – sowie auf zwei, drei Frauen, die von der Wasserstelle heraufkommen oder mit Kürbisflaschen auf dem Kopf hinuntersteigen. Nichts, nur Nebel. Der Griot Diamourou zappelte. Er hatte viel zu erzählen. Fama hörte

ihm nicht zu, die Gedanken des Fürsten waren ganz woanders.
Die Dinge wurden mit dem Morgen weiß, alles legte sich wieder bloß. Fama betrachtete das Anwesen, er konnte nicht genug hinsehen und abschätzen. Als Erbteil war da nichts an Kernigem, an Gewichtigem, an Fettem. Ein aufgeschrecktes Huhn hätte alles in einem Zug umflattern können. Acht Hütten standen da, hielten sich noch aufrecht mit rissigen Wänden, Spalten vom Dach bis hinab zum Boden, der Strohbelag war schwarz, fünf Jahre alt. Viel war zu tun, war festzumachen vor der Regenzeit. Der Stall gegenüber stand leer; die große Gemeinschaftshütte, wo einst die Pferde angebunden wurden, kannte überhaupt nicht mehr den Geruch von Pisse. Zwischen beiden dann die kleine Ziegenhütte, die alles in allem drei Steinziegen, zwei Hausziegen und ein Zicklein aufnahm, alles mickrig und stinkend und für das Schlachtopfer vor Ballas Fetischen bestimmt. Und von den Menschen: wenig Hände zum Arbeiten. Vier Männer, zwei davon Greise, neun Frauen, davon sieben alte Mütterchen, die nicht ans Sterben dachten. Zwei Landarbeiter! Niemals haben zwei Landarbeiter genug Forsche, um vierzehn Mäuler zu stopfen, in der Regenzeit und im Harmattan! Und dann die Steuern, die Abgaben an die Einpartei und all die anderen Geldzuwendungen und Unabhängigkeitsbastardereien, wo soll man's nur hernehmen? Eigentlich gab Fama gar nicht viel auf Reelles, Solides, Endgültiges . . .

»Diamourou, sag mir, mein treuer Griot, wie kommen sie hier aus, die Häupter solcher Anwesen?«
»Herr! Ach, Herr!« Der alte Griot raffte zunächst einmal seinen Bubu zusammen. »Aber Herr! Ich wollte es Euch zeigen, es Euch auseinandersetzen. Ihr habt mir kein Ohr geliehen. Wird es noch lange dauern, bis es mit den Begrüßenden losgeht? Na, um so besser! Dann habe ich

Zeit, alles zu sagen und zu erklären. Als einzige, allereinzige überleben Kolonisation, Unabhängigkeit, Einpartei, Sozialismus und Einsatz von Menschenkraft die Alten und die Familienoberhäupter, die irgendwelche Geheimnisse haben. Ich, Herr, ich, der Diamourou, der Nachfahre geehrter Griots aus der Familie der Doumbouya, ich, der Diamourou, zum Beispiel – kennt Ihr meins?
Tomassini, das war der Name des ersten Kommandanten hier. Einer, der, was Afrikanerinnen anging (er hatte seine Gründe), nur in die unreifen und festen Jungfrauen biß wie in grüne Mangofrüchte zur Zeit der ersten Winde in der Regenzeit. Matali! O meine liebe Tochter Matali! Allah gewährt dir Größe und Wohlergehen ohne Grenzen! Als Matali in den Tanzkreis sprang, da waren Boden, Tamtam und Gesang eins, da hat alles beim Rhythmus ihrer Brüste und Lenden gezittert, und ihre Hinterbacken wogten und sangen von hundert klimpernden Perlenketten. Wie eine Antilope sprang sie und legte sich dem Kommandanten Tomassini zu Füßen, der vor Verwunderung pfiff. ›Hübsches Kind!‹ Schluß, das Los war gezogen. Noch am selben Abend wurde Matali ins Lager des Tubab-Kommandanten geführt. Die Dinge wurden schlimm in dem Augenblick, da ihr der Schurz heruntergerissen wurde. Was wollt Ihr, damals erzog man eben noch nach den heiligen Grundsätzen. Sie sträubte sich, kämpfte, rannte gegen Wachen und Türen, floh und verschwand im Busch. Sie war stärker als eine zweijährige Färse, und von einer Schönheit!, von einer Schönheit! Der Kommandant hatte nichts dergleichen in ganz Horodougou gesehen. Der Teint! Dieses Schwarz, das leuchtende Schwarz wie die Schwungfedern des Marigotvogels, die weißen und regelmäßigen Zähne, die zum Essen nicht gemacht zu sein schienen, eine gerade Nase, fein wie ein gespannter Faden, Jamswurzelbrüste, fest und leuchtend, und die Stimme einer Fonioamsel. Als der

Tubab in sein Lager zurückkam, blieb er wie gebannt stehen. Er gab Befehle. Man brachte Matali unter starker Bewachung herbei. Er schwängerte sie zweimal hintereinander: zwei Knaben.
Während diese kleinen Mulatten heranwuchsen und von Schule zu Schule zogen, von Hauptstadt zu Hauptstadt, Dakar, Gorée und so weiter, lebte ihre Mama, meine Tochter Matali, in Wohlstand, hielt Hof, gründete Anwesen und baute Läden, kurz, sie bereicherte sich und ließ sich dabei von den unverheirateten Tubabs des Postens umschwärmen. Denn sie blieb unverändert schön. Schließlich, als sie sich an die Worte des Korans und ihres Vaters erinnerte, heiratete sie den Peulh-Dolmetscher, der allerdings Gatte von zwölf Frauen war, aber einwilligte, sie zu seiner Bevorzugten zu machen.
Was ich beschwören kann« – der Griot rückte ein wenig mit seinem Stuhl näher –, »was ich beschwören kann«, wiederholte er, »ist, daß Matali niemals, an keinem Tag, keinem einzigen Tag ihre Eltern vergessen hat. Der Kolonialismus hat meinen Rücken gestreift wie ein Windhauch: Der Griot, der Vater der Frau des Kommandanten, hatte immer eine Ausnahmestellung. Ob Hunger oder Überfluß, ob Regenzeit oder Harmattan, die Sendungen der Matali versiegten nie, selbst nicht in den harten Zeiten der Unabhängigkeiten und der Einpartei. Wißt ihr, was meine beiden Mulatten, die Enkel, sind? Einer ist Provinzgouverneur, Generalsekretär und gewählter Bürgermeister, der andere Arzt, Botschafter und Direktor von etwas, dessen Namen ich nie behalten kann. Auch sie schicken immer etwas an Großpapa und an ihre Mama. Gelobt sei Allah! Lob und Wohlergehen für Matali! Dank ihnen bin ich unter den Lebenden.«
In der Tat, der alte Griot hatte sich sorgsam erhalten und war gut gedörrt. Heiter und weiß, von einem Glanz, wie man ihn selten im Gebiet von Horodougou findet, ma-

ger, aber von der guten Magerkeit des Alters, mit dem kahlen Schädel, einigen Falten im Nacken, auf den Wangen und auf der Stirn, mit leuchtenden Augen hinter Wimpern, Lidern und einem Backenbart, so weiß wie die Flaumfedern des Kuhreihers, mit schnellen Worten, einem sprudelnden Einfallsreichtum. Wirklich, von einer Heiterkeit, die Allah für einige Alte unter den besten Gläubigen, für die Erwählten vorbehalten hat. Ein Griot, ein Mann von der Zunft, währenddessen Famas Cousin . . .

»Sprechen wir, Herr, von deinem Cousin: Er hat seine Scherereien mit den Unabhängigkeiten gehabt, er hat . . .«

Es war zu spät; der Nebel hatte sich hinter das Dorf verflüchtigt, und von überall kamen die Gruppen der Begrüßenden.

»Humba! Humba!«

»Allah danke euch!«

»Das sind die Cisse. Ihr Anwesen liegt auf dem Weg zum Wasserlauf. Eine Cisse war an die Doumbouya verheiratet worden.«

Und der Griot stellte vor.

»Humba! Humba!«

»Über euch seien die großen Segnungen Allahs!«

»Die Keita. Erinnert Euch, Fama, Ihr habt eine mit einem Keita verheiratete Cousine.«

Die Kouyate, die Konate, die Diabate, mit allen verknüpften ihn Familienbande. Die Vorfahren all dieser Familien wurden in Beziehung zu diesem oder jenem Doumbouya gebracht. Der Griot Diamourou war unerschöpflich und allwissend.

Fama thronte mit geschwellter Brust. Sah er überhaupt die Begrüßenden an? Kaum! Seine Augenlider senkten sich wie bei einem richtigen Panther-Totem, und die Humbas spritzten nur so heraus. An diesem frühen Harmattanmorgen schwebte vor der Schwelle des Palastes der

Doumbouya für einen Augenblick, einen Augenblick nur, eine legitime Welt vorüber. Die Begrüßenden kehrten um. Fama hielt die Macht in den Händen, als wären Betteldasein, Ehe mit einer Unfruchtbaren, Bastarderei der Unabhängigkeiten, sein ganzes vergangenes Leben und die gegenwärtigen Sorgen gar nicht existent. Der Griot zwitscherte, wie Feigenbaumvögel es nur können. Die Begrüßenden kamen und gingen.

Plötzlich ein Gestank wie in der Nähe einer Zibetkatze: Balla, der alte Freigelassene, stand da. Dick, fettig, im Jägerrock, wo es wie um eine Termitenkönigin wimmelte. Und blind: Man führte ihn, der mit den tapsigen Tritten eines zwei Tage alten Jagdhundes herankam, und setzte ihn rechts neben Fama. Fliegen krabbelten scharenweise in seinen geflochtenen und mit Amuletten gespickten Haaren, in den leeren Augenhöhlen, in der Nase und in den Ohren. Langsam hob der Alte den elefantenschwanzförmigen Wedel und erntete sie mit einer kraftvollen Armbewegung in ganzen Trauben. Der Boden war besät von Fliegen.

Er, Balla, war keiner, der zur Begrüßung gekommen war, kein Fremder, sondern einer aus der Familie der Doumbouya, ein Freigelassener, der seinen Herren, seiner Befreiung anhänglich geblieben war. Man tadelte ihn wegen seines späten Eintreffens. Er hörte nichts. Sie schrien lauter. Er schnappte ein paar Wörter auf, mummelte, die Haut spannte sich über den Backenknochen (das war das Lächeln); er sprach zuerst langsam und ruhig, dann immer schneller und immer lauter, bis ihm die Stimme wegblieb. »Zu spät eintreffen . . . öh!, zu spät eintreffen.« Balla hatte eben noch die Fetische tätig werden lassen, hatte sie befragt und angebetet und dann für Fama die Opfertiere geschlachtet, ja, geschlachtet, um das Haus der Väter bewohnbar zu machen, um von seinem Aufenthalt dort Schicksalsschläge und böse Zauberer fernzuhalten. Und dann hatte er Beine, Füße, Hals, Kopf, Schultern behandelt, alles mit zauberkräftigem Kaolin und Speichel.

»Überall sitzt der Schmerz; ein Glück, daß ich ein altes Raubtier bin, ein alter Spürhund, eine alte Hyäne! Öh, öh, öh . . .!«

Die letzten der Begrüßenden waren gegangen. Alle betrachteten und belachten den komischen, aber gefürchteten alten Freigelassenen, nur nicht der Griot Diamourou, den das alles ärgerte und der zuweilen aussprach, was er dachte. Ein Kâfir vom Schlage eines Balla in einem Dorf Allahs wie Togobala! Ein Fetischanbeter, ein Unheilanhexer, ein öffentlicher Feind Allahs, also!, was noch!

»Es wird geflüstert, daß Balla die Fetische verbrennt, sich verwandelt und krumm dahockt«, gab einer der Schwätzer zum besten.

»Lügereien! Lügereien!« schnarrte der alte Freigelassene. »Lügereien, ajuh!, ajuh! Ich bin der Älteste in der Provinz. Es ist doch so: Weil ich Allah nicht aufsuche, hat er mich vergessen, öh, öh, öh, öh!«

Lachsalven entluden sich, selbst Famas Falten glätteten sich. Diamourou rauchte vor Zorn.

Doch mußten Balla und Diamourou miteinander sprechen und sich ertragen. Es waren Gleichgestellte. Die einzigen in Horodougou (in der Welt, verkündeten sie), die die samorischen Kriege, den Tubab-Kommandanten und die Unabhängigkeiten überstanden hatten. Alle beide, alte und treue Diener der Doumbouya, der Griot und der Freigelassene: die einzigen Zeugen der großen Tage der großen Doumbouya und des Verfalls der Dynastie, ihres Schrumpfens und Austrocknens, bis nur noch ein so gut wie unfruchtbarer Mann übrig war. Ihnen saß beiden wie eine Faust im Herzen die Unruhe und die Furcht vor dem Tod, dem Ende der Doumbouya-Dynastie. Diamourou

hatte Hungersnöten, Kriegen, dem Regime (Lob sei dem Allmächtigen!) getrotzt, dank Matali. Allah erweise sich ihrer dafür hundertfach erkenntlich! Balla, der Ungläubige, der Kâfir, hielt sich für unsterblich wie ein Baobab und schwor, die Unabhängigkeiten noch unter die Erde zu bringen. Eine verderbenbringende Herrschaft ist immer kurzlebig wie die Herausforderung eines Fetischs. Quatscherei hatte er immer von sich gewiesen und hatte gut daran getan. Als Fetischist unter den muslimischen Malinke wurde er der Reichste, der Gefürchtetste, der Bestgenährte. Ihr kennt sie, die Malinke: Sie sind voller Bosheiten, und Allah rackert sich ab, um ihre Schlechtigkeit zu mildern; viel Unglück, und Allah steht vor der Riesenaufgabe, es zu heilen, es zu mildern. Weigert sich Allah oder bleibt er erfolglos angesichts des unbezwinglichen Schicksals, dann läuft der Malinke zum Fetisch, rennt zu Balla. Der Fetisch schlägt zu, tötet auch manchmal. Und Ballas arglistiger Kunde zahlt und opfert den Fetischen; das Opfer zahlt auch, oder die Erben, um die Zerstörung durch ein böses Schicksal, das sich an die Familie geheftet hat, zurückzuhalten. Beide zahlen, diesseits und jenseits des Flusses gab es Gras, das Balla abweiden konnte. Für die fernen oder nicht fernen Unglücksfälle, für die geheilten oder nicht geheilten Krankheiten, stets zahlte einer, stets opferte einer ein Huhn, einen Bock. Kurz, auf welchem Weg das auch ging oder kam, alles brachte was ein, alles gereichte Balla zum Segen. Das war sein Geheimnis. Deswegen hatte das alte Raubtier, fett und feist, überlebt und standgehalten.
»Lügereien! Lügereien!« protestierte Balla. Ein großer Jäger, Kenner der Tiere, Dinge, Heilmittel und Zauberworte, Anbeter der Fetische und der Geister verreckt nicht wie ein Hühnchen. Die Kolonisation, die Krankheiten, die Hungersnöte, selbst die Unabhängigkeiten werfen nur die um, die ihr Ni (die Seele), ihren Dja (ihr

Doppelwesen) durch Verletzung des Untersagten und des Totems entleert und geschwächt haben.
Die Hauptsorge überkam den Alten nicht wegen seines nahen Todes, sondern wegen der Hinfälligkeit, der Saftlosigkeit der Doumbouya-Dynastie: Damit befand er sich im Einklang mit Diamourou. Die Unabhängigkeiten hatten das Häuptlingswesen abgeschafft, Famas Cousin abgesetzt, im Dorf ein Komitee mit einem Präsidenten gebildet. Schändung des Heiligen, eine Schande! Togobala war Sache der Doumbouya. An ihrem Lebensabend wirkten die beiden Alten für die Wiederherstellung der Häuptlingsmacht, für die Rückkehr einer legitimen Welt. Leider war Togobala, waren die Doumbouya und war selbst Horodougou in Afrika kein Körnchen im Hirsesack wert. Was tat's! Sie glaubten daran, sie verwendeten sich dafür. Schon hatte Diamourou seine Verstecke geöffnet, sein Vermögen hervorgeholt, Kolanüsse an all jene verteilt, die Fama den Gruß entboten. Balla hatte hinter dem Dorf für die Bestattungsfeier Ziegen und Ochsen angebunden. Die Doumbouya werden nie enden, brennen werden die Unabhängigkeiten, die Einpartei und die Präsidenten. Der Cousin hinterließ zwei Frauen, fruchtbar wie die Mäuse, und Fama würde zahlreiche männliche Doumbouya machen können (das Heilmittel dafür hatte Balla!). Fama sollte sich nur hüten, seinen Mund mit den Mündern derer vom Komitee zusammenzubringen und seine Füße mit den ihren. Sie waren Verdammte, Feinde. Im ärgsten Fall würde Balla seinen Fetisch losmachen und alle, die den Weg verlegten, mit dem Tod treffen; Diamourou könnte dann die Angelegenheit vor dem Gouverneur verhandeln.
Um seine Macht zurückzugewinnen, hatte Fama einen Zauberer, einen Griot, Geld und politische Unterstützung; kurz, die letzten Begeisterungsausbrüche zweier Greise bei ihren letzten Schritten. Das war viel, aber nicht

alles. Was fehlte, war, daß der Prinz selbst daran glaubte; wer hätte behaupten können, daß er es in seinem Innersten wollte, daß er es gar begehrte?
Die Sonne neigte sich, wurde mild. Es kam die Stunde des dritten Gebets; des dritten Gebets an diesem Tage, bei dem sich Fama über das Grab beugen mußte. Der Besuch der letzten Wohnstätte des Verstorbenen – wer wollte das bestreiten? – ist eine ebenso wichtige Zeremonie wie die Bestattungsfeierlichkeiten.
Ein Griesgram! Ein unwirscher Fama; die Augen verdrießlich, die Wimpern gesträubt, die Lippen hängend, so schlug er den Weg zum Friedhof ein. Seit dem Beginn dieses Tages hatten sich die beiden Alten darin gefallen, ihm zu schmeicheln oder ihn aufzustacheln. Es gab keine einzige dieser unglaublichen, dieser zahllosen Bastardereien der Unabhängigkeiten und der Einpartei, die sie nicht aufgetischt hätten, die Flüche, die Ungerechtigkeiten, Verletzungen von Untersagtem und Herausforderungen der Doumbouya. Und das war nicht alles, gerade im Augenblick des Aufbruchs mußte er mit einem neuen Palaver zu Rande kommen. Balla wollte mit dabeisein. Ein Blinder, was kann der schon dort sehen? Nichts. Ein Greis mit von Schmerzen geschwollenen Beinen, wann sollte man mit dem dort anlangen? Bei Sonnenuntergang vielleicht. Ein Kâfir, dessen Stirn nie den Boden gestreift hat, was hätte der dort zu suchen? Überhaupt nichts. Man hielt es für einen Scherz. Aber nein, das war es nicht! Balla bestand darauf. Er berief sich auf seine Pflicht, den Verstorbenen in seiner Wohnung zu grüßen. Als das Palaver hitziger wurde, löschte es Fama, den die Wut packte, kurzweg mit einer Bewegung der Rechten aus. Balla wird nicht zum Gefolge gehören.

Der Friedhof begann gleich hinter den letzten Hütten und dem Abfallplatz, hingelehnt an den kleinen Hang, im

Osten des Dorfes. Sie gingen schweigend zwischen zwei Höfen dahin, Fama und ein Marabut an der Spitze, überquerten ein Anwesen, bei dem großen Mangobaum mit den beladenen, herabhängenden Ästen waren sie aus dem Dorf heraus; derselbe Weg, den der Trauerzug genommen hatte, als Famas Vater gestorben war, nur war es damals mitten in der Regenzeit gewesen, als die Sonne entkräftet war und von den Wolken zurückgeworfen wurde und das Grün, der Jahreszeit entsprechend, sproß. Jetzt aber triumphierte und frohlockte der Harmattan. Die Buschbrände des Harmattans und der Gluthauch hatten alles bloßgelegt. Selbst das kleine Gehölz in der Mitte des Friedhofs. Armes, kleines, entzaubertes Wäldchen! Für das Kind Fama hatte es die Tiefe und Unendlichkeit eines Waldes gehabt, in dem Teufel, Gespenster und Geister spukten! Sie setzten mit großen Schritten über die Gräber hinweg, aus denen die Hyänen die Toten herausgezerrt hatten, schürzten manchmal ihre Bubus, entledigten sich der Sandalen, um besser voranzukommen. So langten sie an. Das Grab des Cousins war ein kürzlich aufgeschütteter roter Laterithügel. An beiden Enden war eine Sturmlaterne aufgestellt. Warum aber diese Zweige und die Lampe? Die Hyänen von Horodougou, die die Gräber aufwühlen, sind ungeheuer freßlustig, besonders gierig auf Leichen. Man muß sie die ersten zehn Nächte fernhalten. Glücklicherweise sind sie auch furchtsam, so daß ein Schildkrötenkopf, eine brennende Lampe und das Rascheln der Blätter im Nachtwind sie in Schrecken versetzen und bewirken, daß sie fliehen und heißen Kot verspritzen.

»Dank! Euch allen Dank! Möge Allahs Segen und seine Gewogenheit auf all jene fallen, die so viel Sorgfalt, Schutz und Menschlichkeit aufgewendet haben!«

Famas Stimme war vor Rührung etwas brüchig. Er raffte seinen weißen Bubu zusammen und hockte sich, wie der

ganze Trauerzug, an der Spitze der Gruppe in der zweiten Reihe nieder, hinter dem Marabut, einen Schritt nach Westen vom Grab entfernt, und das Gebet begann.
Der Marabut knurrte ein kurzatmiges Bissimilai, nuschelte dann die Überschrift der Sure, die siebzehnmal aufgesagt werden muß, schnarrte den Namen des Verses, der siebenmal gesprochen werden muß. Und ein Wind, eine Sonne und ein Universum, allesamt todernst und geheimnisvoll, stiegen herab und hüllten ein. Der leichte Wind beblies die abgebrannte Savanne mit Schwaden eines unerträglichen Gestanks und ließ die Blätter in den Vogelschreckästen rascheln. Die Sonne liebkoste die Nacken, und ihre unverständigen Strahlen verlängerten das Gemurmel, indem sie die Gräber und die über den Friedhof hingestreuten Blätter zum Knistern brachten. Das war das Wispern der Manen und der Doppelwesen der Verstorbenen, die aus der anderen Welt heraustraten und sich niedersetzten, um die Gebete zu trinken. Eine zahlreiche und unsichtbare Versammlung umringte und bedrängte und erstickte die Betenden. Sie war aufgebläht von all den tapferen und geehrten Doumbouya-Ahnen. Fama mußte ihnen hundertfach kläglich vorkommen. Ihr einziger männlicher Nachkomme, von der Kolonisation und von den Unabhängigkeiten gestutzt, gedörrt und entkleidet. Hier und nur hier auf diesem Friedhof muß die Doumbouya-Dynastie enden und verschwinden. Aber sollte das mit Fama sein? Fama sah sich, ungerührt, in Gedanken tot, stellte sich sein Doppelwesen vor, seinen Dja, wie er sich aus seinem Körper löst, sich ungeniert unter die Geister der Verstorbenen setzt, seinen Dja, der ihn richtet und beklagt. Der in seinem weißen Bubu hockende Fama war ein Mann von großem Verantwortungsgefühl, da er wichtige Pflichten zu erfüllen hatte: Er mußte die Dynastie weiterführen, Togobala und ganz Horodougou zum Erblühen bringen. Schicksal, Los, Fügungen,

Segnungen, die endgültigen Willensbekundungen und Richtersprüche Allahs stiegen herab, überlagerten und widersprachen sich. Das ganze Schicksal erschien wie eine in einem früheren Dasein durchlaufene Strecke, und das Grashälmchen, das der angeschwollene große Fluß davontrug, das war Fama. Beweise? Die ungezählten Fälle, da er diesem Tod entronnen war, ihn gefordert und besiegt hatte, der, sobald das Schicksal es will, ihn erledigen wird. Alles trägt in sich den Tod und das Leben zugleich. Mit dem Regen fällt der Blitz und das nährende Wasser herab, die Sonne verbreitet Helligkeit und Dürre, die Jahre haspeln das Alter und die Hungersnöte ab, die Kinder und die Unabhängigkeiten.

Fama mußte feststellen, daß er sich beim Rest der Suren und Verse verheddert hatte. Er hörte auf zu psalmodieren. Ein etwas stärkerer Wind wehte mehr Gestank herbei. Fama fragte sich, was diesen Ort nur so verpesten konnte, und ohne lange nach einer Antwort zu suchen, stürzte er sich wieder in seine Überlegungen.

Ein eisenhartes, bergeschweres Schicksal konnte allerdings mit ordentlichen Opfergaben und mit Beihilfe der Toten abgewendet werden. Ahnen, ihr Großen der Doumbouya, ich werde für euch Opfertiere schlachten, aber ihr alle, so Allah will, rottet die Gesetzlosigkeit, die Unfruchtbarkeit aus und tötet die Unabhängigkeit und die Einpartei, die Seuchen und die Wolken von Heuschrecken! In diesem Augenblick brachte der Marabut keuchend die Alfatia hervor. Alle Betenden legten die Hände zusammen, empfingen den Segen und trugen ihn an die Stirn. Wünsche, viele Wünsche, um für den Beerdigten das Jenseits günstig zu stimmen. Zu Ende war das Gebet.

»Wo sind die Gräber meines Vaters und meiner Mutter?« fragte Fama.

Der Griot führte ihn an das Grab seines Vaters, und da

blieben sie stehen. Der Buschbrand hatte die Gräser, die in der Aushöhlung wuchsen, verschont. Der Griot und Fama beteten und bückten sich, um den Platz zu säubern, als eine graue Eidechse herausfuhr und ihnen zwischen den Füßen hindurchhuschte und in ein Loch in der Grabwand verschwand. Verdutzt richtete sich Fama auf.

»Der Tod, erhabene Herausforderung!« flüsterte der Griot.

Sie säuberten das eingefallene Grab mit den Spalten, in die sich Ratten und Eidechsen ihre Schlupfwinkel gegraben hatten. Das Grab der Mutter lag neben dem Wäldchen in der Mitte. Nach ein paar Schritten ließ eine jähe Überraschung ihr Herz laut klopfen. Geier flogen auf und flohen. Welch ein Schrecken! In einem Pestgestank, der in der Kehle brannte, in einem Wirbel von Fliegen lag ein toter Hund, dem Augen und Nase herausgerissen waren. Sie beteten am Grab trotz des Gestanks, der ihnen zusetzte, daß sie meinten, sie hätten die Krankheit in den Därmen. Durch ihr Schweigen in Sicherheit gewiegt, schaukelten die Geier wieder auf das Tier herab. Das Gebet war kurz! Sie gingen allesamt den Friedhofshang hinunter, bis ins Mark bewegt. Nur nicht der alte Griot: Der sprach, der mußte Ballas Abwesenheit nutzen, um seinem Herrn die Ermahnungen des Islam nahezulegen, Ratschläge zu erteilen gegen die ungläubigen Praktiken des Fetischisten und gegen die Lügengespinste der Leute vom Komitee und von der Einpartei. Fama verstand nichts.

Vor ihnen versank die sterbende Sonne hinter einem Käsebaum in einem Purpursumpf. Aus den Baumkronen lösten sich Dutzende von Aasgeiern, die der Geruch des toten Hundes geweckt und angelockt hatte. Das Dorf lebte am Abend auf, alles bereitete die Nacht vor: das letzte Aufzwitschern der Webervögel in den Tamarindenbäumen, das Geschrei der Kinder, das Gebell der Köter, die die Ziegen vor dem Herauskommen der wilden Tiere eintrieben, die Rückkehr der Jäger, der Rattennesterausheber und der Reisigsammlerinnen und dieses Ausströmen des letzten Restes eines Harmattantages, das einem bis auf den Grund des Herzen dringt und das in die Tamtams der Kindheitserinnerungen stürzt, der großen Tage, der Sprünge der Geschichte und der Ungewißheiten der Zukunft. Auf einmal ertönte der Ruf zum vierten Gebet. Die Sonne war dahin.

Die Nacht wurde ohne Gefahr im Bett des Toten verbracht; die Geister des Verstorbenen waren durch die Opfer besänftigt worden. Als das Bu-bul der Eulen und das Tu-tab der Käuzchen und das Geheul der Hyänen die Nacht zu erdrücken schien, die schon von Geistern bevölkert war, wurde Fama unruhig, und seine Gedanken begannen zu wandern. Sie irrten in leere Gräben, jagten Eidechsen und Aasgeier, stießen gegen tote Hunde, flogen vor den Doppelwesen auf; am Ende konnten sie sich jedoch in Schlaf und in Nacht auflösen. Er schlief fest.

Kurz vor dem ersten Hahnenschrei fuhr er hoch und stand auf, die Bilder eines fürchterlichen Alpdrucks noch vor Augen. Hunde mit ausgerissenen Augen und abgefressenen Ohren und Nasen verfolgten Meuten von grauen Eidechsen und Geiern, die Löcher in seine Rippen und Lenden bohrten, um eine Zuflucht zu finden. Als er sich nach diesen schrecklichen Bildern beruhigt hatte, sagte er mit peinlicher Genauigkeit die Suren auf, die die Geister hinaus in die Nacht treiben.

Am Morgen vertraute er sich Balla an. Der war von dem Alptraum bereits unterrichtet. Das Doppelwesen, der Dja des Fama, hatte den Körper im Schlaf verlassen und war von den Hexenmeistern, den Fressern der Doppelwesen, gehetzt worden.

»Fama, glaube mir, deine Feinde schlafen nicht! Ich habe in der Nacht die Flüge der Hexenmeister verfolgt und gesehen, wie sie sich auf deine Hütte stürzten. Ich habe sie verscheucht und mit Zaubersprüchen in die Flucht geschlagen.«

Fama konnte also unbesorgt leben, solange Balla, sein Freigelassener, atmete. Nur mußte Fama für die Geister seiner Ahnen Opfertiere schlachten. Die Gebete nach dem Koran und selbst das Paradies genügen nicht, um die Toten der Malinke zu zügeln, vor allem nicht die Reste der großen Doumbouya. Ihre Djas, ihre Doppelwesen, sind hochfahrend und unbändig. Opfer, viel Blut; die Opfergaben sind immer und überall segenspendend.

4

Die Sonnen, die dem Harmattan und Fama samt seinen verwanzten und mit Mariam verbrachten Nächten zuläuteten, gingen sämtlich in die Falle; doch die Bastarderei gewann nicht

Schon fünf Sonnen waren herabgefallen, hatten die Bahn durchlaufen. Es blieben noch achtzehn, die sich erheben mußten, bevor der vierzigste Tag der Totenfeier für den Cousin Lacina anbrach.

Die Harmattantage zeigten sich, einer wie der andere, und fielen wie die Eier ein und desselben Perlhuhns. Die gleichen Morgen mit dem gleichen Kapoknebel und dem gleichen Geruch nach glühenden, urinbesprengten Kohlen, die gleichen Abende mit den gleichen staubbeladenen Winden, die sich legten und beruhigten, zusammen mit der Erde, welche stöhnte. Reden wir vom Morgen.

Der Tag begann mit dem ersten Hahnenschrei. Der Mond ertränkte sich in dem niedrigen Himmel (es war das letzte Viertel). Der Muezzin rief zum ersten Gebet und ging dann durch die Gäßchen und sang Verse und blieb zuweilen stehen. »Du, dich meine ich!« grölte er hinter einer Hütte im watteweichen Morgen. »Hör auf, sie zu drücken, sie zu drechseln, der Frau weiter mit Lügen zu kommen. Erhebe dich und bete, denke nach und vergleiche! Der Allmächtige, der letzte Mahnruf, das Jüngste Gericht, die Hölle – oh, endlos ist die Pein der Höllenglut! Und Gottes Ruf kündigt sich nicht an! Das Gebet ist die Wegzehrung für die ewige Reise. Erhebe dich und grüße deinen Herrn!«

Dieser Muezzin schrie mit offensichtlicher Bosheit jeden

Morgen hinter Famas Hütte, obwohl es unnütz war, Fama schlief mit keiner Frau, und vor der Aufforderung war er schon bereit, hatte sich geduscht und bekleidet. In der Moschee betete er aus voller Brust und ließ lange die Gebetskette durch die Finger gleiten, allzulange, wenigstens nach Ballas Meinung. Er traf dort seinen Griot Diamourou, sie gingen gemeinsam am frühen Morgen durch die Anwesen, um die Bewohner zu begrüßen und sie zu fragen, ob sie eine friedliche Nacht gehabt hatten. Dann ließen sie sich auf der Schwelle der Väterhütte der Doumbouya nieder und nahmen, mit dem Zahnstocher im Mund, die Ehrbezeigungen der morgendlichen Besucher entgegen.

Und, wie jede Mutter, begann der Harmattanmorgen mühsam eine ungeheure Harmattansonne zu gebären. Wirklich mühsam, und zwar wegen Ballas Fetischen. Der Fetischanbeter schwor, solange seine Fetische aufgestellt blieben, würde die Sonne nicht auf das Dorf niederscheinen. Wenn er spät am Morgen erwachte, brachte er sie alle heraus und schlachtete vor ihnen einen roten Hahn. Also, in einem Augenblick der Schwerfälligkeit verhedderte und verfitzte sich die gehemmte Sonne in einem Haufen Nebel, Rauch und Wolken. Wenn Ballas Fetische eingesammelt, wieder hineingetragen und verschlossen waren, konnte sich die Sonne endlich befreien, dann stand sie bald oben über dem Mangobaum des Friedhofs. Plötzlich brach sie los. Und als sie entfesselt und frei war, kamen wie die Kücken hinter der Hühnermutter alle die Kinder des Harmattans zum Vorschein: die Staubwirbel, die fernen Buschbrände, der blaue und tiefe Himmel, der Flug der Aasgeier, der Durst und, klar, die Hitze; allesamt Kinder des Harmattans.

Es fing mit den sich aus Wind, Staub und abgefallenen Blättern bildenden Wirbeln an, die in den Friedhof einmündeten und von den Geistern der Toten belebt und aufgebläht wurden. Echte Verwünschungen! Die Wirbel stürzten sich wie wild auf das Dorf, rissen die Strohdächer ab, rollten die Kalebassen vor sich her, trugen die Lappen und Tücher mit sich fort, entfernten sich und ließen den Busch aufbrüllen. Der Himmel erhob sich, blau, hoch, so hoch, daß ihn der allerhöchste Aasgeier nicht mehr streifte. All das entzückte Fama, denn sein Herz empfand wieder die Freuden schöner Harmattans seiner Kindheit.

»Wirklich, ein sehr schöner Harmattan«, murmelte er.

»Nein«, hatte Balla einzuwenden, der sich nun auch unter die Gäste des Palavers gemischt hatte, »nein, das ist ein bösartiger Harmattan, ein Kümmerling, eine Mißgeburt von Harmattan. Die großen Harmattans, die wahrhaften, wurden endgültig begraben, zusammen mit den großen Jagden. Öh, öh . . .! Erinnert Euch, Herr, an Eure Kindheit! Da jagte ich . . .« Und das Palaver nährte sich von Ballas Jagdgeschichten. Diamourou kannte sie alle und, vor allem, erzählte sie besser als der alte Fetischanbeter selbst.

Wie wurde Balla der größte Jäger von ganz Horodougou? Zur Stunde des Ourebi, fern im unerforschten Gelände des Busches, in einer Bergschlucht, wo ein frischer Quell entspringt, traf er oder besser offenbarte sich ihm ein Geist. Das war ein Jagdgeist. Alle Malinke hatten von Jagdgeistern schon gehört, jenen Geistern, die von warmem Blut leben und besonders nach Menschenblut gieren, von jenen Geistern, die die wilden Tiere leiten, wie die Schäfer ihre Herden führen. Der Geist, dem er begegnete, war nackt, so groß wie Balla, mit kahlem Schädel, bis auf einen dicken langen, herabfallenden Zopf in der Mitte des Schädels, wie der Schwanz eines Warans, und, es war ganz deutlich zu sehen, schwang in der Linken das Gewehr der Jagdgeister, ein Gewehr, länger als ein Arm, mit goldenem Lauf: Das war jene Sorte Gewehr, die der

einsame Jäger in der Ferne des Busches, wenn der Harmattan auf dem Höhepunkt ist, donnern hört.
»Ich habe dich gerufen, um dir eine Vereinbarung vorzuschlagen«, ließ sich der Jagdgeist vernehmen. Ruhig erwiderte Balla, ohne Hast, ohne auch nur ein bißchen Angst (hatte er doch eigenhändig die Opfertiere geschlachtet, um diese Begegnung herbeizuführen und günstig ablaufen zu lassen!): »Was für eine?«
Der Geist erklärte sich. Balla kannte übrigens alle Bestimmungen; die Jagdgeister schlagen immer denselben Vertrag vor. Bei jedem Auszug des Jägers marschiert der Geist vor ihm her, führte ihn durch den weiten Busch; dort vereint der Geist wie ein Hirte die wilden Tiere, und Balla schießt nach Herzenslust. Aber eines Tages, an einem fernen Tag, wird der Geist, statt zu leiten, Balla niederschlagen und sich mit seinem warmen Blut vollaufen lassen.
»Aber an welchem Tag?« fragte Balla. Der Jagdgeist antwortete nicht. Jagdgeister legen sich niemals fest.
Nachdem der Vertrag im Einvernehmen geschlossen worden war, hatten der Jagdgeist und Balla die Jahre hindurch, unzertrennlich wie Zeige- und Mittelfinger, den Busch durchstreift. In jedem Harmattan hatte Balla Jagdglück über Jagdglück, er häufte es, wie ein Landmann seine Reihen häufelt. Balla erzählte die Geschichten davon an einem langen Sonnentag, ohne sich zu wiederholen, er erschlug (offenbar mit den Verbesserungen und Erläuterungen des Griots) die Gäste des Palavers mit seinen Jagdgeschichten. Ein Beispiel: der siegreiche Jagdzug bei den Trauerfeierlichkeiten anläßlich des Todes von Famas Vater. Wollen wir es gleich hier berichten!
Also, das Tamtam wirbelte. Der Jägertanz war an der Reihe. Alle Jäger aus Horodougou, jeglichen Zeichens, jeglichen Schlages, selbst Jäger, die sieben Tiger auf ihrem Konto hatten, waren da. Das Schießen erschütterte die

Wände und den Boden, der Pulverdampf stieg wie eine Feuersbrunst empor. Man versprach sich alles: Tiger, Löwen, Elefanten, alles zu seiner Zeit . . . das heißt, im nächsten Harmattan, in der nächsten Regenzeit. Balla sprang in den Kreis der Tanzenden, machte einen gewaltigen Hopser, steckte das in den Lauf geschüttete Pulver an. Vier Finger hoch Pulver, das gab einen Krach! Balla forderte von allen Frauen des Dorfes, Soßennäpfe auf die Herde zu stellen, und verschwand im Busch. Etwas später, das Tamtam schlug noch, und in den Näpfen hatte es noch nicht gekocht, kam er mit dem Schwanz eines schwarzen Büffels zurück. Man zog los, um das Tier zu holen. Mitten im Dickicht!, einem Dickicht, in das die Dörfler nie eindringen, eins voller Ziegen, dort hatte Balla den schwarzen Büffel erlegt, einen Einzelgänger, Draufgänger, wie sie gewöhnlich nur tief im Busch zu finden sind, mit Nestern auf den Hörnern und von einem Schwarm Schwalben begleitet. Die größten Jäger des Festes ließen ihre Flinten und Trophäen verschwinden.
Zum Thema Büffel: Ballas Kampf mit einem Geisterbüffel war geradezu ein Heldengedicht. In den fernen Ebenen am Bafing-Fluß schoß Balla einem Büffel zwischen die Hörner mit einer Pulverladung, vier Finger hoch. Doch wie groß war das Erstaunen des Jägers, als er das Tier, zum Stoß ansetzend, auf sich zukommen sah, als wäre der Schuß ein Großmutterfurz gewesen. Als weiser und erprobter Mann begriff Balla sogleich, daß er einen Geisterbüffel vor sich hatte, und er holte das Geheimste seines Wissens hervor. Ein einzigartiger Kampf zwischen einem kundigen Mann und einem Geistertier! Der Mann sprach eine Zauberformel, deren Kraft ihn die Waffe schwingen ließ, so hoch wie ein Baum zwischen Himmel und Erde; ein zweiter Zauberspruch, und Balla wurde emporgehoben und saß auf seiner Flinte so bequem wie in der Hängematte, hoch genug, um sich wegen des Büffels

nicht beunruhigen zu müssen. Aber der Büffel hatte, wie der Mensch, auch sein Wissen und verwandelte sich in einen Adler, der seine Krallen wie Haken in Balla schlug, daß dieser seine Rettung nur in einem neuen Zauber fand, durch den er eine Nadel wurde; doch den Verfolgungen des Büffels war er dadurch noch immer nicht entgangen, der machte sich zu einem Faden, und der Faden kroch direkt auf das Öhr zu, um die Nadel hochzuziehen. Schnell wurde Balla aus einer Nadel ein Zweiglein, um dem herankriechenden Faden zu entwischen, und das Zweiglein verschwand zwischen den Gräsern. Der Büffel setzte immer weiter nach und wurde eine Flamme, und die Flamme begann den Busch zu verzehren, der Rauch des Brandes stieg hoch, das Prasseln der Flamme betäubte alles, der ganze Busch geriet in Aufruhr. In dem Durcheinander überraschte Balla, dank seinem letzten Zauberspruch, das Tier mit einem Meisterstück von Verwandlung. Unser Jäger machte sich zu einem Fluß, und der Fluß ertränkte die Flamme, erstickte den Dja des Tieres, die Lebenskraft des Tieres, das die Zauberkunst und das Wissen um sich selbst verlor, wieder zu einem Büffel wurde, der wütend schnaubte, kopfüber zusammenbrach und starb. Balla war wieder einmal der Wissendere gewesen, er kam sofort aus dem Flußlauf, der austrocknete, heraus, zückte sein Messer und schnitt dem Tier den Schwanz ab. Er untersuchte den Büffel: Das Tier trug an der Unterlippe zwei goldene Ringe. Sicherlich war es der Lieblingsbüffel eines Geisterfürsten des Waldes gewesen, und die goldenen Ringe hatten zum Anbinden gedient.
Jahre, viele Jahre vergingen, häuften sich an, Jahre des Glücks, des Unglücks, der Hungersnot, der Seuche, der Trockenheit: Die Jagden wie der Djoliba versiegten nicht. Bei jedem Auszug stampfte Ballas Herz, brodelte sein Bauch, denn es konnte der letzte sein. Da hatte es Balla auf das Schicksal seines Jagdgeistes abgesehen. Ein Geist

ist wie ein Mensch, für jeden einzelnen gibt es etwas, mit dem man das Leben im Körper zum Erlöschen bringt, wie Wasser, das die Glut kalt macht; dieses Etwas setzt unserem Schicksal ein Ende: Es ist unser Kala. Drei Jahre befragte Balla den Marabut, die Fetische und die Hexenmeister, schlachtete ein Opfer nach dem andern, um das Kala seines Jagdgeistes herauszufinden. An einem Montag kam der Geist und holte ihn am Dorfausgang ab. Sie gingen in den ruhigen Abend hinein, bis zu einem Wasserlauf, den der Geist als erster überschritt. Balla, auf der anderen Seite geblieben, entzündete hinter dessen Rücken eine Ladung von vier Finger hoch Pulver. Der Teufel heulte auf und stürzte zu Boden. Das Blut und das Geheul spritzten aus ihm als Flammen und steckten den Busch in Brand. Balla rannte zurück und hing seine Flinte und seine Ausrüstung für immer an die Wand. Für ihn war es aus mit der Jagd; dieser Verrat erlaubte es ihm nie mehr, einen Fuß in den Busch zu setzen, bis zu seinem Tode. Wißt ihr, was das Kala des Jagdgeistes war? Der Norpel von einer Wasserziege! Auf die vier Finger hoch Pulver hatte Balla wissend drei Norpel einer Wasserziege gelegt.

Mit Jagdgeschichten konnte man leicht die Tage hinter sich bringen. Schnell stieg die Sonne über den Köpfen hoch, die Gäste setzten sich zum Mahl rund um die gemeinsamen Kalebassen. Und bevor die Hände abgetrocknet waren, hatte die Sonne den Stand des zweiten Gebets erreicht. Alle, die am Palaver beteiligt waren, stellten sich in eine Reihe, außer Balla. Der Fetischanbeter wartete geduldig, erwischte seine Läuse, indem er die Nähte seiner Kleidung entlangbiß, und die Fliegen, die er mit seinem Wedel vernichtete, während sich alle anderen im Gebet die unschätzbaren göttlichen Segnungen verdienten.
Dann setzten wieder die Jagdgeschichten ein. Die Sonne

senkte sich auf den Punkt des dritten Gebets, man schüttelte wieder die Hammelfelle und breitete sie aus. Beim vierten Gebet ging die Sonne unter. Die Dämmerung des Harmattans!
Sehr oft wurden Fama die Nächte einfach zu lang. Die Väterhütte, die Herrscherhütte von Horodougou war eine der ältesten, folglich hielten sich in ihr die ältesten, fettesten, rötlich behaartesten Ratten und die dicksten Läuse und Kakerlaken. Sie hängten sich an die Arme und Beine, ein Gewimmel; der Schlaf und Fama trennten sich. Im Kopf und im Herzen des Wachenden brausten die Sorgen wie Wirbelstöße.
Zuerst die Geldsorgen. Togobala, mußte es überhaupt noch einmal gesagt werden?, war armseliger als der Schurz eines Waisenknaben, trocken wie auf dem Höhepunkt des Harmattans der Touko-Fluß, dürstend, hungrig. Famas weniges Geld hatte sich schneller als der Morgentau verflüchtigt. Opfertiere und Mahlzeiten mußten bezahlt werden. Und jeden Tag war der Kreis um die To-Kalebassen größer, Altersgenossen wählten die Essenszeit, um ihn begrüßen zu kommen. Dann gab es die Griots (abgesehen von Diamourou), die Brüder der ergötzlichen Unterhaltung, die zu fordern hatten, und all die andern, die barmten und die Hände ausstreckten; und Fama hielt es für seine Pflicht zu geben, er mußte großherzig sein; er war es in solchem Maße, daß er alles bis auf sein Lendentuch anbot, wenn nacheinander die beiden alten Diener der Dynastie, der alte Griot und der alte Freigelassene, bei ihm gewesen waren.
Sie wußten es schließlich. Die Armut in Togobala ist unheilbar, ist nicht zu verbergen. Und Fama mit leeren Händen und leeren Taschen ist ein mürrischer, ein wütender Fama. Er zog die Stirn kraus, wenn ein Bittender an ihn herantrat, schäumte, wenn er geben sollte. Den ganzen Tag war er unleidlich wie ein frisch kastrierter

Esel. Um der schlechten Laune ein Ende zu setzen und sich die Palaver nicht durch Zornesausbrüche verderben zu lassen, zahlten die beiden Alten, aus eigenem Antrieb. Und Fama duldete das.
Am hellichten Tage und mitten in Togobala wurde er, der letzte Doumbouya, zum Schmarotzer seiner Diener! Das war kläglich, unglaublich, schändlich! Aber wenn sich Fama allein in seinen langen schlaflosen Nächten auf dem Lager wälzte, fand er, der Schlappschwanz, das beruhigend. Ihn drückten keine Geldsorgen mehr.
Auch ohne Geldsorgen wurden ihm die Nächte lang, sie waren klebrig, voll von Bissen und Stichen, denn Fama verbrachte sie allein, ganz allein, ohne Frau. Manchmal, das muß gesagt werden, wand er sich, kniff die Schenkel zusammen, seufzte sogar und machte sich Kopf und Herz heiß mit Frauendingen oder, kommen wir gleich damit heraus, mit Dingen von Mariam.
Der Schurz von Mariam, ihre Tüchlein, ihre Freuden und was von ihr gesagt wurde, tauchte jeden Augenblick, in allen Gedanken und allen Träumen der Nacht, vor ihm auf. Er wartete auf sie. Mariam! Die junge Witwe hatte Fama beim ersten Anblick mit Qualen und Nöten zugesetzt, die ihn nur einmal, bisher ein einziges Mal, aus der Fassung gebracht hatten, nämlich als er, ein Junge, der in die Pubertät kam, eine junge Frau seines Vaters völlig nackt überraschte. Er fühlte sich umgekrempelt, belebt wie von der Kraft eines Maultiers.
Alles hatte schon an dem Abend begonnen, als Fama in Togobala eintraf. Er ging, um seinen Gruß zu entbieten, um sich zu verneigen, sich vor der Tür der Hütte zu verbeugen, wo die Witwen die Trauer absaßen (sie blieben vierzig Tage eingeschlossen). Mariam kämmte im Hintergrund, an der gegenüberliegenden Tür, Wolle aus, so daß die untergehende Sonne sie in Licht tauchte, in ihrem Trauerschmuck, der, das mußte man nicht besonders sa-

gen, ihr wunderbar stand, wie Spießglanz unter den Augen des Nickaffen.
»Dank euch, ihr Frauen! Nur Mut! Ihr tragt das Leid, ihr tragt die Sorgen!« hatten Fama und der ihn begleitende Griot Diamourou gerufen. Und sogleich warfen sie sich alle unter Schluchzen und Tränenströmen nieder, die drei Witwen und die alten Dienerinnen. Fama konnte sich an Mariam nicht satt sehen, er schaute, ihm schien, als hätte sie sich mit Trauer geschmückt, so wie eine Umworbene ihr goldenes Halsband am Tag des Tanzes anlegt. Man konnte bei Allah schwören, daß sie die Trauernde nur spielte, daß Wehklagen sie belustigte. Nichts löste sich von ihren Wimpernspitzen, nichts kam über ihre Lippen. Das ungeflochtene Haar, wie es der Brauch will, vielmehr das zerzauste Haar einer Verrückten unterstrich nur noch die Arglist in ihren leuchtenden Hasenaugen. Das Gesicht glänzte, die Brüste auch, die aus einem Indigotuch hervordrängten, spitz und fest wie bei einem kleinen Mädchen. Unter dem Rock wuchsen ihre Schenkel und Hüften ins Unendliche, in ein Wogen. Welch Schauder beim Berühren!
»Wehrt den Tränen, wehrt ihnen! Jedes Ableben ist das Werk Allahs!« hatte der Griot geschrien. »Weinen läßt die Toten nicht wieder auferstehen.«
Das Schluchzen wurde leiser.
»Diamourou, sag deinem Herren«, flehte Mariam in gezierter Rede, »sag ihm, daß er unser einziger Halt ist auf Erden, er ist für uns Vater und Mutter zugleich.«
Fama hatte die junge Frau, die so sprach, fest angesehen, doch sofort die Augen gesenkt aus Furcht, Aufsehen zu erregen. Sie warf ihm ein verliebtes Lächeln zu!
»Seid alle ruhig! Fama ist ein zuverlässiger Halt«, hatte der Griot großspurig erwidert.
Jeden Morgen blieben Diamourou und Fama bei ihrer Rückkehr aus der Moschee vor der Tür der Witwen ste-

hen, um sie zu grüßen. Miriam erwartete sie; sagen wir es, weil Allah die Wahrheit liebt! Sie war schön, betörend, genau die Frau, um den Rest der Tage eines alternden Mannes wie Fama mit Wohlbehagen zu erfüllen. Salimata würde im Vergleich keine halbe Kolanuß wert sein. Übrigens dachte Fama nur noch selten an seine Frau in der Hauptstadt und hatte ihr seit seiner Ankunft in Togobala keinen einzigen Brief mit Grüßen geschickt. Schließlich war Mariam Fama zugefallen als ein unabtrennbares und nicht zu verschmähendes Stück seines Erbes.

»Selbst mit ihrem anstößigen, schlechten Charakter laß Mariam nicht wie einen zappelnden Fisch aus deinem Netz springen, Herr«, riet der Griot und fuhr fort: »Die sehr großen Fehler der jungen Frau haben die letzten Jahre des Verstorbenen zur Marter gemacht. Sie lügt wie eine Blinde, wie eine Zahnlose und stiehlt wie ein gemeiner Schlingel.« Der Griot senkte die Stimme und blickte verstohlen um sich. »Für jeden Burschen hat sie ein Wort, ein Lächeln und kann Angebote nicht von sich weisen. Und die jungen Männer des Dorfes, die jungen Männer der Unabhängigkeiten sind schamlose Bengel, allesamt, die keine Achtung kennen, auch nicht vor den geheiligten Dingen wie den jungen Frauen der Alten.«

»Nein, es gibt kein Unheil, es gibt keinen Fehler, wo nicht auch Abhilfe ist, öh, öh«, brummte der Fetischanbeter Balla. »Nichts soll einen Mann vom Weg zu einer fruchtbaren Frau abbringen, einer Frau, die aufnimmt, bewahrt und Frucht bringt, nichts!« Und Mariam war eine Frau mit gutem Leib, mit einem, der zu zwölf Mutterschaften fähig war. Balla hatte das, vor seiner Erblindung, am Gang der jungen Frau erkannt. Was die Untreue betrifft, öh, öh, ordentliche Frauen wurden selten in Horodougou, wie Widder mit nur einem Hoden. Balla beschwor es. Laßt eine Frau, die einzig mit ihrem Ehemann geschlafen hat, über ein sterbendes Pferd steigen; wenn

sie nicht flink ist, dann hebt das Tier sie beim Aufstehen empor! Neulich hatte Balla eine am Boden liegende Stute zu pflegen, und er ließ drei Verheiratete, Mütter von mehreren Kindern, über sie hinwegsteigen, und siehe!, das Tier erhob sich zur Hälfte auf die Knie, und in der Nacht ist es verendet. Da nützt auch nicht, daß auf Ehebruch Strafe steht. Balla wird aber die jungen Männer zwingen, daß sie nicht mit Mariam anbändeln. Es wird ein wirksamer Fetisch angerufen und angehängt. Der Mann, der sie bei einer Gelegenheit erklettert, kann dann nicht in sie eindringen und kann sich auch nicht losmachen und wird in der Falle sitzen, bis Balla kommt und die Gegenformel des Fetischzaubers spricht; oder es wird nach dem Liebesakt sein Geschlecht zusammenschrumpfen, bis es im Leib verschwunden ist. Und das würde für ihn heißen: Schluß für immer. »Wenn einer ein schneller Renner genannt sein will, muß er einen haben, der vor ihm auf den Beinen ist, öh, öh, öh . . .!«
Also einmal erworben, wäre Mariam seine Sache. Nacht für Nacht stellte sich Fama das vor, er malte sich aus, wie er sie nach der Zurückgezogenheit während der Trauer umfängt und kost und öffnet. Jede Nacht außer – muß es gesagt werden? – den beiden Nächten vor dem großen Palaver: Montag und Dienstag.

Eines Montagmorgens hatte ihn Diamourou aus dem Kreis der Schwatzenden gezogen, hatte sich zu ihm gebeugt und ihm das Geheimnis zugespuckt. Der Vorsitzende des Dorfes und des Komitees (er hieß Babou) und alle anderen Mitglieder würden Fama Fragen stellen, und zwar ohne Lachen und ohne die Ehrbezeigungen. Da würde es sich um die Einpartei drehen, um den Unterpräfekten, um die Konterrevolution. Diamourou vergaß noch einiges. Für Mittwoch nach dem dritten Gebet würde das Palaver einberufen. Dann ist alles offiziell, wenn ihn der Griot des Komitees ankündigt, zur Stunde des Beisammensitzens bei den To-Kalebassen, und sich die Hände wäscht, um dann den Kreis der Speisenden zu schließen.

Unterpräfekt, Konterrevolution, Reaktion, das war verdammt ernst! Zwei Nächte stellte sich Fama allerlei Fragen, mal so, mal so, zerdrückte Flöhe, Wanzen und Läuse. Das war ernst, das war lästig wie ein Bubu mit zu weitem Kragen. Mit den Unabhängigen, der Einpartei, dem Komitee und allem anderen hatte man die Malinke bis zum Aberwitz gebracht, der nun an ihnen haftete. Sie hatten die Schnauze und die Nase voll. Aber keiner sagte das, und keiner wußte, wie man da herauskommen sollte. In dieses Würgen und Hängen geriet Fama. Fama, vorgestellt als letzter Doumbouya, ein Beherzter, einer, der die Wahrheit sagt, dem die Tubabs die Häuptlingsherrschaft entrissen hatten. Er kam aus dem Süden, kehrte endgültig in das Dorf zurück, um im Komitee den Vorsitz zu übernehmen. So hatten es Diamourou und Balla beschlossen. Das war normal, war doch ganz Horodougou sein Eigentum. Fama konnte überdies allen Vorsitzenden und Generalsekretären sagen, daß die Einwohner von Togobala abgerissen waren, bis auf den letzten Faden. Diamourou und Balla hatten das Dorf mit anderen, viel unverschämteren Parolen benebelt. Ihr Herr sei drauf und dran, den Unabhängigkeiten, der Einpartei und allen Komitees den Hals umzudrehen. »Es gibt Konterrevolution, richtige Reaktion in Togobala!« so schätzten es das Komitee und ihr Vorsitzender ein, und sie schrien es heraus. Der Unterpräfekt, der Generalsekretär, der Gouverneur, die Einpartei frohlockten (seit Monaten hatten sie keinen Reaktionär aufgespürt) und waren bereits auf dem Sprung, dem scheußlichen Konterrevolutionär in seinem Nest das Haupt abzuschlagen. Auch die Brigaden der Wachsamkeit formierten sich wieder, reorganisierten sich, um Fa-

ma zu belauern. Eine sehr mißliche und sehr gefährliche Lage.
Aber man war Malinke, und der Malinke bleibt nie an einem einzigen Ufer. Man schrie bis fast zum Ersticken die gräßlichsten Schmähungen gegen die Reaktion heraus, aber beeilte sich auch, in seine Sandalen zu kommen, um rechtzeitig bei Famas Gastmahl zu sein; man saß vor der gemeinschaftlichen Kalebasse und bedauerte zwischen zwei mächtigen, kühnen Zügen, was man vor den anderen gesagt hatte; man verwünschte die Einpartei und die Unabhängigkeiten. Übrigens nahm es niemand in Togobala so schrecklich genau mit dem, was einer den Behörden erzählt. Die Kolonisation, die Kommandanten, die Eintreibungen, die Seuchen, die Trockenheiten, die Unabhängigkeiten, die Einpartei und die Revolution sind genaugenommen Kinder ein und derselben Bettstatt, sind Fremde in Horodougou, sind irgendwelche Verwünschungen, die der Teufel erfunden hat. Warum sich wegen solcher Teufeleien trennen, sich bekämpfen, die Brüderlichkeit und Menschlichkeit zu Bruch gehen und verschwinden lassen? Es gab welche, die hatten die Peitsche der Kolonisation geschwungen und zugeschlagen. Nach den Tubabs standen sie von Angesicht zu Angesicht ihren Opfern gegenüber. Man wollte nicht wieder anfangen.
Warum aber, ja warum tat jeder alles für eine brutale Frontstellung, eine Art Kampf der Stiere? Warum warf jeder seinen Armvoll Reisig ins Feuer? Ein Malinke-Geheimnis; oder der Verdruß über das lange Untätigsein während des Harmattans? Man hockte beieinander, Bubu an Bubu, zog die Sandalen aus und war bei Famas Palaver. Diamourou und Balla, die nicht zu halten waren, beschimpften und schmähten »die Bastarde des Komitees«. Fama würde ihnen ihre Wahrheit ins Gesicht brüllen, die Einpartei hätte was zu knabbern und würde alles schlukken. »Der Vorsitzende des Komitees ein Sklavensohn.

Wo hat man je einen Sklavensohn befehlen sehen?«
Schnell saß man wieder beim Palaver im Komitee, um zu berichten und den Vorsitzenden darlegen zu hören: »Fama, der wiegt nicht mehr als ein Flaumfederchen vom Hühnerarsch. Ein Taugenichts, eine graue Eidechse, ein Geier, ein Ausgehöhlter, ein Unfruchtbarer. Ein Reaktionär, ein Konterrevolutionär.« Im Namen Allahs! Ganz Togobala (außer Balla) flitzte den ganzen Dienstag (ausgenommen die Stunden des Gebets) wie ein Weberschiffchen zwischen den beiden Palavern hin und her. Deshalb schloß Fama in den zwei Nächten, am Montag und am Dienstag, kein Auge.
Mittwoch. Die Sonne war auf den Stand des dritten Gebets geklettert. In Gemeinsamkeit krümmten sich die Rücken. Die Hälfte der Dörfler hatte sich Famas Palaver zugesellt. Schließlich kamen sie: die von dem Komitee, mit dem Griot an der Spitze, Babou und die elf anderen Mitglieder des Komitees mit dem Delegierten des Unterpräfekten, gefolgt von der andern Hälfte der Dörfler. Die Leute vom Komitee hatten das bisher aufgeschoben, denn Fama hatte Trauer, die wichtigsten und ernsthaftesten Dinge wurden in Togobala, seit die Welt besteht, im Palaver auf dem Hof der Doumbouya besprochen. Die Sitzenden erhoben sich, drückten den Ankömmlingen die Hände, und ein jeder erkundigte sich als guter Muslim nach dem Ergehen der Familie des andern. Das dauerte, ein Leprakranker hätte inzwischen einen Faden durchs Nadelöhr gekriegt. Und die Leute verteilten sich auf die Matten, die um die Hütten ausgebreitet waren. Fama, der Vorsitzende Babou und der Delegierte des Unterpräfekten hatten Anspruch auf Bänke. Die beiden Griots, Diamourou und der Griot des Komitees, standen aufrecht in der Mitte der Versammlung.
Zuerst die Griots. Sie gaben die Einleitung zum Palaver, sprachen von Brüderlichkeit, Menschlichkeit, Allah und

der emsigen Suche nach all den kleinen Körnchen Wahrheit, und um die zu dieser Jahreszeit unbeschäftigte Bevölkerung zu beschwichtigen, die um ein großartiges Schauspiel betrogen zu werden fürchtete, kündigten die Griots an, daß das Palaver lang sein werde, falls nötig, zwei oder drei Nächte lang, damit die reine, weiße Wahrheit wie ein Goldklumpen ausgegraben und zutage gefördert werde.

Die Griots erteilten Babou das Wort. Die Versammlung begann zu lärmen. Er brauchte nur den Mund aufzutun, und schon zeigte sich der ganze versöhnlerische, verschlagene Sklavensohn. Der Vorsitzende des Komitees kam mit seinem Gerede voran, so wie in einem Sumpf, in den man geraten ist, er tastete, warf fragende Blicke um sich, erntete einige Zustimmung, bevor er das nächste Wort herausließ. In seinem Mund wurde Fama zu einem großen Mitstreiter (selbst der, von dem die Rede war, wurde durch diese Behauptung in Verlegenheit gebracht). Die Partei, das war der Kampf gegen die Kolonisation, und Fama hatte die Tubabs gerade hier in Togobala herausgefordert (hatten sie ihn nicht der Häuptlingsherrschaft beraubt?) und dann auch im Süden. Es strömte ein Fluß von Schmeicheleien.

Alle Augen folgten Babou. Ein helles Gesicht, aber trokken und mager, die Nase, langgezogen wie ein Calao-Schnabel, unter Schimpansenbrauen verloren sich die Augen, und die Ohren standen ab wie Sisalblätter, weswegen ihn seine Feinde »Großohr« nannten, mit seiner abgetragenen roten Scheschia mit speckigem, vom Schweiß schwarzgefärbtem Rand und in seinem Bubu aus grober Baumwolle, der an hundert Stellen geflickt war – so, zwischen zwei Sprichwörtern (in die alles hineingestopft wurde), fuhr Babou mit unermüdlichen Fingern in seine Lumpen, um die zudringlichsten der Läuse zu bändigen. Ja, einverstanden, Fama war ohnegleichen, ohne irgendeine Einschränkung. Ja! Menschlichkeit und Brüderlichkeit zeigen sich vor allem im Leben der Menschen. Aber was weiter? Babou handelte diese beiden Themen ab und andere stets respektvoll von den muslimischen Malinke aufgenommene Gemeinplätze: das göttliche Erbarmen, das Jüngste Gericht – und die Wahrheit, die der Krückstock des Palavers ist. Das alles aber kam, nach flammenden Blicken, nach unterschiedlichen Stimmlagen, nach Sprichwörtern, und es fand die Gesellschaft anderer Blikke, Kopf- und Handbewegungen und anderer Sprichwörter; die Anwesenden jubelten und schluckten. Sie wollten nichts weiter als das Palaver um des Palavers willen! Babou, der Sklavensohn, hatte die Dörfler durch das Wort erobert.

Fama hatte jetzt das Wort. Es kostete ihn keine Mühe, drei Worte vorzubringen! Ein Doumbouya, das war eine erklärte Sache, konnte nicht lang und breit vor einem Komitee von Sklavensöhnen reden, ohne sich zu erniedrigen. Und da war Diamourou, sein Griot; der Griot fühlt sich im Reden zu Hause so wie ein Doumbouya im Krieg und ein Fisch im Wasser und ein Vogel am Himmel. Er häufte Wort auf Wort, ohne Luft zu holen, ohne daß auch nur eins dem andern glich.

Das vierte Gebet kam schon heran, man beugte sich, äußerst geflissentlich, dann folgte die Nacht. Sie gingen auseinander und fanden sich nach dem fünften Gebet wieder zusammen. Jeder kam mit seiner Decke, denn die Harmattannächte sind kalt und windig. Die großen Holzfeuer leuchteten, und ringsum ging das Palaver weiter bis zum ersten Hahnenschrei. Sie kamen am Donnerstagnachmittag wieder zusammen, und den ganzen Abend donnerten die Stimmen vor der belustigten und aufmerksamen Zuhörerschaft. Fama saß schläfrig dabei.

Endlich platzte die Wahrheit heraus.

Der fremde Delegierte, der die Bräuche der Malinke nicht

kannte, wiederholte sich, stand immer wieder auf, sprang immer wieder in die Höhe, unversöhnlich, unbezähmbar wie das Geschlecht eines toll gewordenen Esels. Fama solle – so lauteten die Instruktionen, und nichts anderes wollte er hören – vor dem Vorsitzenden des Komitees niederknien, mit den Lippen die Erde streifen und abschwören, über dem aufgeschlagenen Koran solle er Treue zur Partei, zum Komitee und zur Revolution schwören, über dem aufgeschlagenen Koran schwören, daß er niemals, weder im Dunkeln noch am hellichten Tage, Haß und Verleumdung gegen das Komitee und die Partei in seinem Herzen nähren werde. Sagen wir es gleich: Das war genausowenig machbar wie ein Hundekötelfressen.

»Eure Vorschläge«, schrie Diamourou, »entsprechen nicht unserer Abmachung.«

Der Delegierte tat den Mund auf wie einer, der unversehens auf dem Schwanz einer Viper steht. Er wußte nicht, daß in dem Riesendurcheinander, wenn alles über die Fassungskraft der Dörfler hinauswuchs, es die Alten mit der Angst zu tun bekamen. Weiter so, und es wäre aus gewesen mit »Menschlichkeit« und »Brüderlichkeit«; kein Gleichgewicht der unsichtbaren Gewalten, die das Dorf retten, hätte es mehr gegeben, sondern Haß zwischen den Familien, Zorn der Geister, Verwünschung der Toten. Und wer schützt vor dem Hauch der schlimmen Dürrezeiten, vor den Heuschrecken, den Seuchen und Hungersnöten? Man mußte sich einigen, das Unheil des Auseinanderfalls abwenden. Die Alten riefen Babou und Fama zu sich, am Dienstag mitten in der Nacht, am Tag vor dem Palaver, auf dem Friedhof vor den Geistern der Ahnen. Weh dem, der auch nur das Geringste ruchbar werden läßt! Der geheime Rat der Alten erörterte, im Palaver wurden die Dinge von einst beschworen: Fama würde nach dem Brauch der Häuptling sein, Babou der

offizielle Vorsitzende. Und auch die künftigen Dinge: Die Sonnen der Unabhängigkeiten und die Einpartei würden wie die Sonnen des Samory und der Tubabs vergehen, während die Babou, die Doumbouya immer in Togobala bleiben würden. Und man versöhnte sich. »Lassen wir das große Palaver weitergehen und sich entfalten, die Dörfler liebten es, der Delegierte mußte übertölpelt werden!« hatten sie gemeint. Aber zwei Tage und zwei Nächte Palaver reichten. Diamourous Worte wurden als Ruf zur Besinnung, als Signal verstanden.
Gleich nach diesen Worten ließen sich, völlig erschöpft und mitgenommen von dem langen Palaver, alle Bewohner, die Parteigänger des Komitees und die vom Komitee selbst wie auch die Parteigänger Famas sowie Fama, Diamourou und Balla, auf die Knie fallen, alle flehten zum Segen. Der Delegierte erhob sich verdutzt. Nach kurzem Schweigen willigte er ein, daß Fama dem Komitee lediglich beitrete.
Lob dem Allmächtigen! Lob den Geistern der verstorbenen Ahnen! Solange die Wand nicht gespalten ist, setzen sich die Kakerlaken darin nicht fest. Kakerlaken der Unabhängigkeiten, der Einparteien, der Revolution, ihr kommt nicht herein, ihr spaltet nicht, ihr verderbt Togobala nicht! Niemals! Dank den Opfern, die für unsere Ahnen geschlachtet wurden.
Die Zufriedenheit eines Vögelchens auf einem Zweig bei Sonnenerwachen zog in Fama ein. Diese Nacht schlief er den Schlaf eines Mannes, der sich beim Sturz den Hals gebrochen hat. Ohne zu schnarchen. Flöhe, Läuse, Wanzen und Kakerlaken erhoben sich und fielen über seinen ganzen Körper her, auch über die Ohren. Vergebens. Er rührte sich nicht bis zum ersten Hahnenschrei. Die Basterderei hatte Togobala nicht gewonnen. Dank, Dank an alle!

5

Nach erhörten Totenfeiern kam die verderbenbringende Reise in Gang

Warum feiern die Malinke das Totenfest am vierzigsten Tag nach dem Begräbnis? Weil genau vierzig Tage nach der Beerdigung die Toten den Ankömmling empfangen, aber ihm erst, wenn sie trunken von Blut sind, einen Platz einräumen und ihn gastfreundlich in die Arme schließen. Also kann für den Aufbrechenden nichts nutzbringender sein, als viel zu schlachten, viel zum vierzigsten Tag zu schlachten. Vor den Sonnen der Unabhängigkeiten und den Sonnen der Kolonisation ließ der vierzigste Tag eines großen Malinke wahre Blutströme sich ergießen. Aber jetzt, bei der Einpartei, der Unabhängigkeit, dem Mangel, den Hungersnöten und den Seuchen, schlachtete man zu den Totenfeiern der größten Verstorbenen bestenfalls einen Bock. Und welche Art Bock? Sehr oft einen klapperdürren Bock, aus dem weniger Blut tropft als aus einem Karpfen. Und welche Sorte Blut? Blut, das so armselig ist wie die Menstruation einer trockenen alten Jungfer. Aus diesem Grund stellte Balla gern die Behauptung auf, daß alle Toten aus der Zeit der Sonnen der Unabhängigkeiten beengt leben müßten, weil sie alle schlecht von ihren Vorgängern aufgenommen worden waren.

Fama, Balla, Diamourou waren entschlossen, dem verstorbenen Cousin ein geräumiges Jenseits zu schaffen, und griffen deshalb auf die großen Traditionen zurück und banden mitten auf dem Hof der Doumbouya am Morgen des Festes des vierzigsten Tages, vier Rinder an; wir sagen ausdrücklich: vier Rinder! Wie waren sie zu den Rindern gekommen?

Ein junger Stier war von Balla, dem alten Zauberer, beigesteuert worden, um die Doumbouya zu ehren und weil ein Opfer nie umsonst ist. Eine Kuh hatte der Schwiegersohn des Beerdigten zur Verfügung gestellt, der Schwiegersohn war sie ihm schuldig geblieben, weil er seine Frau bei der Heirat nicht bar bezahlt hatte. Zwei Ochsen wurden schließlich von denen genommen, die der Cousin besessen hatte. Die Ochsen, die Teil des Erbes waren, hatte man in ein Versteck gebracht; andere hatten sie sich zu Famas Schaden aneignen wollen. Doch gelang das nicht, denn in Togobala läßt das tiefste Verlies im Innern der Erde noch immer ein schwaches Lüftchen entweichen; von Gewisper zu Gewisper hatte Fama eine Woche vor dem vierzigsten Tag erfahren, daß der Verstorbene einer Frau in einem Dorf im Süden von Horodougou Ochsen (und zwar fünf) anvertraut hatte. »Bei Allahs Größe!« rief er und befahl, daß man zwei bringe. Fassen wir also zusammen: genau vier gab es zu schlachten. Ein Gemetzel, ein derart fleischreicher Schmaus stellte die ganze Provinz auf den Kopf: Das duldete kein Fernbleiben. Alle Bewohner von Horodougou, die es ihm schuldeten (und wer schuldete es ihm nicht?, waren doch die Doumbouya die Häuptlinge) und die es vermochten (und in dieser toten Jahreszeit vermochten sie es etwa nicht?), machten sich auf und zogen nach Togobala zur Totenfeier des vierzigsten Tages zu Ehren des begrabenen Lacina, des verstorbenen Cousins Famas.

Überall am Horizont, rings um das Dorf, zeigten sich Fremde, Malinke aus den umliegenden Dörfern. Den Zügen fehlte nichts: weder Tamtams noch Jäger, Alte, Griots, weder Weiber noch Mädchen und Knaben. Den Busch erfüllte ein Lärm, als würde er von einer dichten Elefantenherde niedergestampft. Und das ging so einen ganzen sonnigen Tag lang, von Sonnenaufgang bis Sonnenuntergang, und sogar in der Nacht zählte man einige

Zugänge und dann noch den ganzen nächsten Morgen bis zum Mittag.

Die Verteilung der Sitze begann nach dem zweiten Gebet. Aber vorher hatten sich schon welche im Schatten der Hütten auf Matten hingehockt. Die Gäste verteilten sich allmählich über den angrenzenden Hof, bis zum Friedhof. Dann kamen die Frauen herbei, mit Kalebassen voll Gekochtem und Töpfen mit Soßen, die sie der Reihe nach, rund um die angebundenen vier Rinder, aufstellten. An die Familien des Dorfes hatte man Getreide und Gewürze verteilt. Die Frauen standen schon frühmorgens am Mörser, hatten die Herdfeuer angefacht, Schüsseln draufgestellt, heruntergenommen, wieder draufgestellt. Die Sache gelang; Tabletts bedeckten die Hälfte des kleinen Hofes, all die Wohlgerüche vom To, Futu, Fonio, Piment und Zwiebeln riefen das Nasentropfen von großen Fressereien hervor.

Die Marabuts – die sehr geschätzten!, selbst zwei Hadschis gab es unter ihnen – hockten sich in die Mitte, einen Schritt von den Tabletts entfernt, und begannen in vergilbten Papieren zu blättern. Fama thronte zur Rechten des größten aller Marabuts (eines Hochgewachsenen mit dem mächtigsten Turban). Diamourou hielt sich hinter seinem Herrn; aber Balla war auf einen entlegenen Platz verwiesen worden, genau vor der Mauer und vor den Hunden, denn der Fetischanbeter war ein Kâfir. Alles harrte der Eröffnung der großen, eines Doumbouya würdigen Feierlichkeit; vier blökende Rinder glänzten im Mittelpunkt, dann zahllose Kalebassen und Töpfe mit zubereiteten Speisen und ringsum Männer, die bis in die benachbarten Höfe hinein saßen, und am Rande die Gören und die Meute räudiger Hunde.

Der große Marabut ließ durch den Griot Ruhe gebieten, dann brachte er ein gewichtiges »Bissimilai!« hervor und psalmodierte die Verse. Und die wenigen Bevorzugten,

die den Text des Korans kannten, rezitierten mit lauter Stimme; die Mehrzahl der Umhersitzenden preßte sich aneinander und lauschte. Die Hände aller legten sich zusammen und fuhren zu den Stirnen empor, die in der sich niedersenkenden Sonne aufleuchteten; alle fielen in ein einziges Gebet ein, um die Güte Allahs und der Totengeister zu erlangen. Welch feierliche Stimmung!, welche Würde!, welche Inbrunst! Das war für die Malinke etwas so Außergewöhnliches, daß ihre Geister sich entrüsteten: Ein unheilvoller Wirbel löste sich vom Friedhof, geriet zwischen die Bubus und die Manuskriptseiten (das ging ja noch!), stürzte sich aber auch auf die Kalebassen und die Töpfe, hob ein paar Deckel hoch und kippte ein paar Soßennäpfchen um. Ein Gezeter stimmten die beim Gebet Geschmähten an, und viele, auch die Marabuts im Turban, erhoben sich, um die Dinge wieder zu ordnen. Der Wirbel zog vorüber. Doch daß er sich entfernte und sich im weiten Busch verlor, das änderte nichts. Die Frömmigkeit hatte sich auch verzogen; man las, man betete mit einem Auge, und das andere liebkoste die Rinder und die mit gekochtem Reis angefüllten Kalebassen.
Zur Befriedigung aller brach der große Marabut das Gebet ab, und man ging zum Palaver der Griots über. Aus allen Griots ergoß sich ein Redeschwall, der nicht versiegen wollte, selbst aus den erbärmlichsten, denn jeder kannte die Reihe der Ahnen und die Heldentaten der Doumbouya in Horodougou. Es kam der Augenblick der Geschenke; jede große Familie überreichte die ihren; Dank, Dank allen!
Sodann war ein Schrei zu hören und ein Zeichen des Marabuts zu sehen: Alle die kühnen Burschen von Horodougou erhoben sich, traten aus der Menge heraus und entledigten sich ihrer Bubus. Mit entblößtem Oberkörper machten sie sich an die Rinder heran. Und ohne ein Wort abzuwarten, hatten sie sie überwältigt, gebunden, zu Bo-

den geworfen und abgestochen. Flammende große Messer wühlten, schnitten und zerlegten. Alles in einem Blutbad. Aber Blut, das wißt ihr nicht, weil ihr keine Malinke seid, ist wundertätig, es reizt und berauscht. Von fern, von sehr fern sehen es die Vögel auflodern, die Toten hören es, es versetzt die wilden Tiere in einen Taumel. Das Blut, das rinnt, ist Leben, ist ein Doppelwesen, das entweicht, und sein für uns nicht zu vernehmendes Seufzen erfüllt das All und weckt die Toten.

Vier Rinder verströmten allzuviel Blut! Der Ausbruch war nicht zu dämmen. Die Hunde wurden toll und unbezähmbar. Sie hatten bisher fromm und aufmerksam hinter dem Kindervolk gewartet, jetzt waren sie die ersten, die es erwischt hatte. Alle dasitzenden Malinke stürzten kampfbereit los, formierten sich und verteidigten sich mit Knüppeln erfolgreich gegen die Hauer der Meute. Erfolgreich trotz des Ungestüms der Hunde, denn die Männer waren in der Überzahl. Geschlagen, zurückgeworfen, besiegt waren die Köter, und Streit und Zwietracht wütete in ihren Reihen, sie zerfetzten sich gegenseitig die Ohren und rissen sich unter höllischem Gebell einander die Augen aus.

Den zweiten Sieg errangen die Männer über die Aasfresser. Vom Blut geweckt und in Taumel versetzt, bedeckten die Geier den ganzen Himmel und verdunkelten das Tageslicht. Mit wilden Schreien fielen geschwaderweise Adler und Sperber mit vorgestreckten Schnäbeln und Krallen ein, und mit mutigen Hieben verbreiteten sie Angst und Schrecken unter den Gästen der Feier. Die Malinke gingen zum Gegenangriff über und triumphierten. Die besiegten Vögel zerstreuten sich und verschwanden in der kupfernen Tiefe des Himmels.

Nun mußte Schluß sein, die Leute waren erschöpft, und die Entfesselung der Tiere und der Dinge nahm an Heftigkeit zu.

In fiebriger Hast und mit Lärmen wurden die Kalebassen und die Schüsseln mit Nahrung verteilt und davongetragen. Als es zur Aufteilung des roten Fleisches kam, ging man mit Umsicht, mit Gerechtigkeitssinn, mit Sachverständnis und vor allem den Gebräuchen entsprechend zu Werke, die für dieses und jenes Dorf, für diese und jene Familie einen bestimmten Teil, ein bestimmtes Stück festlegen, und alles wurde in kurzer Zeit weggeschafft, vier Rinder waren zusammengelesen und beiseite gebracht. Dann durchbrachen die Männer den Kreis und zerstreuten und entfernten sich. Zurück blieben nur die Eingeweide, die den Kindern überlassen wurden.
Ohne daß man es gerufen hätte, stürzte sich das Kroppzeug auf seinen Teil und zerrte wie zwergige Seiler an den Därmen und zog mit ihnen umher, wälzte sich in ihnen und riß sie sich gegenseitig aus den Fingern. Und ganz schnell, das heißt in einem Augenblick, gerade lang genug, um einen Schrei auszustoßen und einmal mit den Zähnen zu klappern, zerstob die Schar, wie Spatzen, die auffliegen, wenn beim Picken auf dem Worfelplatz ein Stein unter sie fällt.
Die Hunde wurden nach den Kindern herangelassen. Es war nichts mehr da, nur ein paar Kleckse aus den geleerten Därmen und viele Fliegen und Blut, das im Sand klebte. Die Köter vergaßen den Bürgerkrieg, sie erwischten den Unrat und verschlangen den ganzen Staub, ohne es hin und wieder zu verabsäumen, auch bei dem gefiederten Hausgetier zuzuschnappen, das sich mit ihnen schmarotzend zwischen die Pfoten drängte.
Das Ergebnis: Die Aasgeier waren entrüstet; alles war ohne sie abgeleckt, weggeputzt, aufgepickt worden. Daher riefen die Aasgeier in der untergehenden Sonne mit unheilvollen Schreien den Menschen zu, sie vergessen zu haben sei ein Frevel. Diese Drohung trübte das Fest. Man trat an Balla heran, um ihn zu befragen. Der traf durch

Anbetung seiner Fetische alle Vorkehrungen gegen die verderbenbringenden Wünsche, die die unzufriedenen Geier ausgestoßen hatten.

Die wieder zur Ruhe gekommenen Männer quälten sich nicht länger, sie gaben sich völlig der Freude hin. Gleich nach dem letzten Gebet schlugen im Hof der Doumbouya die Tamtams. Sie schlugen die ganze Nacht.

Wegen des Schauders, der über die Brüste junger Mädchen läuft, und wegen des Schwingens ihrer Hinterbakken und des Weiß ihrer Zähne wollen wir ein Bild von den Tänzen entwerfen: Yagba, Balafon, N'goumé. Aber setzen wir uns und bleiben wir beim N'goni der Jäger! Bastarderei! Wirklich, die Sonnen der Unabhängigkeiten sind für Großes nicht geschaffen; sie haben Afrika nicht nur entmannt, sondern auch entzaubert. Da gab es keine atemberaubende Teufelei, alles nur kleine Tricks, wie sie Fama achtzigmal gesehen hatte, von einem Tubab-Gaukler meisterhaft vorgemacht.

Ein Jäger stach sich eine Nadel in das rechte Auge und zog sie aus dem Hintern heraus. Ein anderer schüttete vier Finger hoch Pulver in sein rechtes Ohr, tat vier Kugeln dazu, zündete es an und holte aus dem linken Ohr eine Wasserkalebasse hervor, die die Bleikugeln enthielt. Ein dritter Jäger (nur das konnte, wie wir wissen, Balla auch!) schwang sein Gewehr, bis es zwischen Himmel und Erde schwebte.

Aber keiner rief aus den Tiefen des Busches das wilde Pantherweibchen oder den einsamen Büffel heraus, bis in den Kreis der Tanzenden hinein, um sie zu erlegen. Kein Tropfen Blut! Ein Tanz, ein N'goni der Jäger ohne Blut, sagen wir es gleich, ist eine Enttäuschung. Auch das Geknall der Gewehre, hintereinander weg, war enttäuschend. Sie schreckten keinen, nicht einmal die Tiere. Die wilden Tiere aus den Bergen, angelockt und in Erregung versetzt vom Blutdunst, der in der Nacht das Dorf noch

immer erfüllte, heulten hinter den Hütten, und die Stiere brüllten unheimlich in den Ställen. Man hörte sie, auch mitten im Tanzkreis, wenn die Trommler unterbrachen, um die Tamtamhaut zu spannen und zu wärmen.
Es war eine rundum gelungene Totenfeier. Aber wieso? Weil sich Diamourou und Balla an den folgenden Tagen in wiederholten Palavern die zahllosen Zeichen einer erhörten Totenfeier vorrechneten. Nur ein Idiot, ein Kind wie ein Dreikäsehoch hätte ihnen Vorhaltungen machen können. War doch diese Zusammenkunft der Malinke, eine zahlreichere als jene, die die Einpartei zum Tanz zusammenbringt, wenn ihr Präsident erscheint, ein unleugbares Zeichen. Alle Anwesenden waren, wie übrigens bei all diesen Gelegenheiten, nicht nur Menschen. Geister des Busches, der Toten, der Vorfahren und sogar von Tieren hatten von dem Beisammensein Nutzen gehabt und hatten sich unter die Menge geschart. Balla, der diesmal eine Randfigur gewesen war und seinen Platz knapp vor den Hunden und vor den Kindern gehabt hatte, wußte davon einiges zu sagen. Wenigstens achtzehn von denen, die an ihm vorübergezogen waren, hatten nach Geist, nach Verstorbenem, nach Tier oder Teufel gerochen.
Noch ein anderes unbestreitbares Zeichen: die Umwälzung des Alls. Ein solches Gedränge von Tier und Mensch um das Blut hatte Balla auf Totenfeierlichkeiten schon erlebt, doch nur dreimal in seinem langen Leben, und Diamourou viermal. Also war zu vermuten, daß es in Horodougou seit den Sonnen von Samory drei oder vier derart gelungene Trauerfeiern wie die für den toten Cousin Lacina gegeben hat.
Drum ist es unnütz, den Mund zu ermüden, um es weiter auszumalen. Das Opfer war angenommen, Erhörung war voll gewährt worden. Alle Toten zeigten sich beglückt, vor allem Famas Ahnen. Der beerdigte Lacina war schon zu ihnen gestoßen. Niemals mehr wird sein Doppelwesen

hinter den Hütten umherirren oder im Traum auftauchen, auf der Suche nach einem Platz für die Ruhe des Herzens.

Eine Reise will ergründet sein: Man befragt den Zauberer, den Marabut, man sucht das Schicksal auf der Reise zu erforschen, ob es sich als günstig oder verderblich erweist. Günstig, dann bringt man zwei weiße Kolanüsse den Toten und den Geistern als Opfer dar, wodurch ihnen gedankt wird. Verderblich, dann gibt man das Vorhaben auf, aber wenn man es nicht aufgeben kann (und solche Reise gibt es), muß man sich gedulden, man läuft zum Marabut, zum Zauberer; Opfergaben mildern das böse Geschick und verkehren es sogar ins Gegenteil. Aber eine Reise aufschieben, die vom bösen Geschick gezeichnet ist, das ist ein klarer Entschluß, der rechte Entschluß, einer ohne Folgen, ohne irgendwelchen Ärger. Also ein Opfer, das offen ja oder nein sagt, ob es angenommen ist?
Jetzt sagt mir!, Famas Reise in die Hauptstadt (eines Mondes, wie er sagte), seine Rückkehr zu Salimata, zu seinen Freunden und Bekannten, um ihnen mitzuteilen, daß er endgültig in Togobala bleiben wird, und um seine Angelegenheiten zu ordnen, wirklich, sagt mir, war das tatsächlich nötig? Nein und nochmals nein! Famas Reise stand unter dem Zeichen eines sehr bösen Geschicks. Nur sehr gute Opfergaben konnten es mildern, und um es abzuwenden, sehr harte Opfer. Balla hat es immer und immer wieder gesagt. Fama hatte taube Ohren, er mußte unbedingt abreisen. Eine gewisse Verwegenheit führt den Menschen in sein Verderben.
Was hatte er anderswo zu suchen? Er hielt in Togobala zwischen den Händen, zwischen den Füßen die Ehre (als Mitglied des Komitees und als herkömmlicher Häuptling), das Geld (Balla und Diamourou zahlten) und die

Heirat (mit einer fruchtbaren jungen Frau, Mariam). Warum all dem den Rücken kehren und sich auf eine unheilvolle Reise begeben?
Niemand kommt aus der Bahn seines Schicksals heraus. Balla war entsetzt. Alles in allem, Fama, du kannst noch so sehr der letzte der Doumbouya sein, der Herr über ganz Horodougou, du bist nur so viel wie Ballas Enkel. Da du in den alten Dingen nicht Bescheid weißt und blind und taub bist in der unsichtbaren Welt der Toten und der Geister, wie es Balla in unserer Welt war, solltest du recht schön auf den alten Fetischanbeter hören. Eine Reise, vom bösen Geschick gezeichnet, ist ein ernster Fall und ein dummer zugleich, oder eine schreckliche Krankheit, oder der Tod, oder eine Intrige . . .
Fama wollte reisen, also würde er auch reisen. Obwohl er sich des Hundeempfangs, den Salimata der Mariam bereiten würde, sicher war, willigte er ein, daß sie mit auf die Reise ging. Wirklich, das tollkühne Unterfangen eines Wahnsinnigen!

Sie verließen Togobala zu Fuß, schlugen die Richtung zur Grenzstadt ein, wo Markttag war und die Lastwagen nach dem Süden hielten. Zwei Träger und Mariam an der Spitze und Fama in der Mitte der sie Begleitenden. Alle Alten hatten sich auf die Beine gemacht: Baffi, Diamourou, Balla. Dieser blieb bei der letzten Hütte des Dorfes zurück.
»Mein Herr und mein Sohn, ich verlasse dich hier, öh, öh! Keiner kennt die untere Seite dieser Welt der Sonnen der Unabhängigkeiten. Ein Tag, das ist schon lang, enthält vieles: Was soll ich von dem Mond sagen? Ich bin zu alt. Das Leben von Männern hat unter den Sonnen der Unabhängigkeiten seinen Sitz nur noch im Ende des kleinen Fingers, bereit, zu entfliegen. Wenn ich sterbe . . . öh, öh!«

»Aber Balla, du bist noch sehr weit vom Tod entfernt«, gab Fama zurück.
»Laßt mich reden; die Sonne beginnt zu steigen, öh, öh! Wer hat dir gesagt, daß man sich mit dem Tod über irgendwas verständigen kann? Also, wenn ich vor deiner Rückkehr sterbe, werde ich deinen Ahnen unter der Erde viel Gutes von dir sagen, ich kann ein sehr günstiger Geist für dich sein, und du wirst nicht vergessen, mir von Zeit zu Zeit ein Stück Kolanuß zuzuwerfen, öh, öh . . .! Auf alle Fälle bleib niemals fern von den Gräbern der Ahnen; ein Doumbouya, der von Souleymane abstammt, wächst und gedeiht, blüht und trägt Frucht allein in Togobala.«
Fügen wir hinzu, daß nach dem Aufbruch der Reisenden die Sonne schnell hochstieg. Aber, und das hatte man nie in Horodougou mitten im Harmattan erlebt, gegen Mitte des Tages verdunkelten Wolken den Himmel, Donner grollten und erstarben dort, von wo Fama aufgebrochen war. Wirklich, ein böser Auszug!

Dritter Teil

I

Die Dinge, die nicht gesagt werden können, verdienen keinen Namen

In der Hauptstadt stiegen sie aus dem Zug, Fama und seine junge Frau Mariam, die Witwe des verstorbenen Lacina. Der Morgen hatte die Farbe von junger Hirse und war feucht, ein Unterholzmorgen nach einer Gewitternacht. Sie holten das Gepäck; alle Kalebassen der Mariam hatten Fußtritte abbekommen, sie waren zertrampelt. Ein Taxi (sie drückte zum erstenmal ihren Hintern in ein Wagenpolster) fuhr sie beide und setzte sie ab, Mariam bei Freunden und Fama am Westeingang zum Anwesen.
Salimata lief hocherfreut Fama entgegen und begrüßte ihn. Am Nachmittag wurde ein Palaver zusammengerufen und abgehalten. Mariam kam, man stellte sie Salimata vor: »Da ist deine Nebenfrau, sieh in ihr deine jüngere Schwester; die Leute des Dorfes haben sie geschickt, damit sie dir bei deiner großen und herrlichen Arbeit hilft, die du im Dienst deines Gatten Fama vollbringst.«
Salimata hatte mit Freuden die Nebenfrau begrüßt und mit weitem Herzen und mit Verstand erklärt, daß eine Familie mit nur einer Frau wie ein Schemel oder wie ein Mann mit einem Bein sei, sie stünden nur, wenn sie sich auf etwas Fremdes stützten. Das mußte man ihr nun nicht glauben, denn diese Zärtlichkeit und Weisheit hielt genau neun Tage an.
Fama und seine beiden Frauen bewohnten das kleine Zimmer mit einem einzigen Bett aus Bambusstangen, einer einzigen Tara. Die Frau (der die Nacht gehörte) ließ sich an der Seite des Ehemannes nieder, die andere kauerte sich am Bettende auf eine Matte. Aber Salimata, die

fruchtbar sein wollte (man erinnere sich!), ging nicht ins Bett, ohne lange gebetet zu haben, Blätter verbrannt, sich mit Butter bestrichen und getanzt zu haben, getanzt, bis ihr der Atem ausging und die Sinne schwanden. Zaubereien, Gebete und Tänze waren gehemmt. Mariam störte, sie war spottsüchtig wie eine Fliege und, wie es hieß, fruchtbar wie eine Maus. Bei jedem Erwachen betrachtete Salimata den Bauch der Nebenfrau, und der schien zu wachsen. Ja, er wuchs! Salimata wurde eifersüchtig, dann verrückt – und platzte eines Morgens, sie tobte. Wie zwei Hühner gingen die beiden Frauen aufeinander los, packten sich, jede am Rock der andern; Mariam wollte um jeden Preis Salimatas Rock herunterreißen, damit jeder den »Hutzelputzel einer Unfruchtbaren« sehen könne, und Salimata wollte Mariam ausziehen, daß aller Welt das »Drecksding, das bodenlose Ding einer Hure« vor Augen stünde. Man brachte sie auseinander. Die Beschimpfungen sausten den ganzen Tag durch das Zimmer, auch in der Nacht, in der Nacht, die Mariam gehörte. Nach den Gebeten löschten sie das Licht und legten sich schlafen. Zum Unglück knarrte die Tara. Habt ihr schon einmal auf einer Tara geschlafen? Sie knackt und knarrt, es raschelt, als würdet ihr euch mitten im Harmattan im trocknen Laub des Unterholzes wälzen.
Also, als Mariam und Fama im Dunkeln beisammenlagen, knarrte die Tara. Salimata heulte auf: »Das Knarren bringt mich zur Raserei!«, sie trampelte, warf sich auf die im Bett. Ein Kampf in der Finsternis folgte, der dem Kampf von Kieseln im Schlamm glich. Sie machten Licht. Salimata rannte hinaus, kam mit einem spitzen Messer zurück und brüllte: »In mir ist der Teufel, der Teufel! Das Knarren treibt mich zum Wahnsinn!« Mariam suchte Schutz hinter der Tara. Fama und die herbeigeeilten Nachbarn überwältigten die Rasende. Die beiden Frauen mußten den Rest der Nacht auf dem Fußboden liegen, je-

de auf einer Matte. So ging es auch die nächsten Nächte, denn Salimata wollte und konnte nicht ins Bett, auch nicht nach ihren Übungen. Fama stieß sie ab, jagte ihr Ängste ein, vor allem knarrte die Tara; und das Knarren zerriß die Ohren, verbrannte die Augen, stach ins Hirn. Wenn die Nacht Mariam gehörte, war es immer wieder dasselbe Knarren der Tara, das sie so weit brachte, daß sie losheulte, das Messer holte und morden wollte.
Fama hätte bei Tage, wenn Salimata auf dem Markt war, mit Mariam ins Bett gehen können. Er tat es nicht, der Brauch verbot es. Und Fama, den man immer als Entflammten kannte, wurde in dieser Sache, im Streit der beiden Frauen, ein Zauderer. Er meinte, die Lage gleiche einem jungen Stier ohne Hörner und ohne Schwanz, er wußte nicht, was er aus ihr machen, wie er mit ihr fertig werden sollte. Jedoch war alles, was sich zwischen Mariam und Salimata abspielte, gut vorauszusehen gewesen; man bringt zwei Vögel nicht zusammen, wenn man Angst vor dem Lärm des Flügelschlags hat. Die Kümmernisse, die Famas Blut in Wallung brachten, hatte er sich verdient; sie waren jener Fliegenschwarm, der dem unfehlbar zusetzt, der eine Herde Kröten zusammengebracht hat.
Genau besehen, schien sein Haushalt einfach ein sich neigendes Gefäß zu sein, dessen Inhalt noch nicht verschüttet war. Es gab noch Hoffnung. Hat man je ein Loch voller Fäden gesehen, wo sich irgendwo ein Endchen zeigte, an dem alles auseinanderzuziehen gewesen wäre? Nein, nirgends; mit Geduld, mit Beharrlichkeit mußte man das Ende suchen. Wenn einer jeden Abend mehrmals den Ziegen zuruft: »Herein! Herein! Herein!«, dann kommen sie schließlich herein. Aber Fama wollte nicht »Herein! Herein!« rufen. Er dachte, alles würde sich schon regeln. »Selbst die Mörtelbiene und die Kröte ertragen sich, wenn man sie zusammen in eine Hütte einsperrt, warum

nicht auch Mariam und Salimata?« sagte er sich. Nur keine Aufregung, sondern tagsüber möglichst lange aus dem Haus sein, niemanden hören, die Streitereien, Schreie und Vorhaltungen gar nicht mitkriegen. Und die Situation in der Ebenholzküste bot Fama die Möglichkeit, diese Weisheitsregel zu befolgen.

Das Land brütete einen Aufstand aus. Tag und Nacht lief Fama von Palaver zu Palaver. Die unwahrscheinlichsten und widersprüchlichsten Gerüchte wurden von Ohr zu Ohr geflüstert. Man sprach von Verschwörungen, von Streiks, von politischen Morden. Fama frohlockte. Er suchte seine früheren politischen Freunde auf, seine Gefährten aus der antikolonialistischen Epoche. Diese verhehlten nicht ihre Befürchtungen, sie hatten allesamt Angst. Fama hörte gern aus ihrem Mund, daß alles, von einem Moment zum andern, auf das Land niederfallen könne: Feuersbrünste, Chaos, Hunger und Tod. Im Grunde wünschte sich Fama das alles auf einmal. Bei genauer Überlegung erschien es ihm durchaus möglich, daß all diese Verhängnisse herabprasseln und die Macht der Illegitimen und Sklavensöhne hinwegfegen werden.
Ja, es würde unvermeidlich so geschehen, aus dem einfachen Grund, weil die Republiken der Sonnen der Unabhängigkeiten nichts von der Art eines Fetisches oder Zauberers vorgesehen hatten, um Unheil abzuwenden.
Vor den Sonnen der Unabhängigkeiten schützte man sich in ganz Afrika durch Opfer – wie vor Unglück im Dorf. Man bemühte sich, die Zukunft zu erraten, zu entschleiern. Derjenige, welcher sagte, die Zukunft bliebe verborgen wie das Wild im dichtesten Busch, betrog. Nichts kommt ohne Vorzeichen; der Regen kündigt sich durch Wind, Dunkelheit und Blitze an, und die Erde ist es, die er trifft; und der Tod durch Träume, und der Mensch ist es, der enden muß.

Die Malinke in Horodougou wußten das gut, bei ihnen gab es noch Weissagungen, und nicht allein nach der von Allah vorgeschriebenen Weise. Denn als Muslime, mit dem Glauben im Herzen und mit der Pflicht zu den religiösen Waschungen, mußte ihnen der Fetisch-Koma verboten bleiben. Aber der Fetisch sah weiter voraus als der Koran; deshalb übertraten sie Allahs Gesetz, so daß jeden Harmattan der Koma auf dem öffentlichen Platz tanzte, um die Zukunft zu entschleiern und die Opfer festzusetzen. Und welches Malinke-Dorf hatte nicht seine eigenen Götter? Togobala, die Hauptstadt von ganz Horodougou, nährte zwei Orakel: eine Hyäne und eine Boa.
Die älteste Hyäne in den Bergen von Horodougou – man nannte sie ehrfürchtig »die von dereinst« – heulte selten in Togobala in den Nächten. Das ganze Dorf, Frauen, Männer und Kinder, erkannte das heisere, erstickte Geheul, und wenn »die von dereinst« loslegte (sie begann gewöhnlich vor Sonnenuntergang), verstummte alles, auch die Hunde. Die Alten im Dorf zählten an den Fingern die Huhuhs. Die Hyäne stieg den Berg hinab, kam näher und immer näher, betrat das Dorf vom Norden her, dort, wo der Käsebaum stand, ging an den Anwesen und Hütten vorüber und blieb unter dem Affenbrotbaum stehen, dort heulte und heulte sie, wühlte in der Erde, sielte sich darin und verstummte. Man schlachtete eine Ziege oder einen Hund für sie. »Die von dereinst« schnappte das Fleisch und verschwand in der schweigenden Nacht. Im Dorf setzten wieder das Leben und der Lärm ein. Die Alten des Dorfes, voran Balla, versammelten sich, deuteten die Botschaft und legten die Gaben und die Opfer fest!
Und erst die Schlange! Sie war genauso alt wie »die von dereinst«, dick wie der Nacken eines jungen Stiers, zwanzig Schritt lang und hieß »die Ehrwürdige vom Wasserlauf«. Vom Wasserlauf, weil sie sich in den kühlen Morgen- und Abendstunden quer über die Piste am Fluß legte

und sich sonnte. Die Vorübergehenden grüßten sie und schritten über sie hinweg. Die Frauen benutzten sie als Trockenbrett, die Kinder als Sitzbank. Oft kroch sie hinter den Hütten entlang, aber nie, weder bei Tag noch bei Nacht, ob es Harmattan oder Regenzeit war, kam sie durch die Tore ins Dorf, nur wenn sie eine Botschaft hatte, wenn sie ein künftiges Unglück zu enthüllen oder ein großes Opfer zu bestimmen hatte. Dann verließ die Schlange den Fluß, kroch geradewegs auf Togobala zu, zog auf wie ein Gewitter, daß sich auf ihrem Wege die Gräser neigten, kam durch die Tore ins Dorf, wand sich um Hütten und Anwesen, bis hin zum Affenbrotbaum, und stellte sich keuchend auf und geiferte in die Höhlung des Baums. Die Neuigkeit verbreitete sich im Dorf, das Tamtam dröhnte.

Fama erinnerte sich noch an den Einzug der Ehrwürdigen, an einem Freitag, während der Regenzeit, im Jahre 1919. Man warf ihr einen Hahn mit gefesselten Füßen vor, die Ehrwürdige verschmähte ihn; einen Bock, den erdrosselte sie in der Umschlingung, den quetschte und erstickte sie und überzog ihn mit Speichel und verschlang ihn bis auf die Hörner. Drei Tage verdaute die Boa den Bock, und während der drei Tage rauchten die Opfer.

Und die Ergebnisse waren glückbringend, denn drei Monde danach trat das angekündigte Unglück ein. Die schreckliche Pestseuche, in ganz Afrika unter dem Namen »die große Krankheit des großen Windes« bekannt. Diese Seuche verheerte Horodougou, raffte Menschen und Tiere hinweg, entvölkerte mehrere Dörfer. In Togobala gab es Tote und Begräbnisse; aber das Dorf überlebte, dank den Göttern, dank der Boa, dank den Opfern, und auch nach dem Willen des Allerbarmenden.

Wo in der Ebenholzrepublik sah man den Koma, die Hyäne, die Schlange, wo das Göttliche? Nirgendwo. Es war wohlbekannt, daß die Führenden der Sonnen der

Unabhängigkeiten sehr oft einen Marabut, einen Zauberer, eine Gottheit befragten; aber für wen taten sie das und wozu? Fama konnte eine Antwort darauf geben, er wußte es: Niemals für die Gemeinschaft, niemals für das Land, sie suchten den Rat der Zauberer stets für sich allein, um ihre Gewalt zu festigen, um ihre Macht zu vergrößern, um für ihren Feind ein schlechtes Los zu werfen. Und die angekündigten Unglücksfälle mußten mit Gewißheit eintreffen, das Unheil brach in irgendeiner der Nächte herein und blies ungemildert und ungehemmt, was einzig gute Opfer hätten bewirken und erreichen können.

Die Ereignisse schienen während der ersten Tage Fama recht zu geben. Losungen gegen die Regierung erschienen an den Mauern der Hauptstadt. Aufrufe zum Streik machten die Runde. Eines Nachts explodierte eine Bombe, Brände brachen in den benachbarten Pulvermagazinen aus. Mit und ohne Opfergaben, mit und ohne Hyäne unternahm es das Regime, das Schicksal abzuwenden.

Der Präsident und die Einpartei schritten ein. Zwei Minister, zwei Deputierte und drei Berater wurden auf offener Straße verhaftet, zum Flugplatz gebracht, in Flugzeuge geworfen und verbannt. Eine außergewöhnliche Sitzung des Ministerrats wurde einberufen, man diskutierte den ganzen Nachmittag und beendete die Debatte mit einem großen Festessen; im Anschluß daran wurden vier Minister auf der Freitreppe des Palastes ergriffen und in Handschellen ins Gefängnis eingeliefert.

Das alles waren Alarmsignale, die Fama hätte hören müssen; er hätte seine Hände und Füße aus der Politik herausziehen und sich mit dem Palaver seiner Frauen beschäftigen sollen. Die Politik hat weder Augen noch Ohren, noch ein Herz; in der Politik geht das Wahre und die Lüge im selben Gewand, Recht und Unrecht marschieren im gleichen Tritt, das Gute und das Böse kann zu ein und

demselben Preis gekauft und verkauft werden. Aber Fama ging weiter von Palaver zu Palaver, rannte, um irgendeinen Deputierten, einen Minister, einen Berater mitten in der Nacht zu begrüßen.
An einem Tag war es erst einer, an einem andern Tag zwei, schließlich drei alte Freunde Famas, die verschwunden waren, sicherlich bei Nacht abgeholt. Fama witterte die ersten Rauchfäden einer Feuersbrunst, die ihn bedrohte, er konnte noch fliehen. »Aber ein Doumbouya, ein echter, zeigt der Gefahr nicht den Rücken«, rühmte er sich. Er sah nicht einmal, daß diejenigen, die ergriffen worden waren und in der Nacht verschwunden waren, nicht zu demselben Tamtam-Kreis wie er gehörten. Sie alle hatten sich mit den Unabhängigkeiten bereichert, sie kamen im Wagen dahergefahren, gaben Geldscheine aus wie zusammengekehrtes trockenes Laub, hatten manchmal vier oder fünf Frauen, nett wie die Lämmchen, die wie die Mäuse Kinder in die Welt setzten. Fama blieb weiterhin bei den Palavern und schrie, er werde nicht eher Ruhe geben, als bis seine alten Freunde befreit seien. Der Cougal saß in der Falle, wozu sollte sich das Frankolinhuhn niederwerfen, im Staub wälzen und behaupten, daß es die Nacht nicht überleben würde? Wenn einer sich zu sehr für die anderen zerreißt, dann trifft ihn das Unglück, das seins nicht ist. Fama hatte den Donner nicht hören wollen, jetzt überkamen ihn Gewitter und Blitz.
Eines Nachts, als er mit seinem Freund Bakary die Villa eines Ministers verließ, wurden beide überfallen, zu Boden geworfen, gefesselt und zum Präsidentenpalast geschleppt, wo man sie in den Keller steckte. Dort fand Fama alle, die er suchte. Wie sie saß er fest. Im Keller des Palastes mußte er die ersten Verhöre über sich ergehen lassen.

Wieviel Nächte verbrachte er dort? Er wußte es nicht. Im Keller blieb die Deckenbeleuchtung immer eingeschaltet,

und keiner wußte, wann es Morgen und wann es Abend wurde; man ging dort zur Folter, man atmete dort den Gestank ein; der Bauch pfiff dort vor Hunger; der Tod fand dort von Zeit zu Zeit einen Widerhall, so auch manchmal die Lachsalven der betrunkenen Wächter, die ihre Schnapsflaschen leerten. Dank den Geistern der Ahnen und nach des Allmächtigen Willen überlebte Fama.
Eines Nachts holte man ihn mit anderen Häftlingen aus dem Keller und trieb sie auf Lastwagen; als es Morgen wurde, erreichten sie ein umzäuntes Lager, wo sie interniert wurden.
Wie hieß das Lager? Es hatte keinen Namen, selbst die Wächter kannten ihn nicht. Das war gut so. Die Dinge, die nicht gesagt werden können, verdienen keinen Namen, und dieses Lager wird man nie nennen können.
Zuerst verlor man dort das Gefühl für die Zeit. An einem Morgen rechnete man, daß man hier schon seit Jahren leben müsse; an einem Abend schien es, als sei man erst ein paar Wochen da. Und zwar, weil man dort immer fast sterbend ankam, das Hirn voller Schreckensbilder, mit geschlossenen Augen und tauben Ohren. Dann verbrachte man dort Tage, die länger schienen als Monate, und Jahreszeiten, kürzer als Wochen. Mitten in der Nacht brach die Sonne durch, am hellichten Tag ging der Mond auf. Nachts konnte man nicht schlafen, und den ganzen Tag taumelte man umher, schlaftrunken.
Überdies hat Fama nie erfahren, in welcher Region der Ebenholzrepublik sich das Lager befand.
Zunächst schien ihm, es sei in der Savanne, in dem fernen und wilden Gebirge des Hougon, denn die Berge verhinderten es, Sonnenaufgänge und Sonnenuntergänge zu sehen. Aber es war nicht in der Savanne: Die Jahreszeiten waren wie in der Waldzone, der Harmattan war kurz, mit unbedeutenden Bränden, die zwei, drei Nächte lang den Horizont erhellten. Die Regenzeit war wie im Waldge-

biet, war endlos und drückend; Wind, Gewitter, Donner füllten unausgesetzt Tage und Nächte aus, sie wüteten, sie zerrissen sich gegenseitig, und das All stand immer lichterloh in Flammen. Aber als Fama feststellte, daß die Flora und Fauna teilweise der Küstenlandschaft entsprachen, dachte er, das Lager müsse auf einer Insel oder Halbinsel mitten in den Lagunen errichtet worden sein. Denn Tsetsefliegen und Moskitos setzten ihm unaufhörlich zu; und durch die Löcher ihrer Einstiche drang die Lagunenfeuchtigkeit ein, und die Gefangenen bekamen Schwellungen, als hätte jeder eine doppelte Elephantiasis oder eine dreifache Beriberi. In dem stehenden Gewässer der Umgebung schwammen und quarrten schwere grellfarbene Kröten, und zuweilen tauchten zwischen Seelilien Riesenkrokodile auf, die, wenn sie nicht von den Wachen erschlagen wurden, sich an den Umzäunungen die Knochen brachen und sich umbrachten. Abends beschlichen Fama wieder Zweifel. Das war keine Lagunengegend, denn es war das Gezwitscher der Savannenvögel zu hören, das Gekläff der Affen, das Gebrüll der Löwen und das Schweigen, das ihm folgt und diesem Gebrüll Achtung zollt in der Tiefe der Nacht.

Dieses Lager war die Nacht und der Tod, der Tod und die Nacht.
Alles wurde nachts erledigt: Versorgung, Abtransport, Zugänge, Beerdigungen.
Eines Nachts wurde Fama aufgerufen, und man ließ ihn mit ein paar anderen Gefangenen auf einen Lastwagen aufsteigen; am frühen Morgen hielten sie vor einer Kaserne am Eingang einer Stadt. Dort sah man das Leben, man hörte den Morgen. Sie hielten, und Fama wurde in eine Zelle gebracht, wo zwei andere Häftlinge lagen. Die sagten ihm, daß er in die Kaserne von Mayako eingeliefert sei, wo die Angelegenheit untersucht und das Urteil ge-

fällt werden würde. Die Vernehmungsrichter waren zur Stelle und machten sich an die Arbeit. Spätestens am folgenden Morgen sollte Fama verhört werden.

Lob sei Allah! Also war Fama endgültig dem Lager ohne Namen entkommen. Er wurde ein Angeklagter mit einem Aktenvorgang, einer, der verurteilt werden würde, für den es soweit war, kraft des Gesetzes über die Untersuchungshaft nicht länger festgehalten zu werden. Die Gerichteten und Abgeurteilten kennen die Höhe ihrer Strafen, und nach Ablauf der Haftzeit können sie mit einigem Glück wieder hinaus; doch die in Untersuchungshaft Genommenen fast nie. Sie kann einzig der Präsident freilassen, und ein Präsident der Sonnen der Unabhängigkeiten hat niemals Zeit.

Tatsächlich kam am nächsten Morgen die Wache; der Vernehmungsrichter ließ Fama vorführen. Demnach war alles wahr!

Die Villa der Richter lag im Ostteil der Kaserne, Fama und die Wache gingen an einer Barackenreihe nach der andern vorüber, machten einen Bogen um eine Villa, durchquerten den Waffenhof und einen Garten.

Fama war zu seiner eigenen Überraschung entzückt. Das hatte seinen guten Grund. Der Morgen schmeckte wie eine Süßkartoffel. Die Sonne war von den Wolken verzaubert, ein Ende der zarten Wolkendecke hatte sie friedlich eingehüllt. Der Wind wehte schwach, als wäre er gerade bei den Hängen an den Seen aufgekommen, die von der Kaserne auszumachen waren. Vogelgesang und Vogelflug erfüllten die Luft. Voller Streitlust flogen Vögel von den Kokospalmen zu den Kaffeeplantagen und fielen scharenweise in die Gärten ein: Regenpfeifer, Wasserläufer, Brachvögel, Kiebitze. Fama und seine Wächter waren an Ort und Stelle.

Das Gericht befand sich in einer von einem Garten umgebenen Villa; Richter, Protokollführer und Maschinenschreiber arbeiteten und wohnten dort unter dem Schutz der Polizei. Teller, Kaffeetassen, Aktentaschen und Schuhe standen bis draußen auf der Treppe, und vom Büro (dem einstigen Salon der Villa) sah man in die Zimmer mit den ungemachten Betten, mit nasser Wäsche, die hier und da auf den Leinen hing, mit Hosen, Hemden und Strümpfen. Die Leinen waren kreuz und quer gespannt, sie trafen sich, vervielfältigten sich.

Man setzte Fama zwischen zwei Wächter, einen Schritt vom Tisch des Vernehmungsrichters entfernt. Nachlässig gekleidet, aber frisch gewaschen und rasiert war er (er roch nach Seife, nach Tamablüte) und kaute an den Fingernägeln. Den Gesichtszügen nach ein Fula: fliehende Stirn, gerade Nase, schmale Lippen. Gleichgültig blätterte er in der Akte, als existierte Fama überhaupt nicht. Vorwand oder Angabe? Vorwand, denn hastig klappte er die Akte zu, blickte auf und stellte schnell, als würde er sich die verlorengegangen Minuten vorwerfen, und mit fester Stimme Fragen, die alle mit einem »Los, schnell!« endeten.

Fama antwortete. Er war Fama Doumbouya, geboren 1905 in Togobala (Horodougou).

»Deine Beziehungen zu Nakou? Wer warst du für Nakou? Los, schnell!«

Fama kannte Nakou, den ehemaligen Minister, der für das Haupt der Verschwörung gehalten wurde. Ein Malinke, wie Fama, mit einem Diplom aus Paris und, wie alle jungen Malinke, aus Frankreich heimgekehrt, unhöflich bis zu einem Grad, daß er wie ein Bock die Hinterbacken seiner Mama umschnüffelte, und anmaßend wie das Geschlecht eines beschnittenen Esels. Ja, Fama kannte ihn gut. Aber wie? Ohne daß Fama jemals Nakou die Hand hätte drücken können, hatte er sich zweimal zu ihm hingetraut in der Hoffnung, wenigstens mit dem Preis für zwei Kolanüsse, wie es einem legitimen Doumbouya zu-

steht, bedacht zu werden. Das erste Mal, im Ministerium, hatte man ihn nach dem Namen, dem Vornamen, dem Beruf und der Adresse gefragt, und eine graue Eidechse vom Ordnungsdienst hatte ihm zu verstehen gegeben, daß persönliche Angelegenheiten in der Wohnung besprochen und geregelt würden. Fama ging eines Abends zur Wohnung. Im Hochparterre des Bungalows kitzelte der junge Minister Nakou eine Frau, und das Gelächter war bis in den Garten zu hören, und dann machte die Frau . . . Der Vernehmungsrichter unterbrach ihn brüsk, verwies auf die Folterhalle, wo man sich aufs Verhören verstand. Keiner wollte wissen, wie Nakou die Frauen drehte und wendete und genoß; Fama sollte sich hinsichtlich des Traums und des Opfers deutlich äußern; hinsichtlich des Traums, in dem Bakary in der Rolle eines Sendboten erschienen war. Und Bakary hatte bereits gesprochen. Fama sollte nur bestätigen. »Los, schnell!«
Alle Augen richteten sich auf Fama, der über die Schultern des Richters hinweg in den Garten sah. Hinter dem Zimmerfenster, hinter dem Gewirr von Wäsche begann der Garten zu lachen; sicherlich hatte sich die Sonne oben endlich der Fessel entledigt, sich entmarabutisiert. Ein schüchterner Wind wehte. Die Palmen nickten sich zu, es bewegten sich die Blätter und Blüten von Sträuchern, die Fama nicht mit Namen kannte.
Ja, das war wahr! Fama hatte geträumt, war eines Nachts von einem jener Träume geblendet worden, die ein ganzes Leben lang nicht wieder verlöschen wollen und die einem ein Zeichen aufdrücken wie der Tag der Beschneidung; ein Traum, der sich auf Nakou bezog. Ja, davon hatte er Bakary erzählt! Ach, dieser Traum, aus dem Tod und Angst aufstiegen!
Zuerst eine Lufthülle, der Anblick eines Nachmittags im Harmattan-Steppenbrand. Reptilien. Schlangen oder Kaimane? Fama konnte es nicht genau erkennen; aber alle

trugen Schuppen, sie berannten im Drunter und Drüber einen hohen, von einer grünen Moosschicht überzogenen Termitenhügel. Der Termitenhügel barg in sich die Hauptstadt der Ebenholzküste. Von der Spitze des Termitenhügels, dem Rand des Schlundes, der wie ein von Hyänen geleertes Grab anmutete, sah man auf dem Grund die ganze quirlende Stadt, von Flammen durchrast. Seltsamerweise erschienen hier und da in den Straßen, zwischen eingestürzten Hütten, neu erbaute Mauern. Wie hatten sie von den Rauchschwaden verschont bleiben können? In einiger Entfernung qualmten zwei Hütten wie zwei Ambrakessel zu Füßen von Toten. Aber wo sind die Toten? Als wäre es das Echo auf Famas Fragen, stieg ein Pavian in dem Rauch empor und sprang auf die Erde; er hatte Feuerkrallen aus flackernden Flammen, er hetzte die splitternackten, muskulösen, von irrsinnigem Schrecken gepeinigten Menschen vor sich her, fing einen ein, bestieg ihn wie der Hund die Hündin, ergötzte sich, sprang dann befriedigt wieder ab, hüpfte und jagte (sein Schwanz war ein einziger Feuerschweif) und erwischte wieder einen Menschen, den er ritt. Lob sei Allah!, der scheußliche Affe verschonte Fama; aber aus dem fernen Rauch, in dem er verschwand, tauchte eine ganz verschleierte Frau auf, weiß verschleiert bis auf die schwarzen Füße und Hände, die von einer Schwärze waren, die wie Rabengefieder glänzte. Der erschreckte Fama machte, daß er fortkam, wurde aber bald von der Frau eingeholt. »Komm«, sagte sie zu Fama, »gehen wir etwas abseits. Als ob ich dir übel wollte!, du darfst mich nicht mit dem da verwechseln«, sprach sie weiter, mit Abscheu vor dem Affen, und deutete auf die Stelle, wo der Unhold verschwunden war. »Ich muß dir etwas über Nakou sagen«, fügte sie hinzu. Immer noch in Angst und Schrekken wendete Fama ein, daß er Nakou nicht aufsuche, und dann: »Warum mir gerade, Frau?, warum mir, wo es in der Stadt doch Nakou nicht an vertrauten Freunden mangelt, und übrigens . . .« Die Frau unterbrach Fama: »Erst durch eine Tür, dann durch eine zweite, eine dritte, vor der vierten halt!, es geht nicht darum, eine Hütte ausfindig zu machen, sondern die Eigenschaft eines Menschen.« Und sie fuhr fort: »Sage Nakou, er solle einen Ochsen als Opfertier schlachten und . . .« Sie wies auf viele andere Opfergaben, aber sie flüsterte so leise, daß Fama sie nicht verstand, und sie verschwand. Fama suchte sie vergebens, sie war endgültig verschwunden. Er suchte beharrlich, und beim Wühlen entdeckte er einen Mann, nackt wie der Stamm eines Affenbrotbaums und aussehend wie ein Klöppel; der kniete auf der Erde und fegte den Sand mit den Lippen, so daß Fama, dem ein Licht aufging, rief: »Jetzt habe ich begriffen! Alles begriffen! Eine Intrige wird Nakou stürzen, die Stadt verwüsten, aber wenn Nakou das Opfertier schlachtet, kommt er aus allem wieder heraus, später, und noch viel später werden die Intriganten entlarvt und der Verachtung preisgegeben.« Bei diesen Worten tauchte die verschleierte Frau wieder auf, vor Freude strahlend. »Ja, du hat es begriffen«, sagte sie, »alles verstanden; aber erinnere dich, daß ein Unglück, gleich welchen Menschen es trifft, uns niemals fremd ist, niemals fern ist, im Gegenteil . . . ja wirklich, im Gegenteil . . . völlig im Gegenteil.« Fama erwachte, stocksteif, in seinen Ohren tönte immer noch das Im-Gegenteil.

»Konnte man einen Traum von solch unheilvoller Schicksalsfügung verschweigen?« fragte Fama.

Der Richter bedeutete ihm mit dem Kopf: nein. Da nun Fama ein zweites Mal allein zu Nakou wollte, weihte er Bakary ein, der im übrigen bemerkte: »Es ist unsere Pflicht, ihn zu warnen, aber ich weiß, daß es völlig nutzlos ist. Die jungen Männer, die von jenseits des Meeres kommen, denken nicht mehr wie Afrikaner.«

Eine Pause trat ein: Weil vielleicht Fama der erste der Vernommenen an diesem Tag war, oder weil er als erster eine wirkliche Teilnahme an dem Komplott zugab? Alle lauschten, die Protokollführer, die Polizisten, die Maschinenschreiber, starr vor Entsetzen.
Die Sonne verströmte sich im Garten, und von fern tauchten hier und da wenn nicht Wunderdinge, so doch Insekten auf und durchfuhren auf leuchtender Bahn die Luft, bevor sie in der Lichterfülle untergingen. Die Wärme breitete sich aus, sie war überall; in den Achselhöhlen, in der Leistengegend und am Hals war ein tausendfaches Prickeln zu spüren. Das Atmen wurde mühsam, man hörte es und merkte, wie die Rippen, der Bauch, die Nasenflügel bebten, wie die Ohren sich spannten, die Augen sich weiteten, man fühlte sich wie zusammengeschrumpft, vor allem ohnmächtig gegen alles rundherum. Die Lippen waren trocken (Fama hatte zuviel geredet), und der Durst strich über die Zunge, brannte sie aus, er reizte die Kehle, kratzte sie. Der Richter unterbrach die Stille. Hatte Fama noch etwas auszusagen? Nichts. Man drohte ihm. Wirklich nichts. Der Schreiber klapperte mit seiner Maschine, und dann ratterte sie los. Fama erzählte ein zweites Mal seinen Traum, der Richter übersetzte ins Französische, wiederholte die Sätze, mit Nachdruck auf einzelne Wörter, und kaute immer wieder auf den Nägeln seiner Rechten.
Er beschuldigte Fama der Teilnahme an einem Komplott zur Ermordung des Präsidenten und des Umsturzes in der Republik Ebenholzküste. Als sich Fama erhob, um zu gehen, fragte ihn der Richter, warum er beim Erwachen nicht sogleich zu einer maßgebenden Persönlichkeit der Regierung gelaufen sei, um den Traum zu erzählen, zum Präsidenten oder zu dem Generalsekretär der Einpartei. Fama antwortete nicht.
»Schade! Schade!« rief der Richter. »Man hätte ihn ge-

deutet, das wäre nützlich gewesen; viel Unheil, das seither geschehen ist, hätte vermieden werden können. Vielleicht weißt du gar nicht«, fügte er hinzu, »daß sich der Minister Nakou nach einem vollen Geständnis in seiner Zelle erhängt hat.«

Fama wartete wochenlang, daß einer käme und ihm das Datum der Urteilsverkündung mitteilte. Er sah sich schon freigesprochen, einfach glatt freigesprochen. Was hatten sie ihm vorzuwerfen? Er hatte geträumt, und er konnte es auch über dem Koran beschwören, daß er nur das getan hatte; er hatte sich an keiner Aktion beteiligt. Am Tag des Urteilsspruchs würde er folgendes erklären: Das allbekannte Sprichwort sagt, daß der Sklave seinem Herrn gehört; aber Herr über die Träume eines Sklaven ist allein der Sklave. Famas Träume gehörten nur ihm, Fama. Er konnte mit ihnen umgehen, wie er wollte. Übrigens, wer hatte ihm vorher gesagt, daß er seine Träume den Führern der Sonnen der Unabhängigkeiten zu erzählen habe? Kann sich einer vorstellen, daß sich Fama, der letzte der Doumbouya, herablassen würde, den Generalsekretär der Partei aufzusuchen und ihm zu sagen: »Also, Sekretär, gestern abend« . . . Schon allein bei dem Gedanken packte Fama die Wut. Bastard der ganzen Bastarderei! Ein Unglück mit den Sonnen der Unabhängigkeiten! Aber aufgepaßt, Fama!, am Tag des Urteilsspruchs mußt du die Kontrolle über dich behalten, mußt die Sachen gemessen vortragen, mußt zum Beispiel sagen, daß du nicht gewußt hast, daß man dem Sekretär unheilverheißende Träume erzählen muß, oder mußt behaupten, daß du den Minister Nakou beauftragt hattest, es ihm zu berichten. In jedem Fall könnte Nakou dir nicht widersprechen: Er ist tot und liegt unter der Erde.
Als er zwischen zwei Wächtern kam, warteten schon etwa fünfzig Häftlinge. Der Richter rief sie auf; dann ließ er

sich eine andere Akte bringen, öffnete sie feierlich und verlas mit größter Aufmerksamkeit, wobei er die Interpunktion sorgfältig betonte, eine endlose Darlegung, vollgepfropft mit Paragraphen, Reden und Antworten. Fama und viele andere verstanden nichts. Ein Malinke-Wächter wurde beauftragt, zu übersetzen, was der Richter vorlas. Dieser zufällige Dolmetscher mußte ein Malinke von der anderen Seite des Bagbê-Flusses sein. Sein Ton klang militärisch, seine Sätze waren kurz.
»Ihr seid alle Schakale. Ihr versteht kein Französisch, und ihr habt den Präsidenten töten wollen. Das sagt der Richter. Er sagt, das Urteil ist fertig. So! Aber er weiß auch, daß ihr alle Lügner seid, besonders ihr Malinke, und er sagt, er habe dem kleinen augenlosen Knurrhahn nicht den Kopf abreißen wollen. Der Richter will erklären, warum er die Angeklagten nicht am Tag der Urteilsverkündung zusammengerufen hat. Das erschien ihm unnötig. Aus den Erklärungen, die freimütig abgegeben worden sind, hat jeder der Angeklagten seine Verfehlung klar begreifen können. Außerdem ist in jedem Prozeß ein fähiger Anwalt als Verteidiger aufgetreten. Auf alle Fälle hat der Präsident selbst das Strafmaß bestimmt. Und wenn hier einer ist, der etwas gegen den Gerechtigkeitssinn des Präsidenten vorzubringen hat, der soll den Finger heben. Ich werde den Finger schon wieder mit einem Klaps herunterbringen. So! Ihr hier, ihr seid schlechte Malinke, Bastarde; wer ein echter ist, der beteiligt sich nicht an einem Komplott. Jetzt sperrt eure Bastardkarnickelohren auf und macht eure Hyänenarschmäuler zu! Der Richter wird die Strafen verlesen, die ihr zu Recht verdient habt. So!«
Der Richter las die Liste mit den Strafen vor. Fama war zu zwanzig Jahren Haft verurteilt. Darauf wurden die Gefangenen wieder in die Zellen gebracht, und vom nächsten Tag an begann Famas Häftlingsleben.

Für einen wie Fama bedeuteten zwanzig Jahre Haft eine Verurteilung auf Lebenszeit. Fama hatte, was er gesucht hatte. Er würde in Mayako sterben, in Mayako begraben werden, ohne Horodougou wiederzusehen, ohne Salimata wiederzusehen. Das alles war klar wie die Handfläche des Frosches. Man hatte ihn ja gewarnt. Die Leute von der Unabhängigkeit kennen weder Wahrheit noch Ehre, sie sind zu allem fähig, sie können auch das Auge zumachen, wenn eine Biene draufsitzt. Man hatte ihm gesagt, dort, wo das Labkraut die Schale eines Perlhuhneies durchstößt, da hat ein Wollschaf nichts zu suchen. Er hatte sich darauf eingelassen, er hatte die Sonnen der Unabhängigkeiten niederschmettern wollen, er war besiegt worden. Jetzt glich er nur noch einer in den Brunnen gestürzten Hyäne; es blieb ihm nur noch, Allahs Willen entgegenzusehen, dem Willen, der Tod hieß.
Zuweilen dachte er an die Gewalt, die ihn forderte, die ihn dazu verleitet hatte, die Kühnheiten einer Eselsrute zu begehen, die ihn dann in dieses Loch stießen. Er, Fama, hatte auf die prophetischen Worte des Zauberers Balla nicht gehört, als er von Togobala aufbrach. Jetzt erschien es ihm unglaublich und war dennoch wahr. Warum soviel Dickköpfigkeit? Weil Fama seinem Schicksal folgte. Ballas Worte waren nicht gehört worden, weil sie auf dem Boden der Ohren eines Mannes aufschlugen, den das Schicksal forderte, sein Schicksal, das dem letzten der Doumbouya vorgezeichnet war. Fama, jetzt gibt es keinen Zweifel mehr, du bist der letzte Doumbouya. Das ist die Wahrheit, so klar wie der Vollmond in einer Harmattannacht. Du bist der letzte Tropfen des großen Flusses, der sich in der Wüste verliert und vertrocknet. Das wurde Jahrhunderte vor dir gesagt und geschrieben. Du wirst in Mayako sterben. »Die Doumbouya enden in Mayako und nicht in Togobala«, brummte er. Und beherzt dachte er an anderes.

Fama drückte sich nicht vor den schweren Arbeiten, aber sein Gesundheitszustand verschlechterte sich. Guineawürmer traten in den Knien und Achseln auf. Er zehrte sich allmählich ab, seine Augen sanken in den Höhlen ein, tiefer als in Gräbern, seine fleischlosen Ohren längten sich und standen weit ab wie bei einem lauschenden Bastardkarnickel, die Lippen wurden schmal wie Striche, sie schrumpften ein, und das Haar wurde schütter.

2

Die wilden Vögel begriffen als erste die historische Tragweite der Ereignisse

Trotz des Zustands erwachte er jeden Morgen vor dem Hahnenschrei und gab sich dem Gutenmorgengebet hin, das auf die Begegnung mit den Geistern der Vorfahren und mit dem letzten Richtspruch Allahs vorbereitet. Im Grunde war er glücklich, daß es zu Ende ging. Er beklagte sich über wenig Dinge; was er betrauerte, war auch Salimata. Fama hatte sich immer gesagt, daß er ein paar Augenblicke vor seinem Tod Salimata zu sich rufen und sie für die Jahre des Unglücks, die er ihr bereitet hatte, um Verzeihung bitten würde. Er wird es nicht können. Aber Allah erkannte die gute Absicht an. Allah hat gesagt, das Paradies erwirbt sich eine Frau im Rauch der Pflichterfüllung für ihren Gatten. Also konnte Allah für Salimata einen Ruheplatz in seinem ewigen Paradies vorsehen. Sie hatte ihre Pflicht getan, mehr als ihre Pflicht. Sie hatte für die anderen und für Fama gelitten, ohne die Gunst und den Lohn Allahs. Fama bedauerte auch, daß seine Reste nicht in der Erde von Horodougou ruhen würden. Jetzt schaute er hinter die Lügen der vielen Marabuts, all der Zauberer und Seher, die ihm immerfort geweissagt hatten, sein Schicksal sei, eines Morgens als großer Häuptling mit einem erstaunlichen Gefolge in Togobala einzuziehen, bevor er in Horodougou sterben und auf dem Friedhof, wo seine Ahnen ruhten, begraben werden würde. All das erwies sich als falsch; es sei denn . . . Des Allmächtigen Möglichkeiten waren ja grenzenlos.

Ganze Tage verbrachte Fama damit, solch traurige Gedanken über den Tod zu wälzen, seine Nächte waren von

schrecklichen Träumen erfüllt. Eines Morgens, wenige Augenblicke vor dem Erwachen, zerplatzte ein Traum vor seinen Augen. Und was für ein Traum! Man rief ihm zu: »Sieh dich an! Sieh dich an! Du lebst und bist stark. Du bist groß. Bewundere dich!«
Rittlings auf einem weißen Streitroß flog oder vielmehr segelte Fama dahin, im Winde flatterte der Bubu, Steigbügel und Sporen waren aus Gold, seine treu ergebene Begleitmannschaft, goldverbrämt, ehrte ihn und schmeichelte ihm. Ein echter Doumbouya! Ein echter! Der Fürst von ganz Horodougou, der einzige, der größte, der größte von allen. Unterhalb entglitt ihm etwas, etwas Fehlendes, etwas Ersehntes, etwas, was ihm zwischen den Fingern zerronnen war. Ein Pferd? Eine Frau? Fama bückte sich, beugte sich vor, konnte aber nichts sehen, das Fehlende sauste dahin wie der Wind, es war leuchtend wie der schleppende Schwanz eines fernen Buschfeuers. Mit verhängtem Zügel verfolgte Fama es, er mühte sich, ihm zu folgen; und es floh, raste schneller, drohte zu verschwinden, und sein Verschwinden, das war bekannt, würde das All verwaist zurücklassen mit dem Unglück der Dürre im Herzen. Und dennoch jubelte Fama, verlor vor Freude fast die Sinne, als er sich sagte: Das Ding läuft in sein Verderben, auf dem Weg harrt seiner derjenige, der fest wie ein Fels ist und der es packen wird.
Vor toller Freude brach Fama in Lachen aus, in ein irres Lachen; er lachte so laut, daß er aufwachte und noch weiter wieherte und prustete, bis daß . . .

Der Morgen war gekommen, die Sonne, hoch am Himmel, erfüllte die Zelle mit all ihrem Feuer. Ringsum, nach einem tiefen Schlaf und einem lärmenden Traum, das ohrenbetäubende Geprassel. Die Stunde des ersten Gebets war vorbei; es wäre lächerlich gewesen, sich niederzubeugen bei einer so weit entfernten Sonne. Lachsalven, Stim-

men, Pfiffe und Schritte waren hinter der Tür zu vernehmen. Neugierig lauschte Fama: Die ganze Kaserne randalierte, bebte vor Lärm, wie wenn ein Gewitter auf die Welt losschlägt. Er wollte etwas hören; man stieß gegen die Tür, öffnete sie. Wachen hielten Fama ein neues bauschiges Gewand, einen großen Bubu, eine Scheschia und Sandalen, ebenfalls neu, entgegen. Fama mußte alles sofort anziehen und den Wächtern folgen. Beim Ankleiden stellte er fest, daß Arbeiter und Soldaten in aller Eile mitten auf dem Appellplatz der Kaserne die letzten Hammerschläge für eine Tribüne taten, die sie während der Nacht errichtet hatten, und Stühle und Bänke aufstellten. Hinter der Kaserne standen Wagen kreuz und quer.
Als Fama mit den Wächtern losging, teilten sie ihm mit, daß mit dem ersten Lichtstrahl des Morgens Wagen aus allen Provinzen der Republik gekommen seien. Alle Minister, Generalsekretäre, Abgeordneten, Wirtschaftsberater und Generäle waren bereits da. Mehr konnten sie aber nicht sagen, sie waren schon auf dem Appellplatz. Die Wächter setzten Fama zwischen andere Häftlinge auf eine Bank. Hinter der Tribüne bildeten die Sänger und Sängerinnen, die Tamtams, die Balafons, die Hornbläser und die Tänzer eine gedrängte und zusammengewürfelte Menge. Standespersonen kamen, suchten sich einen Stuhl aus und setzten sich.
Plötzlich erklangen die metallenen Töne der Sängerinnen, die Schreie der Sänger setzten ein, und die Tanzinstrumente legten los, alle auf einmal. Da erschien höchstpersönlich der Präsident, jawohl!, der Präsident der Republik der Ebenhölzer, gefolgt von den hohen Persönlichkeiten des Regimes. Der Lärm, das Geschrei und das Dröhnen der Tamtams, hielt bis zu dem Augenblick an, da jener die Tribüne erklommen hatte und sich majestätisch auf dem Ehrenplatz niederließ. Der Generalsekretär gab einen Wink, und alles verstummte. Er kündigte an,

daß der Präsident eine wichtige Rede halten würde. Der Staatschef warf sich in die Brust. Das Getöse begann erneut, aber eine zweite Handbewegung des Generalsekretärs stellte die Ruhe wieder her. Der Präsident tat ein paar Schritte vorwärts und ließ seinen Blick über die erstarrte Menge schweifen. Ein Wachmann beeilte sich, das Mikrofon einzustellen, in das der Staatschef kräftig pustete, als er sich räusperte. Und wieder Beifallsstürme, Tamtams, die Schreie der Sänger. Der Generalsekretär mußte ein drittes Mal eingreifen, um Ruhe zu gebieten. Diesmal begann die Rede, der Präsident sprach. Zuerst leise, ruhig, mit gedämpfter und überzeugender Stimme, um deren Geheimnis einzig der Präsident wußte.
Er sprach, sprach von der Brüderlichkeit, die alle Schwarzen eint, von der Menschlichkeit in Afrika, von der Herzensgüte des Afrikaners. Er legte dar, was unser Land lieblich und gastlich macht: das Vergessen der Beleidigungen, die Liebe zum Nächsten, die Liebe zu unserem Land. Fama traute seinen Ohren nicht. Hin und wieder fuhr er sich mit dem Finger in den Gehörgang, um ihn zu putzen; er fragte sich in einem fort, ob er nicht weiter träume. Alles war gut gesagt, alles war verwunderlich. Und es war wahr, es war kein Traum, es war Wirklichkeit. Der Präsident bat die Häftlinge, das Vergangene zu vergessen, zu verzeihen, nur an die Zukunft zu denken, »diese Zukunft, die wir uns alle strahlend wünschen«. Alle Gefangenen waren frei. »Alle und jeder. Sofort. Alle werden ihr Eigentum zurückerhalten.«
Da der Präsident die wichtigen Wörter und Wortgruppen durch Pausen hervorhob, wurden die Sätze von plötzlichem Ausbruch und erneutem Verstummen des Krawalls unterbrochen.
Warum hatte er, der Präsident, diese Entscheidung gefällt? Aus sehr gewichtigen Gründen. Er, der Präsident, war die Mutter der Republik, und alle Bürger waren die

Kinder. Die Mutter hat die Pflicht, zuweilen streng mit den Kindern umzuspringen. Die Mutter läßt ihre ganze Strenge walten, wenn die Kinder die Schüssel Reis, die Mama für ihren Geliebten vorbereitet hat, fallen lassen. Und für ihn, den Präsidenten, war der Geliebte der wirtschaftliche Fortschritt des Landes, doch die Verschwörung beeinträchtigte ernstlich diese Zukunft, kippte die Zukunft auf den Boden aus. Und der Grund für diese Freilassung, die bei voller Kenntnis der Sachlage beschlossen worden war, lag darin, daß Bosheit, Zorn, Unrecht, Ungeduld, Übelwollen und Niedrigkeit, so wie die Krankheit, einen vorübergehenden Zustand bedeuten, während Güte, Liebe, Gerechtigkeit und Geduld wie die Gesundheit sind, sie können dauerhaft sein. Die politischen Spannungen und die Zwistigkeiten, die sich im Land breitgemacht hatten, taten dem internationalen Ansehen des Präsidenten Abbruch. »Die Investierenden halten sich fern von uns, die Zeitungen orakeln über mein nahes Ende, und die Präsidenten der Nachbarstaaten schleudern Beleidigungen gegen mich. Die alten Sprichwörter unserer Vorfahren bleiben immer wahr. Die schönste Harmonie, das ist nicht der Zusammenklang der Trommeln, nicht der Zusammenklang der Xylophone, nicht der Zusammenklang der Trompeten, sondern der Einklang zwischen den Menschen. Ein einzelner Fuß bahnt keinen Pfad; und ein einzelner Finger vermag kein Kieselsteinchen vom Boden aufzulesen. Er allein, der Präsident, kann das Land nicht erbauen. Das ist das Werk aller. So groß ein Land auch sein mag, wenn Zwietracht herrscht, ist sein Untergang die Sache eines Tages. Um im Lande die Eintracht zu verwirklichen, sind nun alle Häftlinge frei!« Tamtams und Beifall klangen wieder auf. Jeder Häftling konnte verlangen, was er wollte: Die Partei und die Regierung würden es gewähren. Die einstigen Häftlinge, die krank waren, würden gepflegt und, falls

nötig, nach Frankreich oder Amerika geschickt, in die großen Krankenhäuser und Kurzentren.
»Hoch die Republik der Ebenhölzer! Hoch die Versöhnung der Herzen!«
Beifallsstürme, Tamtams und Rufe begrüßten das Ende der Rede, sie hielten an und wollten überhaupt nicht mehr aufhören. Der Generalsekretär und der Präsident hatten die allergrößte Mühe, die Ruhe wiederherzustellen; die Musikanten und Tänzer hatten geglaubt, daß das Zeichen zum Beginn des Festes gegeben war. Und als Stille eintrat, schloß der Präsident mit folgenden Worten:
»Diese Begeisterung zeigt unseren befreiten Brüdern mehr als eine lange Rede, wie das Volk sich glücklich schätzt, sie wieder in ihren Heimstätten zu sehen.«
Der Präsident ließ sich dann alle Freigelassenen vorstellen. Er umarmte sie, einen nach dem andern, und übergab jedem ein dickes Banknotenbündel. Klar, jede Umarmung wurde mit Geschrei, mit Beifall und mit Tamtams begrüßt. Darauf wurde das Programm des Versöhnungsfestes verkündet. »In der Hauptstadt wird das Fest seinen Höhepunkt erreichen. Die Freigelassenen werden die Fahrt in die Stadt im offenen Wagen machen. Die Lügner, die zu erzählen wußten, sie seien alle tot, sollen von den Tatsachen widerlegt werden. Ein Feuerwerk wird einundzwanzig Stunden lang abgebrannt, sodann folgt ein großes Essen. Und zum Schluß wird bis in den Morgen hinein getanzt!«
Der Präsident hatte geendet.
Die Verwandten und Freunde stürzten sich auf die Freigelassenen und rissen sie an sich. Alle stiegen in ihre Wagen ein. Es hieß gleich in die Hauptstadt fahren. Die Wagen lösten sich allmählich aus dem Wirrwarr.

Fama fuhr mit seinem Freund Bakary. Der konnte gar nicht aufhören, ihn zu umarmen. »Beklage nichts«, sagte

er, »du wirst jetzt glücklich sein.« Eine Umarmung. »Du hast Geld, und du kannst noch viel mehr kriegen.« Eine Umarmung. »Es stimmt, daß du nicht gut beisammen bist, aber der Präsident hat gesagt, daß du dich überall, wo du willst, wieder hochpäppeln lassen kannst. Ich an deiner Stelle, ich ginge am liebsten nach Vichy. Ja, nach Vichy, dorthin gehen alle Milliardäre.« Noch eine Umarmung. »Und dann kannst du die Position haben, die du willst. Ich an deiner Stelle, ich würde die Leitung einer Kooperative übernehmen.« Eine Umarmung. »Du siehst, ein Unglück kann manchmal ein gut verpacktes Glück sein, und wenn alles am Ende zu sein scheint, fällt dir das Glück in den Schoß. Wir, die wir vor euch freikamen, sind nicht so verwöhnt worden. Das ist eben deine Chance, Fama. Das Gefängnis war deine Chance.«
Bakary wollte ihn umarmen, doch Fama hielt ihn sich mit der Faust vom Leibe. Bakary machte keinen weiteren Versuch, vielleicht hatte er gemerkt, daß Fama, seit sie sich wiedergesehen hatten, kein einziges Wort gesprochen hatte und vielleicht seine große Begeisterung und seine Bemerkungen bedauerlich fand. Bakary mußte sich nun aus dem Durcheinander der Wagen hinausmanövrieren und sich einreihen.
Bakary fuhr schweigend, doch als der Wagen die Kaserne verließ, begann er wieder zu reden, aber diesmal bedächtig. Er verstand den Grund für Famas Schweigen. Die Frauen aller Häftlinge hatten ihre Männer abgeholt. Nur Famas Frauen waren nicht da. Aber um Frauen mußte man sich nicht allzusehr sorgen; wenn einer Geld hat, kann er auch Frauen haben. Die Frauen Famas hatten nicht auf sich gehalten; sie kannten kein bißchen Schamgefühl, nicht eine Handvoll. Jetzt, da Fama Geld hat, müßte er sich andere Frauen kaufen. Die Eltern würden bereit sein, ihm ihre Töchter zu geben. Bakary würde an Famas Stelle eine kleine, eine noch nicht reife, eine heiße

Rundliche wählen, er wird ihm schon bei Gelegenheit eine zuführen. Wirklich, Salimata und Mariam hatten sehr schlecht gehandelt. Und Bakary erzählte, was auf Famas Hof während seiner Abwesenheit vorgefallen war.
Als sie die Verhaftung erfahren hatten, suchten sie in aller Eile nach Ersatz.
Salimata ging wieder zu Abdoulaye, dem Marabut, dessen Rat sie sich holte, nachdem sie ihm vorher das Messer, das rot vom Blut des geopferten Hahns gewesen war, in die Schulter gestoßen hatte. Abdoulaye widerte sie nicht mehr an, stank nicht mehr nach Tiécoura. Und Mariam? Da sie noch ein Kind des Busches war, also ohne großes Unterscheidungsvermögen, nahm sie, was sie gerade fand: den Taxichauffeur, der sie zum Bahnhof fuhr. Dieser Chauffeur hieß Petit-à-petit, Bakary nannte ihn aber lieber Papillon, weil auf der hinteren Stoßstange seines Taxis, einer »Dauphine«, in vier Farben »Papillon Indépendance Jazz« stand und weil er sich selbst als Schmetterling herausputzte: mit einem grünen Kavalierstuch, einem dreifarbigen Strohhut (die drei Farben der Nation), einer Sonnenbrille mit weißem Gestell, einem lässig offenstehenden Hemd, gelben Hosen und Pantoletten. Er war ein junger Bursche, dürr und hochaufgeschossen, düster wie ein Taubstummer und unhöflich wie der Hintern einer trächtigen Hündin. Er flatterte Tag und Nacht vor dem Tor umher, ließ den Motor aufheulen und hupte. Mariam kam heraus. Mit Papillon fuhr sie los, sie konnte nicht genug kriegen vom Autofahren.
Eine Schande war das! Eine Schande, so ungeheuer, daß sich der Flußwaran im Wasser verkriechen mußte. Das ganze Viertel sprach darüber. Bakary hatte es schließlich nicht länger mit ansehen können. Eines Tages sagte er sich: Ist Fama mein Freund, ja oder nein? Er ist immer mein Freund. Zwar waren wir kurz vor der Unabhängigkeit auseinandergeraten, aber mit wem alles hat man sich

nicht überworfen! Er ist ein richtiger Fürst, und es ist immer schwierig, mit einem Fürsten zu leben. Trotz allem, er bleibt mein Freund. Man teilt wohl mit seinem Freund nicht den Tod, aber wenn er gedemütigt, wenn er mit Schande überhäuft wird, dann teilt man seine Schande. Deshalb hatte eines Morgens Bakary den Papillon an der Straßenecke beim Hemdkragen erwischt und ihm direkt ins Gesicht gesagt: »Jeder sieht, daß du Mariam mit dir herumschleppst. Schämst du dich nicht, Papillon, daß du deinen Spaß treibst mit den Dingen der Alten? Wart nur, Papillon, Mariams Mann heißt Doumbouya, er ist ein echter Fürst; der kommt wieder. Das ist kein Mann der Unabhängigkeit, der wird dir nie verzeihen, daß du die Klinge deines Messers in die Scheide seines Säbels gesteckt hast. Selbst wenn du ausreißt, wird dich das Unglück verfolgen, denn Mariam ist verhext. Sie hat es dir nicht gesagt, weil ihr Verstand nicht weiter reicht als ihre Brüste. Balla, der größte Zauberer in Horodougou, hat sie verhext, und, Papillon, glaub mir, wenn du weiter mit ihr herumziehst, wird eines Tages, früher oder später, dein Penis verschwinden, er wird dir in den Bauch rutschen wie die Flinte, die im Schlamm versackt.« Papillon hatte sich nicht gemuckst. Bakary hatte ihn losgelassen, und der war davongerannt und hatte, als er sich auf dem Sitz niederließ, mit den Achseln gezuckt.
Fama blieb in Gedanken versunken, er blieb stumm. Die Wagenkolonne rückte unter ununterbrochenem Getöse, das Fama auf die Nerven ging, voran.
»Warum sagst du nichts?« fragte Bakary.
Fama antwortete nicht. Bakary ließ nicht locker. Er wußte, Fama war krank, sehr mitgenommen, aber das Leben, das war in Allahs Hand gelegt. Bakary versicherte übrigens Fama: Der Tod würde ihn in den nächsten Jahren nicht aufsuchen. Denn er, Bakary, kenne den Tod, der viele Fehler hat: Er log und betrog, wagte es aber nie, ei-

nen Mann wie Fama, der zum erstenmal Geld besaß, zu überrumpeln. Dann, nach einigem Schweigen, äußerte Bakary, als würde er es bedauern, mit einem Kranken vom Tod gesprochen zu haben: »Ich wollte mit dir über Togobala sprechen, dir Neues aus Togobala berichten.« Und er erzählte, was sich in Horodougou während Famas Haft ereignet hatte.

Ein reisender Händler, der aus dem Süden gekommen war, hatte in Togobala von der Verhaftung berichtet. Eine aufsehenerregende Neuigkeit, wie eine Todesnachricht! Die heilige Trommel dröhnte, das Komitee und der Rat der Alten hielten Palaver ab, Opfertiere wurden geschlachtet.

Man schrie Balla die Neuigkeit ins Ohr, der keinerlei Überraschung zeigte; er habe das erwartet. Der alte Fetischanbeter, der von Natur aus umsichtig wie eine Eidechse mit abgeschlagenem Schwanz war, erklärte sogleich: »Fama wird Togobala nie wiedersehen.« Na, er konnte sich geirrt haben, seine Fetische, Geister und Manen mußten sich schon entfernt haben, denn der Tod rückte auf den alten Spürhund zu.

Eines Nachts stieg »die Alte«, die alte Hyäne, das Orakel von Togobala, von den Bergen herab, heulte und blieb auf dem Dorfplatz unter dem alten Baobab stehen. Man warf ihr eine Ziege vor und deutete ihr Geheul; es hieß: »Eine altehrwürdige und großartige Sache wird von einer anderen altehrwürdigen und großen Sache besiegt.«

Es war mitten in der Regenzeit. Dennoch verschwanden am Himmel vier Tage lang die Wolken und der Regen. Der fünfte Morgen brach vorzeitig an; die Sonne kam nicht heraus, der Raum streckte sich, und die Horizonte ließen eine seltsame Atmosphäre aufsteigen. Die Vögel hielten in ihrem Weckgesang inne, die Geier in ihrem Flug. Alles war still, alles reglos. Die Augen wanderten zur Tür des alten Fetischanbeters Balla; sie war geschlos-

sen, fest verschlossen. Als man sie öffnete, hatte der Schlummer seinen Verrat vollbracht, der Tod hatte den schlafenden alten Fetischanbeter, der erloschen und erstarrt dalag, getroffen.
Da schlug die Trommel, schlug in ganz Togobala, und die Flüsse, die Wälder und Gebirge rollten, von Echo zu Echo, die Nachricht in die Dörfer, wo andere Tamtams schlugen und die Nachricht in andere, noch entferntere Dörfer schickten.
Ganz Horodougou stieß ein großes Ah! der Überraschung aus, und die Erde, die Tiere und die Dinge kamen wieder zum Leben. Die Sonne brach hell hervor, blieb aber unbeweglich bis zur Stunde des zweiten Gebets, da sie von einem kleinen Regenschauer verdeckt wurde, der, wenn das Grab für einen Großen von Horodougou ausgehoben wird, unfehlbar niedergeht, um den Boden zu netzen, bevor der erste Schlag der Hacke erfolgt.
Da Balla ein Kâfir war, trug man ihn ohne Gebet hinaus und beerdigte ihn im Westen von Togobala anstatt im Osten, wo die Muslime bestattet werden.
Aber großartige Totenfeiern wurden am siebenten und am vierzigsten Tag abgehalten (vier Ochsen!). Die Jäger übertrafen sich an Wundern, Zaubereien; viele Geister, viele Tiere, viele Tote wohnten in Menschengestalt dem Fest bei, um dem Wissen und der Erfahrung des abgeschiedenen Alten die höchste Ehre zu erweisen. Ah!, lange Zeit würde Horodougou keinen Mann mit den Kenntnissen eines Balla sehen! Nach ein paar Minuten Schweigen gab Bakary sein Bestes, um die letzten Taten (die letzten Gaunereien, versteht sich) des toten alten Zauberers gebührend herauszustreichen. Er wollte rühren, verblüffen, um wenigstens einen kleinen Seufzer, ein Wörtchen Fama zu entreißen! Aber man war angelangt. Bakary mußte unterbrechen. In der Hauptstadt war das Fest der nationalen Aussöhnung schon in vollem Gange. Er

sah seinen Nachbarn, der immer noch stumm und nachdenklich dasaß, verstohlen von der Seite an und begann vorsichtig zu fahren, wegen des Trubels in der Stadt. Die Reihe der Wagen bog in die Hauptstraße ein, die auf beiden Seiten von einer kunterbunten und aufgeregten Menge gesäumt wurde. Die Tamtams hatten wieder eingesetzt, die Griots sangen, Männer und Frauen tanzten auf den Fußwegen, in den Straßengräben und auf den Plätzen. Als die Wagen auf der Höhe des Busbahnhofs ankamen, von wo die Lastwagen nach dem Norden fahren, gab Fama ein Zeichen. Bakary antwortete, daß man hier nicht halten könne. »Es darf nicht in einer offiziellen Wagenkolonne gehalten werden.« Fama schrie: »Halt an!« und begleitete den Befehl mit der gebieterischen und unmißverständlichen Gebärde des letzten Abkömmlings der Doumbouya. Bakary begriff, daß er auf der Stelle gehorchen mußte, ohne Widerrede. Er quetschte sich an den Straßenrand und bremste.

Fama öffnete die Tür, stieg aus und entfernte sich. Bakary zog die Handbremse und folgte ihm und versuchte ihn umzustimmen. Fama würde abermals einen Fehler machen. Wohin wollte er? Jetzt, wo er alles haben konnte, warum wollte er nicht weiter auf dem Fest bleiben, wie die andern? Ging er weg wegen der Frauen? Aber Frauen, das kann man doch kaufen. Wollte er nicht junge, noch unreife Mädchen? Und Salimata war da. Sie war eine ehrbare Frau, die zurückkommen würde, wenn Fama es wünschte. Salimata liebte Fama noch immer und war nur zum Marabut gegangen, um ein Kind zu haben, und übrigens aus diesem Grund hatte Bakary dem Marabut keinen Knuff versetzt und ihm auch nicht angst gemacht. Fama bahnte sich unbeirrt einen Weg durch die Menge, er suchte ins Freie zu gelangen. Der Busbahnhof lag am anderen Ende des Platzes mit dem Gewimmel von Tanzenden. Fama machte einen Bogen um einen Kreis Balafons, ging

mitten zwischen zwei Tamtam-Trommlern hindurch, trat einen Schritt zurück, um nicht von den Luftsprungakrobaten bei ihren Saltos gestoßen zu werden, wich den Geschichtenerzählern bei den Kindern aus, schritt durch die Scharen derer, die die Schlangenbeschwörer umringten, und jener, die die Kalebassentrommler umstanden, und war schließlich am Busbahnhof.
Bakary folgte ihm immerzu. Einen Augenblick lang dachte er, Fama an den Ärmeln seines Bubus zurückzuhalten; doch angesichts der zu erwartenden heftigen Abfuhr unterließ er es und brachte eindringlicher, aber auch überzeugender vor, auch viel honigsüßer: »Höre, Fama! Man geht nicht weg, wenn sich einem die Möglichkeit bietet, viel Geld und eine Position zu bekommen, etwas darzustellen, den Freunden und Verwandten von Nutzen zu sein. Was wirst du in Togobala machen? Die Häuptlingsherrschaft ist tot. Togobala ist erledigt, es ist ein verfallenes Dorf. Du bist doch kein Blatt am Baum, das gilbt und mit dem Wechsel der Jahreszeit fällt. Die Sonnen haben sich gewendet mit der Kolonisation und mit der Unabhängigkeit; wärme dich in den neuen Sonnen, du bist wirklich keine Raubkatze, die eher Hungers stirbt, als daß sie das Fleisch frißt, das man ihr vorwirft, nur weil es nicht das Fleisch von einem Tier ist, das sie gerissen hat. Paß dich an! Nimm die Welt, wie sie ist! Oder willst du wegen Ballas Totenfeier dorthin? Totenfeier, das hat noch Zeit. Bleibe, Fama! Der Präsident ist bereit, zu zahlen, um die Vergebung der Toten zu erlangen, die er auf dem Gewissen hat, Vergebung für die Folterungen, die er euch erleiden ließ; er ist bereit zu zahlen, damit ihr nichts von dem sagt, was ihr gesehen habt. Nutze diesen unverhofften Gewinn! Trinken wir gemeinsam die Milch von der Kuh deiner Qualen! Das Geld, das du in der Tasche hast, ist nur ein Strohhälmchen im Vergleich zu dem ganzen Korb, den du erhältst.«

Fama schritt stolz voran, als gälten Bakarys Vorschläge nicht ihm. Als der Fürst an einen zur Hälfte besetzten Lastwagen kam, stieg er ruhig auf.
Die Fahrgäste rückten zusammen, um ihm Platz zum Hinlegen zu machen, denn es war zu sehen, daß Fama sehr erschöpft war. Der letzte Doumbouya ließ sich nieder, ohne ein Dankeswort, auch ohne Gruß, weil er glaubte, die anderen Reisenden hätten sich bemüht, einen Fürsten zu ehren.
Bakary konnte sich nicht zurückhalten, er sprang auf und ranzte nun Fama an: »Fama, du hast vom Leben nichts begriffen. Du bist ein Geier und wirst als Geier sterben. Glaubst du, alle Menschen sind Untertanen von Horodougou? Du wirst in Togobala sterben. Ha, sterben in Armut. Während hier, da könntest du nützlich sein: du könntest etwas besitzen, könntest den Freunden helfen. Als ich von deiner Freilassung hörte und erfuhr, was man euch versprechen würde, war ich glücklich, und nun . . .«
Der Fahrer des Lastwagens unterbrach Bakary und forderte ihn auf, abzusteigen. Es war Zeit zur Abfahrt.
Als der Motor ansprang und der Wagen langsam anfuhr, konnte Bakary vom Bordstein aus nur noch nachschreien: »Fama, im Tod wirst du noch daran denken müssen, daß du ein schlechter Freund warst. Ich habe mit dir gerechnet, um den Rest meiner Tage zu leben und zu Geld zu kommen. Du läßt mich in der Verzweiflung zurück, du bist ein schlechter Freund.«

Das war Bakarys Abschied. Wegen des Festes der nationalen Aussöhnung mußte der Wagen einen weiten Umweg machen, um aus der Stadt hinauszukommen. Fama wollte die Hauptstadt nicht mehr sehen, ihre Häuser, Straßen und Menschen, er wollte ihre Luft nicht mehr atmen. Er stieß angeekelt ein gewaltiges Puah! aus, schloß die Augen und begann zu überlegen.

Plötzlich brach Fama in Gelächter aus. Die überraschten Fahrgäste schwiegen und sahen auf den dürren, ausgemergelten Alten herab, der wie ein Blinder die Augen geschlossen hielt und wie ein Irrer lachte. Fern von Bakary konnte Fama über seinen verdutzten und enttäuschten Freund jetzt lachen, der vom Bordstein aus dem abfahrenden Lastwagen nachsah. Fama beglückwünschte sich, ihn so durch sein Schweigen lächerlich gemacht zu haben. Die nichtigen Redereien zwischen Panther und Hyäne ehren die letzte, den ersten aber erniedrigen sie. Unvermittelt, wie er zu lachen begonnen hatte, hörte er auch auf und wurde wieder nachdenklich.
Warum wollte er abreisen? Warum bedrückte ihn so sehr allein schon der Gedanke, in der Hauptstadt zu bleiben und wieder zu leben, als müßte er Ausgespienes essen. Immer noch mit geschlossenen Augen verfolgte Fama eine Zeitlang die Geräusche des Festes, das Geflüster der Mitreisenden, die ihn alle wohl mit starren Blicken betrachteten.
Fama wollte weg, weil er wußte, daß ihn in der Hauptstadt keiner wollte, daß ihn keiner liebte. Bakary liebte ihn nicht; wenn er beglückt gewesen zu sein schien, daß er Fama wiederhatte, dann deshalb, weil »sein Freund« einen Menschen brauchte, auf dessen Kosten er eine Weile hätte leben können. Auch Salimata wollte ihn nicht. Ja, Salimata, der einzige Mensch, den er gern wiedergesehen hätte, wollte ihn nicht mehr. Was Salimata in der vergangenen Zeit zurückgehalten hatte, war nicht Liebe, nicht die Heiligkeit der Ehe, nicht die Erinnerung an lange, gemeinsam verbrachte Jahre. Was sie zur Gefangenen des Zusammenseins gemacht hatte, war, daß sie nicht vermochte, mit einem anderen zu leben. Nun ertrug sie zum ersten Mal in ihrem Leben einen anderen Mann. Vielleicht liebte sie ihn. Vielleicht würde sie von ihm ein Kind bekommen. Vielleicht war sie glücklich. Fama wünschte

es. Und um Salimatas Glück nicht zu stören, durfte Fama nicht wieder in der Hauptstadt erscheinen, wo seine Anwesenheit für Salimata ein ständiger moralischer Vorwurf gewesen wäre. Sie hatte ein paar Tage Glück verdient. Sei glücklich, Salimata, bereue nichts, singe jeden Morgen, wenn du den Reis stampfst, wie du diese Tamtam-Weise gern gesungen hast, als du wirklich glücklich warst:

He! He! He! He!
Wenn Gewinn für uns heißt, in den Brunnen zu fallen,
He! He! He! He!
Dann fallen wir eben, um ihn uns zu holen!

Mariam liebte Fama auch nicht, sie würde ihn nicht wiedersehen wollen. Die war aber auch kein Körnchen Erinnerung, keinen Tropfen Kümmernis wert. Die Heirat mit Mariam war ein Fehler gewesen. Die einzige Befriedigung, die Fama hatte, war, daß sich durch diese Heirat Salimata von ihm gelöst hatte, daß sie sich zwang, es mit einem anderen zu versuchen, die Heirat also zu Salimatas Glück beigetragen hatte.
Hieß das, daß Fama nach Togobala fuhr, um ein neues Leben zu beginnen? Nein und nochmals nein! So widersprüchlich es auch schien, Fama fuhr nach Horodougou, um dort so bald wie möglich zu sterben. Es war Jahrhunderte vor den Sonnen der Unabhängigkeiten geweissagt worden, daß Fama bei den Gräbern seiner Ahnen sterben sollte; vielleicht war diese Schicksalsverkündung die Erklärung dafür, daß Fama die Folterungen in den Kellern des Präsidentenpalastes und das Leben in dem Lager ohne Namen überlebt hatte; diese Voraussage erklärte wohl auch die überraschende Freilassung, die ihn in die Welt zurückwarf, von der er meinte, er habe ihr ein letztes Mal ade gesagt.
In Mayako hatte er sich beim häufigen und innigen Beten

mit allem abgefunden, er hatte sich schließlich in sein Ende gefügt, war zum Zusammentreffen mit den Manen, für den Richterspruch Allahs bereit gewesen. Der Tod war sein einziger Begleiter geworden; sie kannten und liebten sich. Fama trug den Tod schon in seinem Körper, und das Leben war für ihn nur noch ein Übel. In Mayako war alles eine Gewißheit gewesen. Dagegen war diese überraschende Freilassung und dieses plötzliche Reichsein eine Art Auferstehung, warf Fama in die Welt und zwang ihn, wieder Pläne zu schmieden, wieder Hoffnungen zu hegen, auch zu lieben und zu verachten und zu bedauern und wieder zu kämpfen. Fama hatte das satt, Fama fiel das Sprichwort ein, das der Malinke bei einem großen Unglück singt:

Unglück ho! Unglück ho! Unglück ho!
Findet man eine Maus auf einem Katzenfell,
Unglück ho! Unglück ho! Unglück ho!
So weiß jeder, daß der Tod ein großes Unglück ist.

Fama öffnete die Augen. Der Wagen verließ die Hauptstadt. Der Abend senkte sich nieder. Bald waren sie oben auf der Höhe, die sich über der Stadt erhob.
Die ganze Stadt schien von dem Aussöhnungsfest mitgerissen zu sein. Alles mußte in einem Wirbel sein, man sah es an den Dächern und an den Baumwipfeln, die schwankten und sich drehten; alles mußte sich in einem Auftrieb befinden, das war an den Vierteln, an den Straßen, Brücken und Gärten zu bemerken, die sich vermischten und sich überlagerten. Selbst der kleine Zug, der sich wie eine Seidenwurmkette vor einem hohen Hindernis an die Felsklippen der Lagune festklammerte, kämpfte sich schaukelnd um tausend Biegungen. Tief unten bebte das letzte Stückchen der Lagune, das die Sonne erhellte, unter dem Widerhall der Gesänge und den Schlä-

gen der weit hallenden Tamtams. Fama wollte dem Strudel entfliehen. Er erhob sich, neigte sich vor, um ein Dach nur, einen Baum, eine Straße oder eine Brücke zu erfassen, wiederzuerkennen. Jetzt war es aus; er war aufgebrochen, er mußte einen letzten Blick auf das werfen, was Salimata einschloß. Aber zu spät, in diesem Augenblick fuhr der Wagen die andere Seite der Anhöhe hinab, die Stadt verschwand, der Abend brach herein. Alles war zu Ende. Fama schloß wieder die Augen und fiel in Schlaf.

Früh am Morgen wachte er auf. Der Wagen war schon an der Grenze, am Ufer des Flusses, auf dem Boden Horodougous. Fama stand auf Horodougou-Erde! Alles hier gehörte ihm, alles, selbst der Fluß, der zu seinen Füßen floß, der Fluß und die heiligen Krokodile, die an diesem Ort hausten. Bastarderei der Kolonisation und der Unabhängigkeiten!

Ohne die Besetzung durch die Tubabs und ohne die Sonnen der Unabhängigkeiten hätte ihn ein Fest, ein Tamtam, hätten ihn Griots empfangen und geweckt, eine Begleitmannschaft wäre mit ihm gezogen. Aber das alles war zu Ende, nichts interessierte ihn mehr. Ob die Sorghumernte des nächsten Harmattans gut oder schlecht ist, das bewegt den Sterbenden nicht mehr.

Mehrere Lastwagen, die zuvor angekommen waren, standen in den Gräben. Auf der linken Seite der Straße schliefen Reisende auf Matten; Männer, Frauen und Kinder, rings um große Reisigfeuer gelagert. Die Hütten der Grenzwache und die Büros des Zolls zur Rechten verschwammen im Nebel. Die Straße war abgeriegelt und vor der Brücke durch einen dichten Stacheldrahtverhau versperrt. Auf den beiden hohen Türmen, die alles überragten, glänzten die Gewehrläufe der Wachposten. Die Wachtürme jenseits der Brücke, die sich im Blätterdach

der Käsebäume verloren, erriet man nur. Das ganze Tal war von einem leichten Dunst durchzogen. Kein Lüftchen wehte.
Die Webervögel machten den Anfang. Sie erfüllten die Kronen der Käsebäume und der Mangobäume mit Piepsen und Gezwitscher. Das Kikeriki der Hähne ertönte. Die Hunde antworteten zuerst mit dem üblichen Morgengebell, aber dann begannen sie ein Jammergeheul, so unheilvoll, daß es einem die Seele aus dem Leib zog.
Das schien nichts anderes als einen bösen Tag zu verheißen, vorzubereiten. Deswegen erhoben sich die Aasgeier und die Schwalben von den Bäumen und Dächern und verschwanden im Himmel, um die Sonne hervorzuziehen. Und das gelang ihnen. Die Sonne zeigte sich auch sogleich. Die Hunde klemmten den Schwanz ein und sperrten die Mäuler zu, die heiligen Krokodile kamen aus dem Wasser und besetzten, nach kurzen Kämpfen um den Vorrang, die Sandbänke und klappten die Augen zu, um besser die ersten Strahlen der Sonne zu genießen.
Fama fühlte sich gestärkt, mitgerissen von dem schönen Morgen in Horodougou. »In Horodougou ist gut leben und sterben«, flüsterte er. Er beklagte all die Jahre, die er in den Bastardereien der Hauptstadt verbracht hatte, dann atmete er mehrmals hintereinander tief ein und richtete an Allah den Morgengruß, den man dem Allmächtigen schuldet. Die Ruhe dauerte jedoch nur einige Augenblicke. Die Hunde rannten wieder in die Höfe und kläfften abermals jämmerlich. Die Tür des Zollbüros öffnete sich, ein Wachposten trat heraus, lief hinter den Kötern her und brachte sie mit Stockhieben und Steinwürfen zum Verstummen. Nach diesem Sieg schritt er zu dem Drahtverhau an den Wachtürmen.
Alle Reisenden stürzten auf ihn zu, um die letzten Neuigkeiten zu erfahren; die bei den Feuern lagen, standen auf, und die in den Lastwagen kletterten herunter. Die Menge

folgte dem Soldaten, der die Hunde zum Kuschen gebracht hatte. Es war ein hochgewachsener, in seiner Uniform elegant wirkender und vor allem (was Fama noch feststellen sollte) sehr ehrerbietiger und liebenswürdiger Mensch, wie einer von vor der Kolonisation und den Unabhängigkeiten. Er hieß Vassoko. Am Stacheldraht blieb Vassoko stehen, wandte sich den Reisenden zu und verkündete nach mehrmaligem Lächeln und einigen Scherzworten, daß er in der Nacht kein Telegramm erhalten habe und daß die Lage so wie gestern sei. Als er geendet hatte, bemerkte er ein paar neue Gesichter; er entschuldigte sich und erklärte, was er mit »so wie gestern« meinte. Die Grenze war bis auf neue Anweisung in beiden Richtungen geschlossen; jeglicher Verkehr war unterbrochen. Diese Maßnahme bestand schon seit einem Monat. Ein mißbilligender Schrei war die Antwort auf diese Erläuterungen. Der Soldat erwiderte, ohne sich von seinem Lächeln abbringen zu lassen, daß die Maßnahme auf einer politischen Entscheidung beruhe und daß er nicht den geringsten Hinweis geben könne, wann die Grenze wieder geöffnet würde. Wer von den Reisenden es wünsche, könne neben den Zollbaracken im Freien lagern, könne an Holzfeuern schlafen wie die andern, unter der Bedingung, daß sie nicht zu viel Lärm machten. Gestern abend war der Wachhabende vom lauten Gelächter der Reisenden geweckt worden. Das dürfe nicht wieder geschehen. Die unzufriedenen Reisenden verstreuten sich und entfernten sich, nur Fama nicht. Der Fürst von Horodougou konnte sich mit den Erklärungen des Wachpostens sichtlich nicht zufriedengeben. Vassoko grüßte Fama, immer mit demselben Lächeln, und redete ihn an. Er, Vassoko, und die anderen der Wachmannschaft führten nur die Befehle aus, und ihre Arbeit sei nicht leicht. Die Gesetze, Befehle und Rundschreiben der Sonnen der Unabhängigkeiten seien so zahlreich wie die Haare eines Bocks und

so verzwickt und verschlungen wie das Geschlecht eines Enterichs. »Das ist ein gescheiter Wachposten, dem man Dinge sagen kann, ohne gleich aus der Haut fahren zu müssen«, brummte Fama. Und der letzte der Doumbouya stellte sich Vassoko vor, sprach von den geographischen Grenzen Horodougous, von der Größe seiner Dynastie, erklärte, daß er krank sei und daß er Ballas Trauerfeier beiwohnen müsse. Aber der Wachposten beeilte sich zu erwidern, daß niemand Fama passieren lassen würde, und selbst wenn sie es ihm von ihrer Seite gestatten sollten, die von gegenüber würden ihm die Pforte zur Republik Nikinai nicht auftun.
Außerdem wünschte Vassoko, daß Fama seine Papiere vorweise. Der Fürst hatte nicht einmal einen Personalausweis. Vassoko mußte verschmitzt lächeln. Ohne Papiere könne er nicht durch. Der letzte der Doumbouya erklärte, daß er ein politischer Häftling gewesen sei. Der Wachposten zeigte abermals ein verschmitztes Lächeln. Ein Rundschreiben untersage die Ausreise von ehemaligen politischen Häftlingen.
Fama spürte, wie in ihm der Zorn emporstieg; er brannte ihm unter den Achseln, im Hals und im Rücken. Die Sonne stand schon hoch. Der Nebel war verflogen. Der Doumbouya-Fürst sah sich nach einem Stein, einem Stock, einem Gewehr, einer Bombe um, er brauchte eine Waffe, um Vassoko, seine Vorgesetzten, die Unabhängkeiten, die ganze Welt zu töten. Glücklicherweise, für uns alle, war nichts in seiner Reichweite, und der Wachposten begriff vielleicht die Drohung, denn er ging und ließ Fama gedankenverloren am Zaun zurück.
Das Geräusch von Vassokos Schritten entfernte sich und war bald nicht mehr zu hören. Das Stimmengewirr der Reisenden in der Nähe der Lastwagen und die gedämpfte Stimme eines Telefonierenden drangen an sein Ohr. Vielleicht hatte der Wachposten mit seinem Chef gesprochen,

und vielleicht hatte das Telefongespräch zum Inhalt, Fama zur Untersuchung an die nächste Unterabteilung zu übergeben, von wo er mit Gewißheit in die Hauptstadt zurückgeschafft würde. Fama war in Horodougou, er würde nie und nimmer einwilligen, es wieder zu verlassen. Da, ein paar Schritte vor ihm, war der Stacheldrahtzaun. Eine Tür war neben dem linken Brückengeländer. Brauchte ein Doumbouya, ein echter – Vater war ein Doumbouya gewesen, Mutter eine Doumbouya –, brauchte der die Genehmigung all der Bastarde von Hunde- und Sklavensöhnen, um nach Togobala zu kommen? Doch wohl nicht! Fama öffnete mit einer Seelenruhe sondergleichen die Tür, als ginge er in seinen Garten, und stand auf der Brücke. Er rückte seine Kopfbedeckung zurecht, krempelte sich die Ärmel des Bubus auf und ging stolz wie ein wirkliches Panther-Totem auf das andere Ende der Brücke zu. Nach ein paar Schritten blieb er stehen, weil er fürchtete, daß alle diese Kinder der Kolonisation und der Unabhängigkeiten seinen Weggang als Flucht deuten könnten, und schrie aus Leibeskräften, wie ein Besessener: »Schaut auf Fama! Schaut auf den Gatten der Salimata! Seht mich an, Bastardensöhne, Sklavensöhne! Seht, wie ich weggehe!«
Schreie des Erstaunens entfuhren den Reisenden. Die diensttuenden Soldaten auf den Wachtürmen riefen die erste Aufforderung hinab: »Stehenbleiben!«
Vassoko stürzte aus dem Zollhäuschen heraus und schrie im Laufen der Wache zu: »Nicht schießen! Der ist verrückt! Verrückt!«
Fama ging in seiner gewohnten würdigen Haltung noch ein paar Schritte, dann blieb er stehen und stieß hervor: »Seht den Doumbouya, den Fürst von Horodougou! Blickt auf den legitimen Gatten der Salimata! Bewundert mich, ihr Hundesöhne, Söhne der Unabhängigkeiten!«
»Stehenbleiben!«

»Der ist verrückt! Nicht schießen! Ich schnappe ihn!« Vassoko war im Nu am Verhau, war durch und lief bereits auf der Brücke. Fama hatte schon das andere Ende erreicht, stand am Zaun der Republik Nikinai und suchte einen Einschlupf. Aber der Draht war ganz eng gezogen, und nirgends war eine Lücke, durch die eine Faust hindurchgekonnt hätte. Verzweifelt kehrte Fama um. Der Wachposten rannte auf ihn zu. Fama streifte am Zaun entlang, keine Möglichkeit, hinüberzusteigen. Noch einmal kehrte Fama um. Vassoko hatte schon die halbe Strecke zurückgelegt, er würde Fama kriegen. Aber ein Doumbouya läßt sich nicht wie ein gehetzter Hase fangen. Das Gelände auf der linken Seite der Brücke war nicht hoch, und unter der Brücke war an dieser Stelle die Uferböschung. Die dicken heiligen Kaimane schwammen im Wasser und wärmten sich auf den Sandbänken. Die heiligen Kaimane Horodougous würden den letzten Sproß der Doumbouya nicht anzugreifen wagen. Vassoko war nur wenige Schritte entfernt. Fama schwang sich über das Geländer und sprang auf eine der Sandbänke. Er erhob sich, das Wasser war nur knietief. Er wollte einen Schritt tun, sah aber, wie ein heiliger Kaiman auf ihn zugeschossen kam wie ein Pfeil. Vom Ufer war ein Schrei zu hören, ein Schuß krachte: Der Posten auf einem der Wachtürme der Republik der Ebenhölzer hatte geschossen. Das getroffene Krokodil brüllte so schrecklich auf, daß die Erde aufzureißen und der Himmel zu bersten schien, und stürzte sich in einem Wirbel von Wasser und Blut in das Flußbett, wo es weiter um sich schlug und röchelte.

Wie immer begriffen unter dergleichen Umständen die wilden Tiere als erste die historische Tragweite des Menschenschreis, des Tierlauts und des Gewehrschusses, die den Morgen trübten. Sie zeigten es dadurch an, daß sie

sich äußerst eigenartig aufführten. Die Vögel – Geier, Sperber, Webervögel, Wachteln – flohen mit unheilverkündenden Rufen aus dem Laubwerk, aber statt aufzusteigen, stießen sie auf die Landtiere und Menschen hinab. Die Tiere, die dieser ungewöhnliche Angriff überraschte, heulten auf und brachen in die Dorfhütten ein, die Krokodile kamen aus dem Wasser und flohen in den Wald, während Menschen und Hunde mit einem Höllenlärm losstürzten und im Busch Zuflucht suchten. Die Wälder vervielfachten die Echos, sie entfesselten die Winde, die den Schrei, den der letzte Doumbouya ausgestoßen hatte, in die entlegensten Dörfer und in die tiefsten Gräber trugen. In ganz Horodougou lösten die Echos auf diesen Schrei, den Laut der Bestie und den Gewehrschuß die gleiche Kopflosigkeit, die gleiche Betroffenheit aus.
Fama lag unter der Brücke bewußtlos in seinem Blut. Das Krokodil röchelte und schlug in dem schäumenden Wasser um sich.
Das alles hatte nur den Augenblick eines Blitzschlags gedauert, denn gleich danach fiel ein zweiter Schuß. Die Berge, Flüsse, Wälder und Ebenen gaben den Knall noch ein zweites Mal wieder, so daß ihn das ganze Land hören konnte. Die Vögel, die Tiere und die Menschen kamen wieder zu sich, die Vögel stiegen auf, die Menschen und die Hunde machten kehrt, die wilden Tiere liefen in den Busch zurück.
Dann krachte noch ein dritter und vierter Gewehrschuß, und wieder das Hin und Her in dem ohrenbetäubenden Tumult von Vögeln, Tieren und Menschen.
Die Grenzposten lieferten sich ein regelrechtes Duell über den Fluß hinweg. Die von gegenüber hatten geglaubt, man hätte auf einen Flüchtenden geschossen, der sich schon auf ihrem Terrain befand.
Fama lag noch immer unter der Brücke. Der Kaiman schlug in dem Wirbel aus Blut und Wasser um sich. Die

Schüsse hatten aufgehört. Aber der Morgen war gestört. Ganz Horodougou war untröstlich, denn die Doumbouya-Dynastie war am Ende. Die Hunde, die als erste vorausgesagt hatten, daß der Tag unheilbringend werden würde, jaulten, daß es einen jammerte, sie jaulten mit weit aufgesperrtem Rachen und ließen sich durch Steinwürfe der Wachen nicht einschüchtern. Die wilden Tiere antworteten mit Brüllen aus den Wäldern, die Kaimane mit Grunzen. Die Männer beteten für den letzten Doumbouya, die Weiber weinten. Die Webervögel zwitscherten in den Blättern der Käsebäume und der Mangobäume, während hoch oben in den Wolken die Geier und Sperber patrouillierten und den Lärm überwachten.
Doch der Schußwechsel war vorüber. Die Grenzwachen der Republik Nikinai, mit weißen Fahnen in den Händen, holten Fama, der unter jenem Teil der Brücke, der zu ihrem Hoheitsgebiet gehörte, angefallen worden war. Sie schafften ihn zu ihrem Posten; ihr Unteroffizier untersuchte ihn: Die Bestie hatte ihn tödlich verletzt.
Man legte Fama in einen Sanitätswagen, der Unteroffizier und vier Grenzposten bildeten die Begleitmannschaft. Sie fuhren zum Hauptort: Horodougou, dann Togobala. Also Richtung Togobala in Horodougou.

Die Sonne stand schon hoch, sehr hoch, doch Horodougou hatte sich noch nicht von den Schüssen und Schreien erholt, die seinen Morgen zerfetzt hatten. Von Zeit zu Zeit hörte man das Geheul der Hunde und das Gebrüll der wilden Tiere. Doch die Aasgeier schienen sich wieder im Laub der Bäume niedergelassen zu haben.
Der Transport setzte sich in Bewegung. An Famas Kopfende saßen zwei Sanitäter. Sie untersuchten ihn, und als sie feststellten, daß von einer Kugel keine Spur zu finden war, gerieten sie außer sich. Allah, der Allmächtige! Ein heiliger Kaiman greift doch nur an, wenn ihn die Geister

der Verstorbenen drängen, einen Gesetzesbrecher, einen Ordnungsstörer, einen großen Zauberer oder einen großen Häuptling zu töten. Dieser Mann ist demnach kein gewöhnlicher Mensch. Fama fieberte, phantasierte, lag im Sterben. Alpträume! Was für Alpträume . . .!

Ein durchdringender starker Schmerz bohrte ihm im Bein.

»Ruhig, bleib ruhig, beruhige dich, Fama! Ist es schon etwas besser?« flüsterte teilnahmsvoll der Sanitäter zur Linken.

Fama antwortete nicht, sein ganzer Körper war wie Stein; daß er lebte, spürte er nur in der Kehle, die sich beim Einatmen dehnte, in der Nase, in der ein Brennen war, in den taub gewordenen Ohren und an den hastig hin und her gehenden Augen. Hinter den Vorhängen des Sanitätswagens zogen Baumstämme, Brücken und manchmal Dörfer vorbei. Man fuhr. Aber wohin? Ach ja . . . Hast du nicht gehört, Fama? Du kommst nach Togobala, Togobala in Horodougou. Ach, die ersehnten Tage! Die Basterderei hinweggefegt, die Häuptlingsherrschaft zurückgekehrt, Horodougou gehört dir, dein fürstliches Geleit folgt dir, es trägt dich, siehst du es nicht? Dein Festzug glänzt von Gold.

»Nein, von Gold will ich ihn nicht.«

Also dann von Silber. Aber aufgepaßt! Was ist? Fama, siehst du nicht Krieger, die dich umzingeln? Mit einer Behendigkeit und mit einer Würde, mit gemessenem Schritt, wie es einem Fürsten von Horodougou geziemt, begibt sich Fama nach vorn. Die Masse der Krieger johlt, tritt auf der Stelle und erstarrt. Feiglinge! Jammerschwänze! Unabhängigkeitskinder! Bastarde! Eure Mütter standen in Blüte, haben aber keine Männer zur Welt gebracht! Fama tötet euch, mäht euch nieder, allein, mit einem Finger nur. Die furchtsame Menge, der Haufen von Hyänen blökt, knurrt und singt gemeinschaftlich, beugt sich und erhebt sich wieder, wie das grüne Reisfeld, wenn die Winde es streifen. Fama, der einzige! Der Große! Der Starke! Der Männliche! Der einzige, der Mumm zwischen den Beinen hat.

Er wachte auf. Zwei Sanitäter drückten ihn zurück auf die Tragbahre. Ein anderer hantierte mit einer Spritze. Hatte man ihm schon eine gegeben? Fama wußte es nicht, aber er hörte wieder, den Auspuff, er sah wieder, die Lichter, spürte wieder, Stöße und Staub. Jedoch warum träumte Fama, der zur Herrschaft, zur Macht gelangen wollte, nicht vom Mond? Hieß es nicht, daß diejenigen, auf deren Weg das große Glück und die große Ehre liegen, stets vom Mond träumen? Der Mond . . . Famas Mond . . . Sein Mond! Der Mond . . .
Fama auf einem weißen Streitroß, das im Galopp, im Trab läuft, das tänzelt, das wendig ist. Er ist auf dem Gipfel des Glücks, er ist das Erhabene. Lob dem Allerbarmer! Doch Fama kehrt sich um. Seine Begleitung ist verschwunden. »Wo ist es hin, mein Gefolge?« spricht er in herrischem Ton. Er ist allein, er spürt die Einsamkeit nahen, sie springt ihn an, dringt ihm in die Nase, aus der eine Rauchwolke hervorstößt, sie wischt über seine Augen, verbreitet Tränen, sie leert das Herz, füllt die Ohren mit Ekel, bis sich der flüchtige Schweif zeigt und der verfehlte Glückswurf, denen Fama nachjagt. Plötzlich flammt ein Blitz auf, und Luft, Himmel und Erde zerflattern, das Streitroß bäumt sich am Rande eines Abgrunds auf. Fama zittert. Ein Gebet. Alles wird süß und still, es ist die Sanftheit, welche dahingleitet, die Frau, welche tröstet, und der Mann und das Treffen im frischen, lieblichen Unterholz und der feine, reine Sand – alles verfließt und strömt langsam, bedächtig dahin, Fama verströmt, er will noch eine Anstrengung machen.
Fama hat geendet, es ist aus. Man teilte es dem Führer des

Sanitätszuges mit. Bis zum nächsten Dorf müßten sie noch fahren, dort würden sie halten. Das war ein paar Kilometer entfernt, es hieß Togobala. Togobala in Horodougou.

Ein Malinke war gestorben. Es werden die Tage bis zum siebenten Tag und die Trauerfeier am siebenten Tag folgen, dann vergehen die Wochen, bis der vierzigste Tag herankommt, und es wird zur Trauerfeier am vierzigsten Tag getrommelt und . . .

Nachwort von Jochen R. Klicker

Vom tragischen Tod der Tradition Kourouma – der Sänger vom schmutzigen Heldentum

Der Fürst von Horodougou, Fama Doumbouya, wurde 1905 in Togobala (Horodougou) geboren – fünf Jahre nachdem die französische Kolonialmacht den letzten großen Herrscher des West-Sudan, Samori Touré, in Ndolé im Gabun, wohin man ihn in Deportation verbrachte, hatte verrecken lassen.
Zwar schreibt die Zeitrechnung des Romans von Ahmadou Kourouma das Jahr 1965, also das fünfte Jahr nach der Unabhängigkeit der meisten Staaten der ehemaligen französischen Gemeinschaft in Afrika, aber Fama verteidigt noch immer das Reich des Samori, den Geist der großen Händler und Hauptleute der Mandé-Malinke, die schöne und heile Welt der alten Fürstentümer, die Weisheit der islamischen Marabuts und die transzendentale Macht der animistischen Geisterbeschwörer. Obwohl Fama seit Jahren verarmt und entwurzelt in der »Hauptstadt« lebt, geschlagen mit der schlimmsten Geißel des traditionellen Afrikas, der Unfruchtbarkeit, bleibt für ihn alles gleichzeitig: der letzte tollkühne Widerstand gegen das Vordringen des weißen Mannes, der Reichtum, den der Handel mit Kolanuß, Gold und Sklaven seinem Stamme gebracht hatte, der Blutdunst der großen Opferfeste, die Peitsche des Aufsehers in den französischen Plantagen, der Kampf um die Unabhängigkeit, das Lotterleben der neuen Führungsschichten und die gewissenlose Korruption der neuen städtischen Zentren.
Aus Nachlässigkeit oder aus Zorn hat der Autor Zeit, Ort und handelnde Personen nur oberflächlich verschlüsselt.

Wer die Verhältnisse zwischen der afrikanischen Westküste und dem Sahel auch nur flüchtig kennt, weiß sich schnell zurechtzufinden: Die »Ebenholzküste« heißt Republik Elfenbeinküste; die »sozialistische Republik Nikinai« meint das Guinea des auf stramm sozialistischem Kurs marschierenden Präsidenten Sékou Touré; die »Sonne der Unabhängigkeit« ist niemand Geringeres als der elfenbeinische Staatspräsident Houphouet Boigny, im Amt vom ersten Tag der Unabhängigkeit seines Landes an; und die immer wieder ironisierte »Einpartei« soll für das Herrschaftsinstrument des großen alten Mannes in Abidjan, das Rassemblement démocratique africain (RDA), stehen.
Ahmadou Kourouma wollte einen Schlüsselroman schreiben, aber sein Buch ist eher zu einer zornigen Abrechnung mit den neuen afrikanischen Führungsschichten geworden, die sich – unabhängig von ihrer jeweiligen ideologischen Begründung – um jeden Preis an der Macht halten, um ihr ökonomisches Schäfchen (individuell oder für den Stamm, aus dem sie kommen) auf Kosten der Volksmassen ins Trockene zu bringen. Nach wie vor werden von den Herrschenden in Schwarzafrika solche Töne nicht gern gehört. Kein Wunder also, daß Ahmadou Kourouma heute im Exil in Kameruns Hauptstadt Yaoundé lebt, wo er das Institut International d'Assurances, ein internationales Ausbildungszentrum für Versicherungsvertreter, leitet.
Geboren wurde der Autor 1940 im Malinke-Gebiet im Norden der Elfenbeinküste, wo bis zum Ende des 19. Jahrhunderts die Grenzen zwischen dem Fürstentum Kabadougou und dem Kaiserreich des Samori verliefen. Seine Sekundarschulzeit verbrachte er in Bamako, der heutigen Hauptstadt der Republik Mali. Dort erlernte er auch noch den Beruf eines Bankbuchhalters. Zum Militärdienst kehrte er in seine Heimat zurück und wird schon

nach kurzer Zeit von seinen französischen Offizieren wegen Ungehorsams nach Indochina strafversetzt. Drei Jahre später geht er zur Weiterbildung nach Frankreich, zunächst nach Lyon, später nach Paris. 1965 bekommt er seine erste Festanstellung: in Algier. Anfang der 70er Jahre versucht er noch einmal an der Elfenbeinküste, in der Hauptstadt Abidjan, Fuß zu fassen, muß jedoch schon nach wenigen Monaten unter dem Verdacht, organisierte Opposition gegen die Staatspartei zu betreiben, das Land fluchtartig verlassen.

Der »Lebensweg« seines einzigen Werkes, das er bisher geschrieben hat, klingt nicht weniger abenteuerlich als der des Autors selbst: Die Erstausgabe erscheint 1968 im Universitätsverlag von Montreal in Kanada. Die kleine Auflage ist ebenso schnell vergriffen wie vergessen. Erst Anfang der 70er Jahre entschließt sich der Pariser Verlag du Seuil zu einer Neuauflage, die allmählich zu einem Welterfolg wird. Übersetzungen in sechs Sprachen folgen, bis 1978 der DDR-Verlag Rütten & Loening entscheidet, »Les Soleils des Indépendences« unter dem deutschen Titel »Der Fürst von Horodougou« herauszubringen.

Mit nur geringfügigen biographischen Retuschen erzählt Kourouma die Lebensgeschichte seines eigenen Großvaters. Zum tragikomischen Helden stilisiert, geht dieser letzte Sproß eines alten Malinke-Fürstengeschlechtes »unter im sich wandelnden Umfeld der politischen Bedingungen« der Gegenwart. Aber er stirbt nicht an Armut oder Hunger, unter der Folter oder den Kugeln eines Hinrichtungskommandos; er wird vielmehr beim letzten Versuch, in die alte Heimat, die auf dem Gebiet des heutigen Guinea liegt, zurückzukehren, beim illegalen Durchwaten des Grenzflusses Gbanala von einem Krokodil tödlich verletzt: »Ein heiliger Kaiman greift nur an, wenn ihn die Geister der Verstorbenen drängen, einen

Gesetzesbrecher, einen Ordnungsstörer, einen großen Zauberer oder einen großen Häuptling zu töten. Dieser Mann war demnach kein gewöhnlicher Mensch.«

Der Roman ist jedoch nicht der Abgesang auf eine heruntergekommene Persönlichkeit aus ehemals gutem Hause. Er ist vielmehr die tragische Beschreibung der großen Mandé-Malinke-Tradition, die mit ihren letzten greisen Helden, die im Schmutz der proletarischen Viertel der neuen Großstädte verkommen, ins Grab sinkt. Dabei wird noch ein letztes Mal im Stil der Griots (der wandernden Dichter und Barden) erzählt: ohne Beschönigungen, aber ohne Selbstkritik; mit surrealem Stolz und einem gehörigen Schuß Ironie; blumenreich und bitter. Dabei konnten nicht einmal die französischen Kolonialkonzepte der »friedlichen Durchdringung« von 1893–1907 und der »bewaffneten Eroberung« von 1907–1915 den Völkern des Westsudan den Garaus machen. Sie verloren zwar die Macht ihrer Fürstentümer und Reiche, aber kaum ihre auf den Islam und den praktischen Verstand einflußreicher Kaufleute gebaute Identität. Diese tatsächlich zerstörte erst der Kampf um die Unabhängigkeit und die Jahre seither, in denen Funktionäre und Karrieristen mit ihrem auf europäischen Universitäten erworbenes Wissen den westafrikanischen Staaten eine politische Struktur überstülpten, die in Rigidität und Effizienz das koloniale Modell nachahmt.

Vom 16. Jahrhundert bis zum Ende des Samori-Reiches 1898 waren die Mandé-Völkerschaften (zusammen mit den nördlich und östlich benachbarten Hausa) die Vormacht Westafrikas. Indem sie bereits frühzeitig Esel und Ochse als Lasttier nutzten, monopolisierten sie den westafrikanischen Handel und wurden zum führenden Bürgertum der größeren Ortschaften. Gehandelt wurde Gold, die Kolanuß und Sklaven im Austausch gegen Rinder, Stoffe und Waffen. Entlang der Handelswege breitete sich der Islam aus, der jedoch in der Regel friedlich blieb und sich mit dem überkommenen Ahnen- und Geisterglauben arrangierte. Gleichzeitig entwickelten alle Mandé auf ihrem Wege – selbst der afrikanische Historiker Joseph Ki-Zerbo benutzt in diesem Zusammenhang den deutschen Begriff »Völkerwanderung« – vom trockenen und unfruchtbaren Norden in die Savannen und Wälder des Südens ein besonderes Verhältnis zur Natur: Die Naturkräfte wurden als ein riesiger Wettstreit gefährlicher Mächte vorgestellt, die der Mensch nicht zu beherrschen weiß, sondern an denen er bestenfalls teilhaben kann.

In den Dörfern und Marktflecken entwickelte sich ein vielmaschiges Netz egalitärer Führungsmodelle: Neben König, Fürst und Hauptmann stand eine Gerontokratie alter Männer als Berater, ohne deren Ratschlag und Einverständnis kaum eine Entscheidung fiel. Die Weisheit der muslimischen Marabuts galt ebensoviel wie das historische und literarische Wissen der traditionellen griots; und beide wiederum ergänzten sinnvoll die geheimen Praktiken der »Ungläubigen«: Fetischanbeter und Zauberer. »Die Malinke sind voll Doppelzüngigkeit, weil ihr Inneres schwärzer ist als ihre Haut und ihre Rede weißer als ihre Zähne . . . in Togobala nennt sich jedermann vor den Augen der Welt Muslim und tut auch so, doch jeder fürchtet den Fetisch.« Weite Partien des Buches von Ahmadou Kourouma, dessen Sprache und Bilderwelt den Griots, Marabuts und Zauberern abgelauscht ist, gelten dieser geheimnisvollen und schönen, dieser gefährlichen und gemütlichen, dieser blutrünstigen und friedlichen, dieser ekstatischen und wohlgeordneten Welt. Dieses alles wird in meisterlichem Französisch vorgetragen und verweigert sich gleichzeitig gegenüber den Strukturen französischer literarischer Konvention.

Der DDR-Herausgeber des »Fürsten von Horodougou«,

Burkhard Forstreuter, hat unseren schmutzigen Helden Fama Doumbouya einmal einen »dem Untergang geweihten Traditionalisten . . . von konservativer Weltschau« genannt. Dieser Einschätzung liegt ein Fehlurteil über die afrikanische Tradition zugrunde, die in Europa immer noch häufig anzutreffen ist. Bei uns ist ein Konservativer orientiert an den großen Ereignissen der Vergangenheit und den überkommenen Werten der Geschichte. Er bewegt sich zwischen dem Gestern und dem Heute. Für die Traditionalisten Afrikas ist solches Denken und Empfinden nicht nachvollziehbar. Da die verstorbenen Ahnen mit Dorf, Familie und Stamm weiterleben, ist Geschichte nichts Vergangenes, sondern gegenwärtig. Auch in Kouroumas Buch wird das deutlich: Bei zahlreichen Gelegenheiten wie der Totenfeier für den verstorbenen Vetter Lacina, der Heimkehr des Fürsten in sein Dorf oder der Bitte um eine gute Ernte, werden die Ahnen ausdrücklich und sinnlich erfahrbar vergegenwärtigt – in Maskentanz und Blutopfern vor den Fetischen. Auch der Griot findet hier seine Aufgabe, wenn er singend und erzählend eine Familiengeschichte entwickelt und die Leute von Togobala in die Rollen der Verstorbenen schlüpfen, um deren Leben noch einmal vorzuspielen, nein, vorzuleben.

Die bittere Konsequenz des »Fürsten von Horodougou« liegt also nicht darin, daß die Malinke ihre Geschichte verlieren – man kann nicht verlieren, was man nicht hat –, sondern ihres Bezuges zu ihrem alltäglichen Leben verlustig gehen. Die Gegenwart gerät aus den Fugen. Von Heimkehr zu Heimkehr ist das Dorf immer weniger lebensfähig. »Fuhr Fama nach Togobala, um ein neues Leben zu beginnen? Nein und nochmals nein! So widersprüchlich es auch schien, Fama fuhr nach Horodougou, um so bald wie möglich zu sterben.«

Trotzdem ist der Roman von Ahmadou Kourouma ein

Buch voller Perspektiven. Denn es zeigt, daß auch weiterhin in Schwarzafrika menschenwürdiges Leben möglich ist, sofern es sich Transformationen unterzieht. Dies belegt die Geschichte von Salimata, der Ehefrau Famas, die über 20 Jahre lang die Unfruchtbarkeit ihres Gatten ertragen und damit zugleich auf das wichtigste Element weiblicher Identität in Afrika, die Mutterschaft, verzichten mußte. Trotzdem übernimmt sie alle Pflichten einer Ehefrau, wie es die Tradition vorschreibt. Wobei sie sich Stärkung holt für ihr leidiges Leben bei einem traditionellen Marabut, der wie viele seiner Zunft in die großen Städte gezogen ist. Und gleichzeitig ernährt sie als Marktfrau unter den Bedingungen eines wüsten Kapitalismus, der die Republik Elfenbeinküste beherrscht, ihren alternden Mann, dessen junge Zweitfrau und sich selbst. Ja, mehr noch: Verständnisvoll und warmherzig verteilt sie aus ihrer Garküche kostenloses Essen an die Deklassierten, Verhungernden und Alten, die zu Zigtausenden das marginale Proletariat der modernen afrikanischen Großstädte bilden.

Als Fama ohne seine Frauen zum Sterben nach Horodougou zurückgegangen ist, läßt Ahmadou Kourouma seine Salimata zu einer Figur werden, die Symbolcharakter hat: Nach langer unfruchtbarer Treue läßt sich die alternde Frau vom Marabut ein Kind machen; während die junge Zweitfrau Mariam mit einem Taxifahrer mit dem sinnvollen Namen Papillon (= Schmetterling) auf und davon geht – eines der vielen entwurzelten afrikanischen Mädchen mehr, die in der Großstadt-Prostitution landen, um überleben zu können.

Salimata, die mit ihrer Schwangerschaft zugleich beginnt, ihre traumatische Vergangenheit – die Qual der Klitorisbeschneidung, das Siechtum danach und eine rituelle Vergewaltigung durch den Medizinmann ihres Heimatdorfes – zu verarbeiten, wird sicherlich nicht die überfällige afrikanische Revolution einläuten, die trotz gegenteiliger Beteuerungen von Politikern und Ideologen in den meisten schwarzafrikanischen Ländern immer noch aussteht. Aber indem sie ihren schmutzigen Helden ohne Abschied ziehen läßt, indem sie sich mit ihrer Schwangerschaft einen humanen Spielraum schafft und indem sie als Marktfrau weiterhin sozial handlungsfähig bleibt, schafft sie sich »das reale Vorfeld einer hoffnungsvollen Zukunft« (Burkhard Forstreuter).

Es geht um authentisches Leben und nicht mehr um die Tragik der sterbenden Tradition. Was für einen Malinke authentisch ist, bleibt an Salimata ebenso ablesbar wie am letzten großen Malinke, Kaiser Samori Touré: Allen entgegenstehenden Kräften hinhaltenden Widerstand zu leisten, um hinter diesem Schild schöpferisch bleiben zu können. Samori wurde am 29. September 1898 von den Franzosen gefangengenommen und abgesetzt. Am 28. September 1958 wird die Malinke-Republik Guinea unabhängig: Aufgrund hinhaltenden Widerstandes und einer schöpferischen Politik. Wie sagt das afrikanische Sprichwort so richtig: Wenn du über ein Feuer springst, mußt du mindestens noch einen Schritt mehr tun.

Worterklärungen

Alfatia	(arab.: al-Fâtiha) Die erste Sure des Korans
Balafon	Xylophonartiges Musikinstrument aus Holzplatten mit Kalebassen als Resonanzkörpern; auch Gemeinschaftstanz nach Balafonmusiken
Bambara	Völkerschaft in Westafrika
Baobab	Affenbrotbaum
Beriberi	Erkrankung, die in den Tropen und Subtropen aufgrund Vitamin-B 1-Mangels auftritt
Bissimilai	(arab.: Bi-smi-llâhi) Im Namen Gottes
Bougainvillea	Dornige Klettersträucher mit leuchtend roten, violetten und weißen Hochblättern
Bubu	Langes muslimisches (Männer-) Gewand
Calao	Nashornvogel
Cougal	Marderart
Dahome	Völkerschaft in Westafrika
Dakar	Haupt- und Hafenstadt des Senegal
Djoliba	Oberlauf des Niger-Flusses
Dolo	Hirse- oder Maisbier
Dyula	Völkerschaft in Westafrika
Elephantiasis	Durch Lymph- und Kreislauf-

stauungen verursachte krankhafte und entstellende Verdickung von Haut und Bindegewebe

Erdferkel — In selbstgegrabenen, weitverzweigten Erdbauten lebender Termitenfresser, Nachkomme der Urhuftiere

Flammenbaum — (franz.: Flamboyant) Piniengewächs mit scharlachroten, gelb gestreiften Blütentrauben

Frankoline — Steppen- und Savannenhühner mit scharfen Sporen

Fetisch — Gegenstand, der durch Zauber hilft und schützt

Fonio — Hirseart

Fula, Fulbe — Völkerschaft in Westafrika

Futu — Speise aus Hirse- oder Reisgrütze; auch Fladen mit Soße

Gorée — Stadtstaat und ehemaliger Sklavenmarkt auf einer Insel vor der Küste des Senegal

Griot — Dichter und Volkssänger

Guave — Gelbe, birnenförmige, süße und saftreiche Baumfrucht

Guineawurm — (eigentl. Medinawurm) Aufplatzende Geschwüre bildender Parasit von 2 bis 120 cm Länge

Hadschi, Hadj — (arab.: Haddj) Titel eines Mekkapilgers

Harmattan — Heißer, trockener Wind aus der Sahara

Hausa — Völkerschaft in Westafrika

Indépendance — (franz.) Unabhängigkeit

Jujubendorn — Dorniger Steppen- und Savannenstrauch

Kâfir	(arab.) Ungläubiger
Kaiman	Alligatorengattung
Kala	(arab.: Qa'lat) Alles, was Schutz verleiht: Amulett, Festung
Kalebasse	Aus Flaschenkürbis gefertigtes Gefäß
Kapok	Glänzende, seidenweiche Rohfaser aus dem Fruchthaar des Eriodendronbaumes
Karitebaum	Mandelbaum
Käsebaum	(franz.: Frommager) Tropenbaum mit riesigen Luftwurzelsystemen in Wandform, die Schutz und Schatten bieten
Klitorisbeschneidung	(Ekzision) In zahlreichen afrikanischen Ländern übliche operative Entfernung des Kitzlers vor der Heirat der Frau
Kola	Tropenbaum, dessen Keimling (die sog. Kolanuß) Durst löscht und belebend wirkt (drei Prozent Koffeingehalt)
Koma	Zauber; auch Zauberer
Labkraut	Kletterpflanze in Gebüschen und Wäldern mit Stacheln und Klettfrüchten
Laterit	Roter Eisensilikatboden, sehr hart und nährstoffarm
Malinke	Völkerschaft in Westafrika
Manen	Ahnengeister
Mango	Gelbe, gänseeigroße, melonenähnliche Baumfrüchte
Manguste	Schleichkatze
Marabut	Islamischer Weiser, oft wie ein Heiliger verehrt

Mobili	Malinkewort für Auto(mobil)
Moriba	Würdetitel eines weisen und mächtigen Mannes
Moschee	Muslimischer Versammlungsraum für das fünfmal am Tage stattfindende gemeinsame Gebet der Gläubigen
Mosi	Völkerschaft in Westafrika
Muezzin	Muslimischer Gebetsausrufer
Nago	Völkerschaft in Westafrika
N'goni	Beschwörungstanz mit Gauklertricks und Zauberkunststücken
N'goumé	Frauentanz, der nur zum Abschluß einer Totenfeier getanzt werden darf
Niger	Fluß und Staat (in der trockenen Sahelzone)
Norpel	Verknorpelter Auswuchs in der Kniekehle von Huftieren
Ourebi	Muslimisches Gebet
Piment	Sehr scharfes Gewürz
Papillon	(franz.) Schmetterling
Peulh	Untergruppe der Fulbe
Piroge	Einbaumboot
Représentant	(franz.) Hier: Der Verwalter eines französischen Großgrundbesitzes
Samory	Heldenhafter westafrikanischer Kaiser, von den französischen Kolonialtruppen vernichtend geschlagen, starb 1905 in der Verbannung
Scheschia	Fes (muslimische Kopfbedekkung) mit schwarzer Quaste
Senegal	Fluß und Staat (an der westlichen Spitze Afrikas)

Sisal	Agave, aus deren Blattfasern das Sisalhanf für Flechtwerk aller Art gewonnen wird
Sorghum	Hirseart, neben dem Reis wichtigste Nutzpflanze der wärmeren Länder
Talibet	Jüngerschar
Tamtam	Ursprünglich ostasiatischer Gong; heute Bezeichnung für alle afrikanischen Schlagzeuge mit dröhnendem Klang; auch Tanz zu Trommelmusik
To	Maniokbrei
Tubab	Europäer
Tsetsefliege	Überträger der Schlafkrankheit
Vichy	Thermalbad im französischen Département Allier
Waran	Lebhafte Raubtier-Echse
Webervögel	Den Finken verwandte, in Kolonien lebende Singvögel, die Kugelnester mit Webmustern bauen
worfeln	Getreide reinigen, Spreu entfernen
Wolof	Völkerschaft in Westafrika
Yagba	Kriegstanz der Männer

Unverzichtbar:
Die erste umfassende Geschichte
Schwarz-Afrikas

Joseph Ki-Zerbo
Obervolta

DIE GESCHICHTE SCHWARZ-AFRIKAS

Aus dem Französischen von
Elke Hammer
776 Seiten,
mit zahlreichen Karten und Tabellen

Es gibt bisher kein vergleichbares Werk über Afrika. Auf Grund seiner guten Lesbarkeit, Vollständigkeit und Objektivität der Beschreibung wurde es bereits in mehrere Sprachen übersetzt. Die deutsche Ausgabe folgt der im Jahre 1978 herausgegebenen überarbeiteten und aktualisierten Originalausgabe.
Professor Fernand Braudel: »Ein Geschichtswerk, das ein Buch der Hoffnung ist . . ., weil es den Schlüssel zur Identität des afrikanischen Menschen enthält. Es wird unschätzbare Dienste leisten, weil er es gewagt hat, die vielgestaltige, ungeordnete und trügerische Vergangenheit Schwarz-Afrikas in ihrer Unübersehbarkeit und Unbekanntheit zu fassen.«